《楚辞》笔记

张炜 著

人民文学出版社

图书在版编目（CIP）数据

《楚辞》笔记/张炜著．—北京：人民文学出版社，2023
ISBN 978-7-02-018193-3

Ⅰ.①楚… Ⅱ.①张… Ⅲ.①楚辞研究 Ⅳ.①I207.223

中国国家版本馆CIP数据核字（2023）第152165号

策划编辑　胡玉萍
责任编辑　黄彦博
装帧设计　刘　远
责任印制　任　祎

出版发行　人民文学出版社
社　　址　北京市朝内大街166号
邮政编码　100705

印　　刷　三河市宏盛印务有限公司
经　　销　全国新华书店等

字　　数　268千字
开　　本　890毫米×1290毫米　1/32
印　　张　11.375　插页7
版　　次　2023年9月北京第1版
印　　次　2023年9月第1次印刷

书　　号　978-7-02-018193-3
定　　价　50.00元

如有印装质量问题，请与本社图书销售中心调换。电话：010-65233595

《屈子行吟图》

傅抱石

《二湘图》 傅抱石

《九歌图卷》（局部）

[元] 张渥　美国克利夫兰艺术博物馆　藏

吉日兮辰良穆將愉兮上皇撫長劍兮玉珥璆鏘鳴兮琳琅瑤席兮玉瑱盍將把兮瓊芳蕙肴蒸兮蘭藉奠桂酒兮椒漿揚枹兮拊鼓疏緩節兮安歌陳竽瑟兮浩倡靈偃蹇兮姣服芳菲菲兮滿堂五音紛兮繁會君欣欣兮樂康

君東皇太一

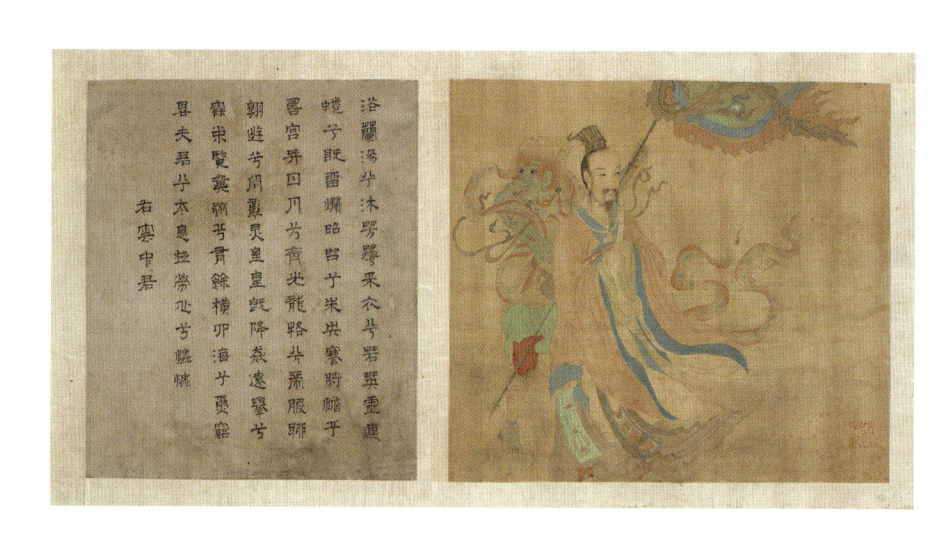

《九歌图》（局部）
[元] 赵孟頫 美国弗利尔美术馆 藏

《湘君湘夫人》
傅抱石

《湘君湘夫人图》 [明] 文徵明 北京故宫博物院 藏

《九歌图》（局部）
　　[北宋] 张敦礼　美国波士顿美术馆　藏

原序

· 1

说到底，世上有什么东西是永恒的？这里所谓的永恒，不过是以人的想象和判断作为参照而已。超出了人类自己的能力，永恒即不再有。能伴人类一直走向未来的邈远无测的，就是真正的永恒了。

自1998年秋天以来，我常常去一座山里的老屋。它在丛山的包裹之中，真是人迹罕至。深夜的恐惧，日常的孤寂，连这些也好像都在援助我。我并非为了远遁读书才来，而实在是为了一种心情。关于山的童年记忆，它给我的全部新奇和希望，一次次泛上心头。我那么爱这座大山里的院落。我在空地上垦出田垄，等待着自己的种植，当然也少不了翻书。一些杰出的灵魂在身边，在视野中，但也更在远方，在历史的深处。他们在书中永生。

这一次，我只读屈原。上学的时候，教科书上，多少次走近又走远，只望着那个遥不可及的身影。当代人总是用自己的尺度去量取往昔，他们反复送达我的耳畔推进我的视野的，只是几个相当简单的音符和一片剪影。屈原的形象被凝固在善意的诠释和平庸的转述之中。几片艾叶几只龙舟，似乎成了全部的屈原。

然而我的内心一直有一个声音在悄悄地、却是固执地提醒。我的直觉力以一种绵绵不断的挽回来指引。我明白，真正的屈原需要自己从未来的精神跋涉中去寻找，而这种寻找又必须是独身之旅，目无旁顾。其实不仅是屈原，任何一个苍茫深邃的灵魂，都处在这样的认识的远方。

山野偏地，荒凉旷阔，无名兽啼，繁星满目。寒露在午夜润湿我的思绪，让它们变得更为柔软坚韧。原来华章无华，它的全部不过是个唯美的生命，是他的本来色泽。我渐渐从一篇一部的独立感受中解脱，从而进入了浑然一体的把握。生命之流从古至今地涌动不息，它这会儿竟如旺泉大河般淹没过来。

我被淘洗被冲刷，接受着真正的神启与惊愕。

漫漫历史中，既然众多的倾听者能使一个淡远的声音变得切近，那么独声的凄唱与长吟、使苍莽大山发出回响的美声呢？它们在众多的谛听之中又将如何？我们知道，这感动是长久的、溢于言表的。几千年的光阴都在转述一场激动、一份惊羡和一丝惶惑，还有深深的费解。久而久之，这当中一部分野心窃月的种类又把自己的仿作掺到其中。于是，屈子的字字珠玉不得不让一代又一代人寻索沙粒，从中小心地剔出。

然而我在午夜的寒冷或温煦中，在经受生命之水的洗涤中，却能自信地感知他的声音。

我不断记下自己的叩问和低吟，甚至是呼唤。我在难以企及的美与崇高面前，在使人忘情的冲动之下，一次次回到冷静的遏制和现实的淳朴。想象的思绪盘绕千回，设身处地，在磬与箫当中，在楚声的回荡里，去辨析那个人的呼吸。

·2

  迎视屈子的一双美目，循着她的照彻，一寸一寸抚摸遍开鲜花的汨罗两岸。我沉醉哀伤，体味着心底的悲愤与狂喜。那些声息和长叹就散在四野周边，丛山峥岩因此而变得温情脉脉。时代的一切阻障都在这个时刻里消融了，我开始感受几千年前那个悲凉之夜的寒风。

  这是关于屈子的一些手记。我沉浸陶醉的时刻，大山之外正泛着"全球一体化"的喧声。这喧声几可淹没我们的白天和夜晚。但我融入的一片时光属于另一个天地，人类历史上至为绚烂的一章就写在这里。如果连她也被"一体"化掉，那么末世之哀又将疼过几千年前。

  我打开我的书，我写下我的字，我在大山孤院中。

一九九九年十一月三十日

目 录

上篇 《楚辞》笔记

战国的激荡	3
瑰丽的南国	8
诗与思的保育中心	12
在诗与赋之间	17
思君之苦	21
开阔无际的神游	25
绿色繁华的簇拥	28
贵族之歌	33
厌世无颜色	37
楚地苍茫说《九歌》	41
根柢深沉	45
理性的生长	47
独立于世的吟唱	51
神秘的使者和歌者	55
悲剧的永恒魅力	59

作为爱国者	63
观南人之变态	67
超越怪力乱神	71
在铁与绸之间	75
身与心的交融和挣扎	80
错乱与狂舞	85

下篇 《楚辞》选读

| 读《离骚》 | 91 |
| 读《九歌》 | 142 |

  东皇太一 / 云中君 / 湘君 / 湘夫人 / 大司命 / 少司命 / 东君 / 河伯 / 山鬼 / 国殇 / 礼魂

| 读《天问》 | 187 |
| 读《九章》 | 242 |

  惜诵 / 涉江 / 哀郢 / 抽思 / 怀沙 / 思美人 / 惜往日 / 橘颂 / 悲回风

| 读《招魂》 | 321 |
| 整理附记 | 351 |

| 后　　记 | 355 |

上篇

《楚辞》笔记

战国的激荡

战国时代，战乱频仍，民不聊生，整个社会动荡不安。当时除了"战国七雄"，还有其他诸侯及地域强人的攻城略地，争夺不息，那是一个充斥着暴力血腥的世界。无数生命消失在混战、饥饿和瘟疫中，人类为生存付出的代价之大超乎想象。处于这样的历史时期，生活简直就等于挣扎，一切幸福似乎都谈不上了。物质的生产与积累困难重重，那么进一步考察精神层面，又会是何等状况？

这大概要进入一个非常复杂的话题。

人处于动荡不宁的时代，就意味着更多的奔波，要饱受折磨，因为在一个需要不断规避和抗争、牺牲频频发生的时世，个体并没有太多的选择。可也就在这样险峻艰难的客观环境中，在拼博与砥砺中，人的能量又往往得到了最大程度的激发和释放。一些极端时刻，人性会变得较少遮掩和伪饰，似乎可以从不同的方向表现出一种极致：残酷和怜悯、暴虐和仁慈、贪婪和慷慨。人类战胜悲剧挣脱绝境所投入的奋争，与黑暗对峙所投射出的生命之光，将会格外强烈和炽热。这成为人类一些特殊的生命时段，这期间各种元素的交织，无数力量的纠缠，将时代活剧上演得淋漓尽致。战国正是这样的一个时代，它是人类历史上鲜有比拟的一个特异时期：一方面荒凉凋敝，民不聊生，生灵涂炭；另一方面又表现了罕有的思想飞跃和灵感激扬。

精神和艺术的奇迹在这个纷乱的时代里孕育诞生：继绚丽的《诗经》之后，《楚辞》出世；诸子百家，星汉灿烂；被叹为千古奇观的"稷下学宫"诞生于齐国都城临淄稷门，成为一场历时百余年的思想与学术的盛宴。学宫集天下卓异，辩理说难，纵横捭阖。当年连权倾一时的重臣和权力盖世的君主，都投入了这场旷百世而一遇的思想大辩论。稷下文气之盛，辞锋之利，可谓旷百世而一遇。

春秋、战国是一个苦难深重、血泪交织的群雄割据之期，也可以说是一个精神之域群星璀璨、艺术空前繁荣的伟大时代。大思想家孔子东行齐国，在首都临淄听了盛大的《韶》乐演奏，竟然陶醉至"三月不知肉味"（《论语·述而》）。那是怎样一场华丽的视听盛宴，今天也只有想象了。确定无疑的是，它出现在齐国都城临淄，就发生在那个剧烈涌荡的战国。

我们不禁要问：与苦难并行的还有什么？与残酷的七国争雄同时呈现的还有什么？是遍地饿殍，四野哀号，一场接一场征战；声名狼藉的机会主义者和大阴谋家生逢其时，张仪苏秦，摇唇鼓舌，各色人物层出不穷，他们在大地上穿梭往来，翻云覆雨，合纵连横。这既是少见的大乱世，又是历史的大舞台。在一个充分"激活"与"激荡"的时代里，生命中的各种能量都被呼唤和调动出来，呈一时之雄健奇伟。

我们或许找到了一个恰当的词汇，从某个侧面和角度来为一个特殊的历史时段命名，这就是"激荡（激活）的时代"。

战乱与纷争必然导致群雄追逐，苍茫大地上有可能出现许多相对独立的板块。这可以是一些稍稍封闭的空间，成为一些自治状态下的较少互扰的分立的单元，在最小的局部甚至会有一潭静水。类似的状态即便保持很短一段时间，也将显现特殊的意义。这里会有一些人与事的特例或个案发生，比如时代的窥视者和蓄养者、弃世遗世者、个体的思悟和修炼等等。因为生活再也无法在不同的角落里整齐划一，纵横交织的混杂格局中，有一些潮流无法席卷和涤荡的边缘地带，这里，呈现压倒之势的强力一时未必悉数抵达。偷安和喘息时有发生，而这一切正是得益于战乱，借助于割据。

在一些偏远和封闭的角落里，一部分思想与精神的特立独行者一旦得到休养生息的机会，就有可能焕发出惊人的创造力。他们作为个体的力量，这里主要指心灵的能量，会在这个空间里得到一次惊人的挥发。纵观历史，这种情形似乎是常常发生的。反过来，当整个世界安定下来为之一统，族群和地域的壁垒全部消融之后，一些独立的空间也就不复存在。地理意义上的整齐划一可以是"盛世"，是繁荣的基础和机遇，但在许多时候也意味着精神与思想的集中和同质。如此一来也会妨碍千姿百态的呈现。艺术和思想的完成必须强化个体的意义，必须预留相应的空间，而这些条件的逐一达成，有时的确需要寻觅一些特别的历史机缘。

在波谲云诡的战国时代，有一些胆大包天、狂放激切的纵情想象，比如大九州学说的创立，比如纵横家们日服千人的旷世辩才。这样的奇才异能也唯有那个时代才能出现。我们只能说，在一个纷争急遽、冲突四起的时空中，在一种危机四伏的环境里，生命只有做出一次次极端化的拼争才能实现突围，甚至将生死置之度外才能谋求发展。也就在这样的一个过程里，人类竟然谱写出一些最为壮丽的篇章。

展读整部人类史,我们还很少看到与战国时期相类的精神格局,大致接近的,也许还有魏晋和清末民初。这都是一些极其混乱动荡的社会,是时代将要发生巨变或正在巨变的过渡期。在这样的境域下,大多数人都面临了生之危境,都要被迫投入激烈的竞争,非如此不能维系生存所需,失去延续生命的唯一机会。许多时候,人们除了挣扎反抗再无其他选择,振作和奋起成为一种必需。从大的方面看,安逸不再,不安和恐惧频频袭扰,人们不得不对严酷的周边环境做出迅速反应。也正因为如此,它催生出的思想与精神之果会是十分惊人的,甚至与另一些时代大异其趣:深邃、昂扬和特异;极度地哀伤或沉醉、阴郁或沉湎;逼人的绚丽和完美。

屈原和他的千古绝唱《楚辞》,便是这样的经典范例。

《楚辞》是中国历史上出现的第一部瑰丽的个人创造,其诞生的时空通常被称为"战国"。屈原是这段历史的深度参与者,既是一个被伤害者,又是最大的呈现者。他是这个时代的产儿,是滔滔洪流中的一滴。他的诗篇记录了这样一滴水怎样飞溅,怎样汇入激流,怎样与时代巨涌一起激荡而下。这些记录就是他的动人的吟哦。《楚辞》同诸子百家的璀璨思想一起得到了保留,成为中国文明史上的"双璧"。

后世人面对一部《楚辞》,发现它源于心灵的想象是如此奇异,惊心动魄,绚烂斑斓,以至于不可思议。无论是当时还是后来,在这样的创造面前,都将无任何艺术能与之混淆,更无法取代。这是空前绝后的精神与艺术的奇迹,可以说含纳了一个时代的全部隐秘和激情,这一切皆汇集于一个特殊的生命。

时代将人逼到了绝境,而绝境又驱使生命走向巅峰,无论是呼号尖叫,还是心底之吟,都会逼近前所未有的强度与高度。就精神和艺术而言,时代确有大小之分。诗人不得不在一个混乱而严酷的时代里奋力突围,这是不可懈怠的。这种生命的冲决与奔突付出了惨烈代价,这一路燃烧滴落的灿灿金粒,足以为整个民族镶上一道金边。这正是诗人的光荣与宿命。

后来者期待获得一个超脱的视角,以冷静地评判鉴定过去的时代。他们想从中找出得与失、哀与幸,区别出个人和集体、潮流与水滴。这是一个大碰撞、大选择和大融合的时代,人生如此,思想和艺术也是如此。在各种交织冲击和纠缠搏斗之间,生命最终爆发出惊人的亮度,把历史的长空照得通明。

瑰丽的南国

《诗经》诞生的时间稍早于《楚辞》，它形成于西周初年至春秋中叶。从这部中国最早的诗歌总集中，我们较少看到有关南国的描述。"诗三百"中只有少量诗篇属于当时的长江流域，更多的则是北国的民歌，就艺术记录的特质而言，它的气息基本上是属于北方的。我们或许想从中更多地窥见南国的瑰丽，以满足对南国的某些神秘想象。实际上当时的南方，比如楚地，同样有一场艺术的繁密茂长，其温润的气候、辽阔的土地，也蕴藏了激动人心的吟唱。这些歌声的质地与干冷粗犷的北方大为不同。在今天看来，《诗经》所记录的世界似乎呈现出一种相对封闭的北方性格，而楚地的歌唱也有强烈的地域性。在那个当时尚未被知晓的南方地区，绚烂逼人的艺术之花在浓烈地盛开。当历史的幕布被一点点拉开，人们终于听到了楚地的声音，看到了另一场生命的壮丽演绎。

在巫术盛行的沅湘两岸，那些野性而粗悍的吟唱振聋发聩，充满了旺盛蓬勃的生命力。战国七雄之中楚国疆域最大，广袤的土地上江河蜿蜒纵横，高山连绵起伏，在丘壑水畔，在大自然的无数褶缝里，生活着一个刚烈勇武的族群。他们操着北人听来有些费解的"南音"，以忘我的歌唱邀请神鬼共舞，倾诉衷肠，虔敬地仰望祈祷，渴盼在现实生活中能够得到挽救和帮助。在与命运抗争的过程中，他们借助于这种特殊的仪式，让另一个世界的力量加入进来。后来，这似乎成为日常生活中十分依赖的一种方法，以追求神奇之力。

人鬼神三者相互交织的精神世界，是楚地所特有的一种共生状态，这在《诗经》里并不多见。在楚人巫气弥漫的吟唱中，我们感受的是另一种文化，它扑朔迷离，笼罩着湿润浑茫的雾气，闪烁在崇山峻岭的阴影之下。由于南方阴湿温热，水气淋漓，所以植物得到更多的灌溉和滋润，往往有更加茂盛的生长，于是很快绿色攀爬蔓延，给大地蒙上了一层厚厚的植被。在这种自然环境中产生的歌吟，其风貌以至于内容当然会有不同。它阴气浓盛，怪异而野性，一切皆与北方有异。水汽和阴郁，茂长和放肆，在这些方面可能要超过"诗三百"。总之，它们的审美特征差异显著。

屈原是这些吟唱者当中最杰出的人物，也是一个集大成者。他吸取了楚地丰沃的滋养，伴随了一场深沉而放纵的生长，最终走向了个人开阔而独异的音域，成为一位辉映千秋的伟大歌者。

如同宿命一般，当年周王朝的采诗官没有抵达南部，或者说涉足尚浅，也就把那片未曾采撷的幽深土地留给了后来，留待另一场惊心动魄的演示。打开《楚辞》，好比大幕开启，人们马上看到了一个耳目一新的国度，它远不同于黄河流域，从现实物质到精神气质，一切都呈现出迥然有异的面貌。他们的吟哦时常发出"兮"和"些"的声音，那是不同于北方人的拖长的尾音，也许相当于"啊"和"嘿"。当一阵阵"兮""些"之声从浓浓的雾气、从崇山峻岭之间传出的时候，会形成一种由远到近的震荡，一种声音的诱惑。那些置身于大山深处的呼号者令我们好奇：他们有着怎样的生活，怎样的故事，怎样的劳苦奔波？咏叹竟如此浑厚悠长。

　　这些声音伴随着楚人的生活，化成动人的旋律一层层回荡开来。开阔的音波将我们囊括笼罩，强大的磁力随之将我们穿透击中。我们迎着声音走去，带着一缕惶惑、迷离，怀着费解的心情一点点接近它。苍苍山水迎面而来，雾气退向两侧。我们看到了具体的人，看到了一些清晰的神色。他们就是南国的生命，是黄河之南的长江淮河流域，是一个陌生的世界。楚地不同的精神和文化，需要北方人重新适应，就像需要慢慢理解他们的方言一样。在这片土地上，人们要生存，也须奋力劳作，迎接和抗争无测的命运。他们在追逐物质的同时，也会收获一份精神的享受，获取闲暇和愉悦，发出各种各样的歌吟。

　　楚国民歌与巫术结合一体，显现出另一种颜色，有特别的诡异和灵动。那些费解的词语、地域的隐秘，还要等待我们去进一步破解。铁马秋风塞北，杏花春雨江南，大自然的神奇馈赠是如此丰富，在干燥寒冷的北国表现为肃穆，而到了南国却是另一番风貌韵致。这里的生命接受大地的孕育，自然山水赋予他们独有的灵性，让其焕发出不可替代的创造力。

　　我们不禁设问：楚地之神从何而来？巫术从何而来？它们又如何接受人间的邀约？这一切实在难解。在这片雾气缭绕的土地上，无数神奇都仿佛自然而然地发生，以至于成为生活的常态，化为人们精神的呼吸。在北方人看来，南方即便远离了宫廷的肃穆庄严，也会寻觅到另一种强大的依赖：接受灵异的襄助。这需要通过一场超越世俗权力的接洽仪式，从而进到另一个时空维度。在那个遥远而又切近的神鬼世界里，有着不同的法则，正是通过对这种法则的寻找、求助以至于依傍,南国才获得了信心。他们通过时而婉转、时而狂放的嚎唱,让一场场邀约成功,让一种信心凸显。就在这群声呼号放歌之中,无可比拟的、令人震悚的威力一点点释放出来,极大地强化了这片土地上生存的力量。正是在一种神秘外力的支援之下,南国才得以世代繁衍、发展和壮大。

诗与思的保育中心

人类常常有一个幻想，就是使杰出的思想和艺术能够在最美好的社会环境中生长，而且自始至终得到小心翼翼的关爱和护佑。这是许多人梦寐以求的。多少人渴望这样的盛世：人类享受普遍的宽容与恩慈，可以专注而深入地思索和创造，从而诞生出最为甜美的思想和艺术的果实。虽然这种一厢情愿的期待总是破灭，却也仍旧绵绵不绝，因为这种盼念既合理又美好，绝没有理由让人们放弃。这当然是一种理想主义情结，而任何理想主义都有可能在现实中撞得粉碎：那样的一个时代似乎是不存在的，"诗与思"的保育中心是不可能存在的。历史上固然曾经出现了一些位高权重的庙堂人物，他们运用手中的权力去维护"诗与思"，甚至真的动手筹建一座座"保育中心"，如战国时期名动四海的"稷下学宫"就是这样的范例。有人要让创造者获得优良的物质条件，让他们幸福安逸地运思和歌唱。那些拥有极大权力的人，愿意看到受其保护的人尽情发挥绚烂的才情，衣食无忧且不受伤害，表现出无穷无尽的创造力。当这个心愿稍稍得到实现时，这些得意的庙堂人物就有一种空前的欣喜和兴奋，甚至还要亲自加入"诗与思"的队伍，同歌共舞。

只可惜这个过程往往极为短暂，生活渐渐还是要露出它残酷的真容,接下去可能是更大的痛苦与跌宕。而在这之前,那些所谓的安逸的角落,"诗与思"已经在不同程度地发生蜕变。它们未经风雨,稚嫩而细弱,经受不住大自然的摧残,随时都可能凋落,变成一地残枝败叶。在庙堂权力者筑起的篱笆中,最终他们也很难随心所欲地放纵自己,不能自由而野性地生长,无法枝壮叶茂、粗悍和强盛。说到这里,人们自然会想到一些典型的例子,除了齐国的稷下学宫,还有盛极一时的"养士"之风。齐国的孟尝君、赵国的平原君、魏国的信陵君、楚国的春申君,都以"养士"著称。这些诸侯权贵们邀集文人策士,筑坛兴学,莫不令人叹为观止,可惜最终无一例外落得个惨淡结局。权贵们或与吐放大言的学士们说不到一块儿去,甚至引起了强烈的冲突,或者因为其他变故,总之好景不长,大家不得不作鸟兽散。

权力荫庇之下的环境尽管平安温煦,可是置身其中的人仍要警醒,吟哦的声音还是要放低一点,最好不要惊动另一些人的安眠,不要打扰他们。这隐隐的担心,事实证明是十分必要的。"诗与思"的稚绿小心翼翼,缩手缩脚,在没有光色的午夜稍稍地伸展一片叶芽,又极可能在黎明之后的强光下很快枯萎。幸免者随着时间的延续,会渐渐松弛下来,但仍然还会有意想不到的摧折,会发生巨烈的冲撞。他们这时要无所顾忌地呼号,激烈争辩,撞击之声惊动四野。一些好奇的倾听者汇集过来,这种围观一定会引起不安。无论是观望者还是呼号者,终究还是要被驱散。整个过程提醒所有的人:王国需要安静,尖音是不能持久的。

回望春秋战国,人们不禁会想到孔子这位大思想家,他多么需要一个与其精神相匹配的王国。鲁国不是这样的地方,于是他离开了，去了周边许多国家。那些地方大都和鲁国差不多，所以孔子和他的弟子才有漫长的跋涉和颠沛流离，直到晚年都没有找到一个理想之所。最终孔子还是回到了鲁国。返回鲁国后，行将老去的孔子开始修订《诗》《乐》和《易》，这成为他晚年最有价值的劳作。去世之前他做了一个梦，吟道："泰山其颓乎！梁木其坏乎！哲人其萎乎！"（《礼记·檀弓上》）孔子梦见屋梁要坍塌，泰山要崩毁，发出了最后的绝唱。

齐国曾是战国时期的群雄之首，物质繁荣丰饶，艺术灿烂辉煌，拥有天下最好的战车和宫殿。在这样的鼎盛之期，齐国君王心有余裕，想起来要修建一座"诗与思"的"保育中心"，这就是流传千古的学术和艺术的佳话，即创建稷下学宫的壮举。当时天下第一流的思想者全都汇集稷下，在此雄辩滔滔，豪情万丈。大学者享受第一等待遇：荀子曾担任过学宫祭酒，配有豪车华屋，宫中学人也生活优渥，如孟子"受上大夫之禄"，拥有相当高的爵位和俸养。他们可以吐放大言，无所禁忌。狂言与志向，言过其实和虚幻想象，一切兼容并蓄。这是那个大时代一页骄人的记载，是斑斓闪烁的历史之章。可就是这座历时一百五十多年、惊艳天下的著名学宫，其结局又是如何？整个故事仍旧是概念化和老套化的，那就是权力者与思想者的对立，是孟子离去、荀子沮丧。

原来庙堂权势人物不过是叶公好龙，是一些玩文化者。是的，在他们眼里，文化是鸟雀一类的东西，也可以豢养和玩耍。他们没有预料到的是，真正的"诗与思"一定是各具锋芒的，会直抵生命的深处，与庙堂的辖制格格不入。那曾经令孔子"三月不知肉味"的《韶乐》之美，也不过是礼仪所需，属于庙堂之乐。

在庙堂所圈定的篱笆中，真正深刻的"诗与思"仍然不被兼容，无处藏身。让我们的思绪从春秋战国荡开，进入所谓的盛唐，感受唐诗的际遇。那些最著名的诗人命运各异，但可以说其中最卓越者，仍被先后放逐到大唐广阔的土地上，成为一群四处奔波的游荡者。李白和杜甫，几乎一生都在旅途之上，他们绝少安逸："欲渡黄河冰塞川，将登太行雪满山。"（李白《行路难》）"岁拾橡栗随狙公，天寒日暮山谷里。"（杜甫《乾元中寓居同谷县作歌七首》）就在这风雨摧残、烈日暴晒之下，他们吟哦和记录，留下了深刻的生命痕迹。和李杜类似的一些人物，他们或行进在逃亡的队伍中，或辗转在饥饿的大地上，在贫瘠艰困的生存中书写个人的文字，几乎没有什么例外。那些有过庙堂生活经历的人，偶尔也沉醉和幻想那一段日子，甚至有点恋恋不舍，但跻身宫殿与庙堂的生活，却让他们的心灵时常处于一种煎熬的状态。流离而出，奔向远方之后，他们才能大口呼吸，焕发出勇气，获得身与心的自由；面对美丽的大自然，那种放纵的想象和浪漫才显得无比动人。即便是艰辛拼挣之下的呻吟，也那样哀恸肺腑，其吟哦和歌唱都达到了一种极致。就"诗与思"的生长来看，一个人是这样，一个群体也是这样。我们真的找不到精神的保育中心，而且不可以存有这种幻想。

安逸、和平的社会环境，丰厚的物质条件，各种强有力的庇护，既不会凭空降临，也不会天长日久。对于思想者和诗人来说这只是一份过分的奢望，最好不要期待；事实上只有摆脱了现实物欲的羁绊，才能够让心灵安顿下来，对置身的这个世界获得相对客观与超越的判断。真正撼动心魄的"诗与思"往往诞生于艰苦困窘的境域中，这样的世界固然令人痛苦不安，却能催生出丰硕而深邃的精神成果。"国家不幸诗家幸"（赵翼《题遗山诗》），这似乎成为一个常理，写在了复杂的历史和经验之中。那样的时代让我们避之唯恐不及，但那个时空中真的出现过另一道风景。也许这个结论太悲凉了，可它是真实的，是并无突兀的鉴定。

  让我们再次回到当时的楚国，看看大诗人屈原生活的环境。如果没有楚怀王和顷襄王的昏庸与腐败，没有那些令人憎恶的宫廷争斗，没有两次流放，没有那些令诗人绝望的挣扎和奔波，又何来《离骚》，何来《天问》，何来《九章》和《九歌》？就在这人人恐惧的现实境遇中，他出人预料地结出了最为迷人的"诗与思"的果实。作为后来者，我们心中矛盾重重，不无哀伤，究竟是希望还诗人一个安宁与欣悦的生存之境，还是于现实苦难中撷取瑰丽芬芳的艺术之果？我们无法回答，既怕伤害了我们的诗人，又实在不能割舍千古绝唱。

在诗与赋之间

《楚辞》相对于《诗经》放松了许多,铺陈了许多,诗句的字数开始增加,形式上也更为自由;发展到后来,便成为"铺采摛文"的汉赋了。在《诗经》与汉赋之间,《楚辞》起到了桥梁的作用,具有一定的折中性,属于一场文字茂长前的形态。尽管有人也将《楚辞》称为"辞赋",尤其是西汉初年的所谓"骚体赋",如贾谊的《吊屈原赋》《鹏鸟赋》、司马相如的《长门赋》和司马迁的《悲士不遇赋》等,确实与《楚辞》有些接近,但毕竟与后来那些丰辞缛藻、穷形极貌的汉赋有着很大的区别。后者更加恣肆放逸,而《楚辞》则节制了许多,仍然属于歌词,可以咏唱。它继承了楚地的民歌传统,或者说最终完成者屈原就是民歌的收集者和规范者,是一个集大成者。他使《楚辞》达到了艺术的最高峰。

也许屈原那些长长的吟唱,时常突破了民歌旋律的形制与要求,这才显得更为自然、自由和放纵,但可能仍未脱离楚地的旋律。它大致是在一首首民谣的循环往复中展现个人的内容,将其扩充或进一步铺开,完成一次更长的咏叹;显然它已经完全不同于节令和仪式中专门使用和定制的谣曲,而是更多地走向了个人化和创造化,越来越具有个人文学书写的特征。《楚辞》的主要部分脱胎于民间文学,又不同于民间文学,而是属于文人的个人书写。这就强化了个体创作的意义,增强了个性化的文学特质。一方面它借助了民歌的自由,另一方面又回到了个人的自由,从那些相对固定的民间仪式中解脱出来,不受或少受制约地涂抹和记录。就文人创作来说,这种回到个人的自由,是保证文学品质的一个基础、一个重要条件。中国古典文学的创作,从《诗经》走到《楚辞》,由于屈原的参与,向赋的路径跨出了很大的一步。

文字的繁衍大致遵循了这样一条道路,即与书写工具的改进有着同步的、密不可分的关系。由龟板、瓦片、铸铁、竹简到纸的发明,以及毛笔的出现,文字开始变得松弛开阔,随心所欲了。而书写的简易又助长了文字的轻浮,使其极为凝练和浓缩的品质受到伤害。一种文体的演变往往也与此有关,比如从《楚辞》到汉赋,再到后来那些叠床架屋、铺张浪费、华丽而空浮的文字,就能看出很多端倪。后来的钢笔和打字机的时代就更加缺少了节制,到了电脑数字时代,可以说进入了毫无节制的泛滥期,从形式到内容都踏上了一条毁坏语言文字的不归路。

从这个意义上去论断文字,我们似乎十分悲观。技术的进步就是这样强有力地改变了精神的创造,在获得一种自由的同时,却陷入了另一种裹挟,跌进了万劫不复的深谷。在轻浮与放纵中,人的精神世界变得渺小、琐碎,思维的触角在暗处轻浮地躁动,再也没有了简约持重的记录,没有了《诗经》《楚辞》和诸子百家那样郑重的许诺和书写。

就文字看,《楚辞》在《诗经》简约的形式上有所发展,从容酣畅的笔致和境界得到了强化,这基于屈原书面语的深厚修养,以及浪漫开阔的个性与文化视野。我们不得不考虑到他显赫的身份,他与周边各国上层人物的交往,特别是与东方大国齐国之间的紧密关系。诗人必定从中受到了思想与艺术的感染,吸收了诸多营养。屈原身居楚地,深受神巫文化的熏陶,庙堂人物的高深文字功力与民间传统的深度结合,使其表达产生了另一种气象。于是我们就看到了那些前无古人、后无来者的绚烂篇章。它们比北国之《诗经》更开阔,更自由也更宏大。历史上最长的抒情诗至此诞生。而与汉赋相比,它仍然是凝练和节制的。

汉语言的铺张和泛滥似乎就从汉赋开始。在这个过程中,也许那些庙堂人物起到了推波助澜的作用。与铺张的汉赋连在一起的,是它并未遮掩的赞誉和阿谀,从形制之殇到品质之殇,二者共存,互为表里。这种文字的放纵轻慢,在很大程度上背离了《楚辞》的传统,更远离了《诗经》的传统,最后的结果就是被时间所嫌弃和厌烦。文学演变到唐代,诗歌成为艺术主流,在唐人的艺术反思中,赋的繁衍和扩张被一点点收起,这才有了唐诗的建树与成就。从初唐的陈子昂到盛唐的李白、杜甫、王维、孟浩然,从中唐的白居易、韩愈到晚唐的李商隐、杜牧等,这些代表性的诗人都继承和发展了《诗经》和《楚辞》的艺术传统。当然,汉赋的代表人物也承续了屈原,但是《楚辞》最为核心的品质,即它的批判性与深刻的忧思,更质朴自然,却没有被他们发扬光大。后代许多作家都受惠于《楚辞》,如司马相如、扬雄、张衡、曹植、陶渊明、鲍照、李白、李贺等,其作品都能看到屈原的印迹,就这一点而言,《楚辞》的影响甚至超过了《诗经》。

从舒展和自由的形制上看,《楚辞》似乎强化了一种道路;从文学形式和品质上看，我们会将"诗"与"辞"予以区别和界定。"辞"与"赋"之间也需要这样。从"辞"到"赋"，音乐性在降低，因为前者仍然要依附于旋律，后者则基本上摆脱了。脱离旋律有一个缓慢的过程，文字的独立是逐步完成的，最后演变为汉赋，大致上也就脱离了旋律的束缚。所以汉赋在变得更自由的同时，却又缺乏边界的收束，变得更铺张、更费词。

"辞"的称呼最早出于《史记》，而"辞赋"的称谓，虽然道出了"赋"对于"辞"的继承关系，却难以掩盖二者的区别。"楚辞"作为一种介于"诗"和"赋"之间的文学形式，其成就是堪与《诗经》比肩的，代表人物屈原也是最为杰出的。自屈原开始，诗的抒情品格得到了强化和确立，尤其是抒情长诗的价值得到了彰显；它既浪漫又节制，既放纵又收敛，其无比浪漫的质地与质朴诚恳的品格合而为一，散发出无可抵御的魅力。因着文学的强大批判品格，《楚辞》为后代文学树立了榜样，它以动人心弦的个体吟唱，与所有庙堂文学划上了一道深刻的界限。

思君之苦

古代诗人,即便像李白、杜甫这样的杰出人物,也常常深陷思君之苦。他们本来是庙堂的受害者,可是对居于庙堂中心的那个人物却是不断地怀念、想象,总是企图靠近,接受太阳般的热烈烘烤。这实在是一种人生悲剧、精神悲剧。作为不可更移的文字,它们生生书写在历史的纸页中,这好像有点无可奈何。

无论是靠近权力中心的诗人,还是一生都被庙堂疏离的文人,似乎其中的一部分都有难以摆脱的思君情结。它作为传统文学的一个伤疤和痼疾,成为一个硬结,硌着无数人的心,这是没有办法的事情。由此又说到伟大的屈原、他诗中一再表达的对于"美人"的思念。有人认为这里的"美人"是楚怀王,也有人认为是顷襄王,但无论如何都是指高居庙堂权力中心的那个人物,即所谓君王。"美人"让屈原颠沛流离痛苦不已,以至于走向亡命之途,可直到最后诗人还是在思念他。"美人"到底有多么美,我们作为几千年后的旁观者实在不解。到了唐代杜甫,这种思君情结发展到了极致,就是"每饭不忘君"。"生逢尧舜君,不忍便永诀。当今廊庙具,构厦岂云缺。葵藿倾太阳,物性固莫夺。"(杜甫《自京赴奉先县咏怀五百字》)

当然古代"君王"的概念有所不同,在某种意义上"君王"成为一种精神的寄托,相当于一种宗教符号,而且在很大程度上代表了社稷和国家。大约就是这种混合纠缠、难以厘清的概念,使最杰出的诗人也无法摆脱其强大的磁力。这时候"君王"之于他们,既模糊浑然又具体可感:一旦回到模糊的状态,就会透射出不可抗拒之美,散发出强大的热力和吸力;可是当它回到一个具体形象的时候,又会让人产生深深的遗憾和痛苦。对于思君之苦,我们多少有点不屑甚至不能原谅和同情。我们不愿看到他们精神的中心有一个庙堂,庙堂的中心有一个君王。

在屈原这里,君王被称为"美人",而这个"美人"居然是雄性的,也就散发出一种诡异之美。在诗人看来,"君王"既有异性的妖娆和不可抗拒的诱惑,又有权力者的威猛与刚健。就在两个极端的游移和徘徊中,诗人走入了幻想的迷途,这种幻想对于精神是至为有害的,从现实生活层面而言是致命的伤害,而对于烂漫的诗性又是另一回事了。它会产生一种迷离之美,幻觉之美,而且还有一种畸形之美。它们掺杂一体,构成复杂、曲折和深邃的审美效果,呈现出极为特异的艺术魅力。

有时我们觉得这种思君情结是来自仕途的规束和汉文化的传统,有时又觉得这是一种生存策略的延伸、扩大,以及惯性使然。在那么多的哀怨甚至诅咒中,似乎都埋下了一个思君的内核,由此诗人可以变得更为安心或安全也未可知。这要造成多大的矛盾和痛苦。思君之苦深不见底,又令人心存犹疑:庙堂的温暖和安逸毕竟令人难忘,它一开始是现实的和世俗的,后来又变成了精神的。所有精神的困窘和心灵的不安都是因为远离了庙堂,远离了那个中心。"美人"不在，其他的一切似乎都可以忽略了，而那个"美人"就像猫咪一样高冷。高冷之美更具诱惑力，有慑魄丧魂的威力。它对一切都不理不睬，收敛了自己的热情，甚至收敛了所有情感的外露。独立不倚的态度和冷淡的神情覆盖和笼罩了一切，使那些试图亲近者失去了任何建立情感渠道的可能性，于是只好依靠想象和揣度，与对方建立一点点心灵的联系。

最后到来的残酷一击，力量之大超乎预想，受害者自然是诗人自己。这时候他脆弱得不堪一击，开始了物质和精神的双重流浪。没有依傍和归宿的人生是痛苦的，流浪使他产生各种各样的呻吟，呻吟又化成了吟唱，其中很少欣慰，更多的只是痛苦。可是没有任何办法，此时诗人的人生和呻吟已经融为一体，不可分离，这多么不幸。然而正是因为这些痛苦和不幸，才构成了一种独特的哀怨忧伤之美，尽管它戕害了自由的生命，却还是令人感动和迷恋。

无论是李白、杜甫还是屈原，他们的吟哦都强化了古典文学的忠君传统，这是一种庙堂本位的传统，也是一种丧失了主体性的政治抒情诗，其品质有点像《诗经》中的《小雅》一样，"怨悱而不乱"。"乱"就是乱政，是颠覆之心，"不乱"就是忠君。这种哀怨、忧伤之美少有虚伪，基本上是来自一种责任和诚朴。诚实和朴素是一种美，是一种真实，在诗人的全部经历中，它是具有说服力的。在悲愤绝望的时刻，屈原才常常回到一种自我清醒的状态，这个时候他会给人一种痛快淋漓的感觉，也远离了对"怨悱而不乱"的恪守，走向了另一种惨烈的实在。

在最后的真实面前，诗人心灵袒露，身上再无一赘物和矫饰，走向了真正的解脱：摆脱了那种无所不在的权力笼罩，尤其是精神上恍惚迷乱的向往。诗人走向了冰冷无情的荒凉的旅途，走向了本该属于他的真实，走向了大自然，走向了清澈的汨罗江，然后纵身一跃。从此荣辱不再，也最终免除了思君之苦。

开阔无际的神游

就诗歌艺术的放浪、自由与形而上的品质来看，历史上最为引人注目的诗人是屈原和李白。李白被称为"谪仙人"，他的神游常常突破了现实空间，走向了"邈云汉"，飞向了月宫和宇宙。他梦想着长生不老，四处寻找瀛洲，寻找神仙世界，想必是受到前辈屈原的强烈影响。屈原是一个更早的"精骛八极，心游万仞"的灵魂："驷玉虬以乘鹥兮，溘埃风余上征。朝发轫于苍梧兮，夕余至乎县圃。"（《离骚》）在他的诗篇里，与神仙交往的壮丽场面比比皆是："溘吾游此春宫兮，折琼枝以继佩。及荣华之未落兮，相下女之可诒。""百神翳其备降兮，九疑缤其并迎。皇剡剡其扬灵兮，告余以吉故。"（《离骚》）"高飞兮安翔，乘清气兮御阴阳。吾与君兮齐速，导帝之兮九坑。"（《九歌·大司命》）无论是《离骚》《天问》还是《九歌》《九章》，想象无拘无绊，上天入地，浑阔无边，形而上之思充沛而丰满。在汉诗中，它作为一个流脉一直没有断绝，只是到后来变得细弱多了：在一个缺乏想象和浪漫的国度里，似乎"现实主义"更容易被人接受和推崇。

在世俗社会里，李白名声远扬，那是因为作为个体的辨识度之高，无出其右者。可是在情感和经验的亲近感上，他却远远不及杜甫，因为后者记录的是更加具体的生存现状，这是人们在审美体验中最容易接洽的一部分。而屈原和李白的艺术，却往往在一般人的日常经验之外，这对大多数读者可以说是一次超验阅读。屈李的思绪飞扬于现实生活的层面之外，所以我们必须换一个视角，努力地解放自己，才能进入他们所引导的那个维度，那似乎已经不再是一个三维空间。而以杜甫为代表的所有现实主义诗人，却很少逾越三维空间，它是物质的和现实的，具体可感的，可以触摸的。

对于屈原和李白的艺术，虽然我们并不陌生，但却难以亲近，更不能够悉数把握。他们足以让我们好奇，甚至沉醉其中，却难以用理性思维去簇拥。我们追随着他们的狂放和神游，却不能进入他们的思维逻辑以及想象的天地。那种神游四方是生命的自由属性，是仰望和寻找的本能，但对于现实中的人而言，许多时候这种本能却被向下的注视给取代了。这是极为可惜的。在屈原、李白那里，那种向上的能力不是中空和虚飘的，而是另一种真实的存在，它与连接大地的精神内容一样充实和本质。

屈原上达九天，下入幽冥，与神鬼对话，往来无碍，多么自如舒畅。在《离骚》中，"饮余马于咸池兮，总余辔乎扶桑"，坐骑饮水处是太阳洗浴的咸池，马缰就拴在神木扶桑上。"前望舒使先驱兮，后飞廉使奔属。鸾皇为余先戒兮，雷师告余以未具。吾令凤鸟飞腾兮，继之以日夜"，前驱竟然是给月亮驾车的望舒，他发出一声命令，凤凰即展翅奋飞。诗人站在苍穹之上看云霓巨龙，一片斑斓，滚滚而来的云海衬托着他的威赫，从此再无悲戚，也不是那个身披花草的稚弱文人，不是一个依附于君王身侧的臣子，不再像女子那样刻意打扮自己，不是一个面容姣好的吟唱者，更不是一个弄臣，而是一个无所不能、遨游四方、与神仙并列的高贵生命。高贵和自尊应该是诗人的本质，没有这样的生命质地，也就没有真正自由的吟唱。

神的存在，实际上是人们对于自由的一种寄托。神的无所顾忌和无所不能，俨然是获得了最大的自由。向往自由才能向往神灵，才能以神游的方式去接近那个幻想。从某种程度上说，对于神的渴望，就是诗的宗教。在这里，创造与自由、神游与神，是不可分离的一个整体，有时候甚至可以说它们是同一种事物，仅以不同的称谓和概念呈现出来。当人的灵魂脱离了沉重肉身飞翔到高阔的时候，实际上就是挣脱现实回到永恒的神游之旅，现实与精神之间不可调和的矛盾就此得到了化解。当然那是人生的终点和神游的开端，当现实的躯体变得沉重的时候，就到了处理精神问题的痛苦阶段了。这个时候，只有真正的诗人才能够将心灵上升到苍穹，走向阔大无垠的境界，这是衡量杰出诗人和平庸诗人的一个重要尺度。从这个意义上说，所有专注于精神叙事的艺术家都是第一流的，而那些辗转在物质得失与变易之中的歌者，还不能算完全意义上的诗人。

屈原是居于所有诗人之上的最杰出者，因为他有无所不至的最开阔无际的神游，在沉重肉身的拖累下，仍然勇敢无畏地挣脱，一次次飞向高阔，奔向最后的归宿，飞升于一片精神的平流层之上，抵达了清明的境界。这就是屈原所开辟的浪漫主义的道路，也是他的伟大意义。就诗而言，就艺术而言，"浪漫"才是本质，而"现实"只是生长的土地、一个挣脱的基础、一个过程的开始。

绿色繁华的簇拥

《楚辞》像《诗经》一样，写到了许多繁茂的植物，是一个绿色葱茏的世界。放眼看去，满是各种各样的生长和开放：桂树、橘树、秋菊、蕙兰、辛夷、白芷、杜衡、杜若、申椒、宿莽、江离、薜荔、女萝，艳丽逼人的花、苍翠欲滴的绿色、诱人的芬芳和刺鼻的气味。他将这一切用作比喻：比喻自己，比喻他者。

"兴"的手法比《诗经》少，而"比"的运用多了起来，这是《楚辞》的一个艺术特征。在强化自我的抒情诗中，比喻似乎更为直接和重要了，这种率直更利于言说个人情感。在生机盎然的世界里，好人、坏人、我、君王、群僚、宵小等，都直接用植物作"比"。这在当时的听者那里，可以迅速地进入一种自然的联想，因为他们和诗人生活在同一时间，拥有同一个蓬勃烂漫的大自然，所以对这一切再熟悉不过。在书写的历史中，或许我们很少能看到像《楚辞》和《诗经》这样繁多的植物描写，以至于其中的草木花卉已成学问，连孔子都感叹可以通过"诗三百"多识草木之名，《楚辞》自然也是如此。

在《诗经》和《楚辞》多姿多彩的世界里，植物的气息格外浓郁。在这种气息中，人类生活染上了浓绿的颜色，思想和行为伴着这种颜色,与碧绿、澄澈、芬芳、鲜美一起,蔓延和生长。这对于日常生活而言,绝对不是一件可有可无的事情。到了现代社会,人造之物成倍增长,人流拥挤,到处是高耸的建筑,这样的街区已经很少见到繁密茂盛的绿植。在今天的城市,有些植物只被一些上等人物和高级场所作点缀修饰之用,已化为身份的象征。在遥远的楚国,在那片湿润的土地上,它们既是再普通不过的自然之物,又是同一个世界里并肩的生命。

诗人喜欢披挂美丽芬芳的花朵,与它们融为一体,心有灵犀。"扈江离与辟芷兮,纫秋兰以为佩。""佩缤纷其繁饰兮,芳菲菲其弥章。""制芰荷以为衣兮,集芙蓉以为裳。""揽茹蕙以掩涕兮,霑余襟之浪浪。"(《离骚》)诗人的日常生活离不开这些美的生灵,在他心中各种植物皆有品性与魂魄,有着超乎寻常的敏感,不仅是形状与习性不同,而且还对应着不同的灵魂。"户服艾以盈要兮,谓幽兰其不可佩。览察草木其犹未得兮,岂珵美之能当? 苏粪壤以充帏兮,谓申椒其不芳。"(《离骚》)"芳与泽其杂糅兮,羌芳华自中出。纷郁郁其远蒸兮,满内而外扬。情与质信可保兮,羌居蔽而闻章。"(《九章·思美人》)它们或高洁或污浊,或崇高舒阔或卑劣狭促;艾草和蕙兰大异其趣,花椒与兰花迥然有别。

诗人之所以与一个蓬勃世界建立起如此密切的关系,当由客观环境所决定。在那个世界中,人类对自然界的影响尚处于初级阶段,千奇百怪的人造之物实属罕见,人们眼中还是蓝天白云,水碧山青,而且人类造物的增殖大大落后于自然造物。他们惊恐于风云疾电,无力征服奔腾的大河,木车缓缓前行,即便扬鞭跃马,也远不及空中飞鸟。人类对于自然充满嫉羡、敬畏和神秘之感。在这个万物有灵的世界里，人是追寻者、询问者和求助者，他们相信在远天之外还有一个神灵世界，那里像人间一样，有威赫的车队和庄严的仪式，有比君王更为显赫的天庭的主人。在神话传说中，这一切都得到了描述，民间有过一次次生动的演绎，而诗人再一次复述、描绘、祈求和叩问，强烈地表达了追随和融入这个世界的梦想。离开了幽兰芳草和玉树琼枝，他会愈加孤独。诗人的思绪徘徊缠绵、幽咽低回，虽然有群芳陪伴，但哀怨和痛苦却没有减轻。在这些倾诉呓语中，大自然的纯洁至美之物深刻地参与了诗人的生活。

我们难忘诗人笔下的湘夫人："帝子降兮北渚，目眇眇兮愁予。袅袅兮秋风，洞庭波兮木叶下。"（《九歌·湘夫人》）难忘她眼中那"眇眇"的哀愁，难忘"湘君"与"湘夫人"佳约幽会的场景："筑室兮水中，葺之兮荷盖。荪壁兮紫坛，播芳椒兮成堂。桂栋兮兰橑，辛夷楣兮药房。罔薜荔兮为帷，擗蕙櫋兮既张。"（《九歌·湘夫人》）荷叶盖在屋顶，香草织成墙壁，紫色贝壳铺满庭院，厅堂椒香扑鼻，兰木和桂木做成屋梁，辛夷做门楣，白芷饰卧房，用薜荔巧妙地织成帐幔和隔扇，百卉聚满庭园。总之居所内外到处是芳草鲜花，无论是走廊还是庭院，皆为迷人的绚烂和醉人的芬芳。多么浓烈的爱情，多么浪漫的气质，在这芬芳堆积的奇妙诗句中，感觉不到重复和拥挤，而是沉浸于一种极为饱满芳洌的生命气息之中，这气息为《楚辞》所独有。

在青葱的南国，类似的吟哦还有很多，比如宋玉、景差等诗人。随着时间的推移，自两汉、三国两晋、南北朝、唐宋元明清以降，字里行间才渐渐变得颜色单薄，浓重的自然色彩逐步衰减。这似乎是人类书写的一个必然走向。到了工业革命后期，人们迎来的是更加枯燥乏味的世界，诗人的吟哦中绿色愈加隐退，伴随着现代主义的来临，浓烈的化纤气味便直接取代了绿植的青生气。在当代，即便是长篇巨制之中也看不到多少花草树木，甚至闻不到一声鸟鸣，只有人类自身的忙碌和自我繁衍，他们已经使世界变得拥挤不堪，灵魂开始孤独，心情变得抑郁，生命寂寥而单一。人类对于大自然的空前冒犯与戕害，使这个空间里每一秒都失去一种生命，或是动物或是植物。相对于人类来说，它们都是异类。

与《诗经》中繁茂的植物相比，《楚辞》的植物世界似乎更为水汽淋漓，它们与吟唱者的关系也愈加亲密和切近，于是用它们直接作比的情形就更为常见。我们可以想象，就是这个生机勃勃的世界在呼唤诗人，激励了他的吟唱，让他发出饱满的声音。即便在诗人最寂寞最沮丧的时刻，也仍然有绿色繁华的簇拥和陪伴，这对他当然是至为重要的。一个人在干枯的环境中寂寞单调地生存，与生活在一个万千生命活跃奔腾的世界，该有多大区别。人类的整体命运受制于这个永恒的背景，人类的总体情绪更难以摆脱这个背景。

诗人的所有痛苦都来自同类，来自一种奇特的结构关系，它被称之为"体制"。如果换成动植物的视角去揣测这种体制，那该是多么造作、费解和怪异。陷入这个结构的生灵总是痛苦万分，如同进入无物之阵，像在迷宫里一样跌跌撞撞，不得解脱。在其他生命看来，"体制"中的人类可能奇怪到无以言表，他们的一些痛苦和踌躇很难得到一个详尽而合理的解释。

眼前的这位诗人时而痛哭流涕，时而哀怨无声，仰望、祈求、顿足、搥胸，简直受尽了折磨。这位诗人长眉扬起，美目大睁，眸子清澈，而且周身缀满了鲜花。在陪伴他的这些芬芳植物眼中，诗人更像是自然界里可以移动的一个精灵。它们愿意附着其身，与其同行。在这个过程中，它们可以倾听他美妙的吟哦，尽管这声音蓄满了哀怨和悲叹，可是依然动听。它们喜欢诗人，渴望帮助他，于是加倍地释放芬芳。它们用馥郁浓烈的芳香让他愉悦，让他兴奋，让他陶醉和忘我。

贵族之歌

显而易见，屈原的心绪与情感，兴奋沮丧及所有哀怨，大致还是反映了上层贵族的心理状态，与宫廷统治阶层的诸多矛盾纠葛联系在一起，与底层关系则要少许多。他的一切关于不幸的叙说和旷远的想象，基本上都来自他从属的那个阶层，属于一小部分上等人的精神空间。这是生活和情感的基础，是诗人痛苦的来源，也是其忧虑和牵挂之所在，其中遵循的仍然是一种贵族的生存逻辑。诗人的可贵之处，在于他的思维指向在很大程度上与底层有着利益的一致性，深深忧虑的是国家和族群的前途。他对山河大地所表达的那种强烈的爱恋，更属于所有人。同时，诗人还具有贵族阶层的高瞻与深邃、开放与广阔，而这一切仍然属于全人类。他那个高高在上的世界，在底层人看来仍然具有魅力，充满神秘感和吸引力，这与那些身居底层、吟唱底层的诗人有着巨大区别。民间对于那些来自底层的吟唱，固然熟悉和喜欢，会产生极大的认同感和亲近感，但也会缺少许多好奇和惊羡。

作为一个来自贵族阶层的诗人，其趣味是大为不同的，其痛苦也有别于普通人。他所关切的事物，从社会层面而言更为高阔和辽远，是关乎社稷、王权、国家、百姓的一些至大问题。然而在底层眼中，这一切又难免有些抽象和笼统，有些大而无当，缺少现实生活中更为具体的艰辛曲折，不是民间操劳者常有的愁楚，所以有时也不被他们理解。在诗人的社会生活中，人与人之间的关系，不是由基本生存所需的劳动维系，围绕于诗人身边的，也常常是人事与机心，是政治与谋略，是与位居权力中心的"美人"之间的关系，是那个以"美人"为核心的圆周的扩大与缩小，以及这一切所带来的欣悦或痛苦。

诗人的"哀民生之多艰"，是一种引起无数人感佩的情怀，这说明他眼中有底层和劳民。虽然这怜悯和哀叹来自上层，是俯看的视角，但作用于人心的，仍然是至大、普遍和切实的悲悯。

屈原是一位借助了民间强大吟哦传统的诗人，他甚至沿着这个方向走得很远。这种由底层实际生活所产生的艺术传统，对他创作上的借鉴、改造与融合至关重要，以至于成为诗人全部艺术元素中最为强劲的一种存在。民间的艺术传统支持和强化了他的贵族之歌，改造其品质，使之具备了另一种拥有，即那种不可思议的生长性和自由性，避免了上层贵族先天的苍白和纤弱。它离泥土更近，离自然更近，这二者又使其成为最流畅、最真挚的自我吟唱。这种吟哦可以让诗人时常忘我，忘掉原来的身份所附加的东西，沉湎在真切自如的生活状态中。这个时候，诗人不仅挣脱了一种上层贵族的生活环境，更重要的是在精神上走入了另一个层面。这个层面具有强大的自然属性，像底层民众一样靠近自然，而不是局限于宫廷和庙堂，局限于那种奇特的人际关系与文化结构。

在流放和远行的旅途上，诗人双目所及、两耳所闻，尽是流传了千百年的声音，它们回荡在天地之间，从大山背后和雾气深处阵阵传来。那是劳作的号子,是悠长的呼唤,是闲暇里的歌唱,是庄重的祈求与祝祷。诗人和它们一起求助于鬼神,在上下求索的神游中走过了一程又一程。这既是熟悉的又是陌生的,对于诗人而言,这是一种久违的体验,使他能够暂时忘却日常的烦扰和不堪回首的过去。一场又一场的争执、倾轧和博弈都离他远去,现在终于可以深深地吸一口自由的空气,感受它的清新与芬芳。花草的气味鲜美浓郁,是隔了一道道幔帐的厅堂中难以嗅到的气息。这个世界里的一切,都迥然不同。

作为一个长期生活在阳光稀薄之地的贵族人物,野外的新鲜感是那么强烈。他苍白细腻的面庞上看不到风雨留下的粗粝,看不到生命的苍壮,而只有女子般的忧伤。也许纤弱的外表掩盖了心底的执拗和倔强,甚至是强悍。是的,一旦那个不屈的灵魂与自然的粗粝、底层的野性结合到一起,就会转化为另一种巨大的力量。这力量来自一个清贵之人的决绝,来自遥远开阔的志向;当他汲取和接受了底层以及山川大地的蓄养之后,就义无反顾地奔向远方了。这之后,尽管他偶尔还会想起庙堂的拥挤和喧闹,想起宫廷的乐声与舞容,回忆曾经的奢华、富丽和阴郁,尤其是那个被围拢的"美人",然而一切都在慢慢远逝,消失成一缕淡淡的云气。

有人认为《天问》不是屈原原创,而是他对一首长期流传的民间长歌的整理和归纳。诗人一口气设问了那么多,天地人间无所不包,似乎难以想象一个人会有如此强大的追溯力和概括力。这首抒情长诗的确不同于其他,于是有人推断一定是来自民间的创造,因为它实在牵挂得太遥远,囊括得太繁杂:历史兴衰、政治案例、古老传说,更有无数自然奥秘、一个个历史人物,似乎要上天入地,一口气穷尽。"八柱何当？东南何亏？九天之际，安放安属？隅隈多有，谁知其数？天何所沓？十二焉分？日月安属？列星安陈？"（《天问》）这是怎样的胸襟、怎样巨大的抱负和辽阔的眼界，它具有使人难以揣测的深度，难以望透的浑茫。在不解之下，我们只好将其归于民间，因为那是一个滋生万物的神秘所在，只有它才可以解释一切，给我们一个无所不包的答案。

然而当我们仔细打量和体味这首长歌的时候，又会发现它是那样地规整和周密，对政事缘起和王权更迭极其敏感，追索叩问犀利而细致，对于神秘苍穹的拷问更多地联系了人间世事。这又让我们不由得想到了诗人的身份，想到了他的人生际遇、他所置身的那个特殊环境。显而易见，这首长诗仍然洋溢着一种与民间有别的贵族情怀。

我们似乎可以将《天问》看作上层与底层、民间与庙堂的混杂镶嵌，但绝不是泥沙俱下，而是经过了一个贵族文人心灵之网的细密过滤，点点滴滴都染上了他灵魂的颜色。有时诗人从民间某个场景出发，忘我地走向一片天地，进入最为酣畅的创造，这时诞生的所有音符都格外婉转动人。那是充分的个人化，稍稍地纤细和别致，多多少少脱离了群声的参差和苍茫的民间风格。全诗只有通体笼罩的那种气息才是浑然的，这是它的原色，是一个贵族进入民间之后染上的色泽。这首长诗的核心处仍然回荡着一种贵族之音。

厌世无颜色

《楚辞》满篇绿色,整体浸染着浓烈的颜色。在流放途中,诗人情绪起伏不定,疑虑重重,步履坎坷。他一路走去,时而悲愤,时而狂喜,时而昂扬,时而低沉,最终走向了绝望,走向了永远的诀别。诗人最后实在看不到希望,因为他仍然是在一个旧世界中四处冲决,而不是重新创造和寻求一个新世界。他的身体离开了旧所,精神却时常回返,这种回返使他一次又一次陷入沮丧,以至于厌世。

厌世无颜色,无论多少美丽鲜花和苍翠绿色最终都不能唤起诗人的生趣。这些一路陪伴他的花草植物,曾被他引为同类,作各种比喻,喻敌喻友,以至于虚拟为一个王国。它们成为各色人等:"昔三后之纯粹兮,固众芳之所在。杂申椒与菌桂兮,岂惟纫夫蕙茝。"(《离骚》)百草众芳在各自的位置上井然排列,这种秩序当然来自庙堂,绝不可以颠倒和扭曲。我们可以把这种想象看成强烈的社会责任和政治抱负,看成现实与理想之间的强烈冲突,以及冲突之下所产生的激烈情绪。这一切焕发出崇高的意念,它能够打动心弦,唤起道德伦理层面的同情和赞叹。但是从另一方面来说,它又丧失了人性更高的自由:没有自我,何来永恒? 社稷在许多时候是虚妄的,不啻于梦幻,在一场幻觉之中,诗人的悲哀没有尽头。所以尽管置身色彩斑斓的自然界,这片颜色终究没有占据心灵深处,那里一片苍凉。无边的厌恶笼罩了他,这将进一步加剧他的绝望,使其加快脚步走向命运的尽头。

诗人所厌之世,似乎是开阔和广大的,但实际上却是狭窄的。他所厌恶的只是这世界上一个极小的角落,这个角落叫作"庙堂",或者说叫作"体制"和"规制"。这个角落虽然由人组成,但成员不是广漠的众生;这个角落也汇聚了生命,却是单一和扭曲的集合。在后来投向的苍茫大地上,诗人簇新的发现已足够多,踏入的世界已足够大。在长途流离之路上,他看到了一切,熟悉了一切,以其敏锐纤细之心,容纳了所有细节。可惜的是这所有的遭逢、这宝贵的资源,最终仍然没能融合到生命深处。在那个居中的心灵的角落里,还是更多地堆积了昨日的块垒,它们真的太沉重了。他无法在旅途、在陌生之地驻足,因为更多的时候,他的心灵还是被这沉重压抑,他的思绪还要飞翔到过去,或者到无法企及的远处。诗人偶尔在现实中寻找寄托,但这些寄托仍旧不能够长久,不能够凝固成一种更可依赖的存在。"余固知謇謇之为患兮,忍而不能舍也。指九天以为正兮,夫唯灵修之故也。""初既与余成言兮,后悔遁而有他。余既不难夫离别兮,伤灵修之数化。"(《离骚》)

诗人心中被深深的绝望所攫住,厌恶与厌烦时而激起一片激越的浪花,但很快就消失了,复归没有神采的沉默和平静。如果说诗人最后痛别的,是他穿行其中的这个蓬勃世界,还不如说是记忆中的那个狭窄的空间,是钟鼎笙箫,是礼乐赞颂之声,是王权阴影下活动的那些生命,是表面阿谀和私下诅咒,是畅饮、饕餮与饥饿,是对权力的渴望，是攫取的贪婪，是色与欲的滔天浊水。一个品格高洁的人与这一切永远作别又有什么不好？难道这不是一个合理的结局吗？

实际上对于任何人而言，生活的世界要高阔得多，它不至于像视野中的这样狭小，它拥有各种各样的可能，生活既在眼前也在别处，而不仅仅在昨天。记忆可以产生慰藉，梦幻却常常带来不安，昔日的痛苦应该渐行渐远，当下和未来才值得追寻。重新出发的人知晓这一点，走向陌路的人却极可能漠视这一切。

也许一个人自诞生之初，命运的轨迹就已铸就，不可以更动，如果能够改变，那必然是一个特异而有力的生命。就屈原来说，其吟哦所呈现的世界已经足够卓越和奇特了，只是还没有能力于现实中再造自己。想明白与放得下，这从来都是两个问题。一切皆由初心所定，更由经历所限，仿佛有一只神秘的手，给他的人生画出了一道深刻的印痕，他不可以跨越，而只能禁锢其中。这道痕迹的外部是完全生疏的景致和莫测的行程，是各种喧哗的生命，这些既吸引他，又令他深深地恐惧。回首远望，是可以历数的清晰来路，尽管这来路耗去了他最为珍贵的青春和精力，却不可以失去，不可以斩断。

这是一种无可言喻的人生至悲，它经常深刻纠缠着最卓越的人。昨日使他们耿耿于怀，因为他们认真而执着，有着强大的记忆力和追究力。如果说人生做好一件事情就足以慰藉、足以令人崇敬，那么诗人这一生的大事就是社稷和君王，是与之联系在一起的、他一直牵挂的那个族群的未来。后者使他变得让人怜悯和尊崇，也留下了很深的遗憾。与那些富丽繁华、令人眼花缭乱的想象和壮丽的诗意大相径庭的，是诗人稍微单调的社会理想。

"路曼曼其修远兮，吾将上下而求索"，这条修远之路，其实远不止于仕途之路、庙堂之路，这种上下求索也必须冲决这个世界。诗人的厌世有着充分的理由，它可以获得后代人的充分理解。我们此刻只有惋惜和痛苦，还有与诗人一样的悲伤。

楚地苍茫说《九歌》

关于《九歌》的作者一直存在争议，相当多的看法认为它由屈原收集和整理；也有少数观点认为《九歌》属于民间祭神的歌舞，与屈原关系甚微。《九歌》由九部诗篇构成，单篇形制比较短小，程式规整、鲜明，有明显的节令与场景的使用性，有很强的旋律和节奏感，可歌可舞。如果说它有更多的民间性，那么它必定散布于一个相当开阔的地域之中。正如《诗经》中的绝大部分篇章一样，《九歌》形成的时间很长，是在使用中逐步变得完美和饱满的。从这层意义上讲，也许《九歌》是《楚辞》中最具代表性的作品之一。

其实我们有许多理由将《九歌》看成是屈原最终完成的文字，因为《九歌》的原生野性、相对固定的内容、旋律感和节令仪式的使用痕迹，以及由此所带来的全部特征，虽然都完美地保留下来，但它们又是那样地规整和典雅，具有浓厚的文人气息。节制而简洁，含蓄而雍容，九首组合在一起，多姿多彩，显示了强大的空间感和斑驳性。这就使我们想到了远远不同于民间的手笔。它没有那么多芜杂和拖沓，没有常见的重复套叠，也没有过分的粗野俚俗。

如果说《九歌》由屈原整理和改写，那么我们可以假设它的成文时间稍晚。但诗人接近它的过程一定是很长的，并且会早得多。它们产生于各种各样的场合与角落,在相当广阔的地域里形成,有着浓烈的地方色彩。屈原是楚国显贵,曾一度深受楚王重用,与周边各国多有交往,见识广泛,也就更有利于形成以楚地风格为基础的辞风,可以更温文更深远地构划篇章。比如那首空前绝后的抒情长诗《离骚》,作为屈原的代表作从来没有什么争议,因为它具有显著的个人性,气质上与《天问》,特别是与《九歌》相去较远。比起《离骚》,《九歌》呈现出更为浓重的楚地传统和民间风情。

《九歌》大致是借神巫之口演唱的祭祀之歌,具有实用价值,而且格式固定,合制配套,形式束缚力很强。《九歌》在使用时,一些词句来回重复,诗人改造的痕迹首先在于语言的整饬和简练,使其既保留生气勃勃的风貌,又变得雅致。楚地盛行巫术,这些祭祀之歌是不可缺少的,人们在尽情放歌欢舞之中完成了一些重要心愿:迎接天神之首东皇太一、主宰人类生命的大司命、可以依恋和亲近的少司命、太阳神东君、黄河之神河伯、活跃于大山之间的神灵山鬼;思念云神云中君;演绎湘君与湘夫人的倾诉与爱恋;最后一曲是《国殇》,追悼为国牺牲的阵亡者。《九歌》已尽,进入祭祀尾声,这就是送别诸神的《礼魂》。各种各样的场景,遭逢各种各样的神灵,人鬼神之间由灵巫充当媒介,在人世和神鬼之间蹚开了一条沟通交流的渠道。不同的神灵有不同的作用,它们是人类的依靠,是生存的设定者,是命运的创造者。

实际上《九歌》吟哦的是一曲曲命运之歌,维系着人类的希望。像河伯、山鬼这样的神灵,虽然比不上东皇太一和大司命的强大威力,却仍然可以改变人类的日常运势。这一场又一场的祭祀,或庄严肃穆,或稍含嬉戏,或欢愉或低沉,但无一例外地寄托了人的深长希望。这些已在民间延续了千百年的仪式，经过了诗人的重温和参与，就有了另一种意义。他接受楚地的传统洗礼，领受民间的神圣，在这源远流长的祝祷中开始变得自信。这些神灵支持了一代又一代人，它们也将支持诗人。诗人从中得到了宽慰，似乎能够稍稍摆脱不幸的经历和记忆，仿佛有了新的依托，勇气倍增。在这生生不息的命运的循环中，诗人走向那个隐隐可期的宿命。既是宿命，也就不可摆脱，诗人隐约看到了自己的明天：这个情景有些闪烁不定，却使他一度燃起了新的希望。

我们可以想象，《九歌》所描述的那些场合，曾经让诗人深深地沉浸其中，甚至冲破了想象，化为一种实践、一种体验。在长期的旅行、流离之中，他完全有可能经历这一切。诗人的身心开始舒缓，愁闷得到释放，一起祭祀和祈祷，一起享受神灵的庇护，身上披满传统的恩赐，双目闪烁出单纯而真诚的光泽。《九歌》中描述的都是与人类生活最为切近的神灵，他们具体而实用，不可疏离。礼尽曲终，所有神灵接受祭享之后，都满意地飘然而去。他们会记住人间的盛宴，记住人们的虔诚，在高处注视芸芸众生，留意那些渴望的眼神：在众多的眸子中，尤其记住了一位诗人，他与众不同。

《九歌》可以说是楚地最精粹的传统之歌，它蕴含了浓浓的神巫之气，悠久丰厚的文化传习使其独具生命和自然气象。它在精神上是诡异神秘的，在气质上是灵动顽皮的，与楚地辽阔的国土、苍茫的自然紧密相连，结为一体，化为声音、色彩和节奏。如果说屈原的个人书写必定囊括和吸纳了楚地灵魂，那么《九歌》就是他最集中、最深刻和最逼真的一次尝试。我们愿意将《九歌》视为诗人投入的创造，尽管这其中必不可少地渗透着原汁原味的民间流唱，但它的确应该是诗人长长旅途中收拾的一串珍珠，散发出璀璨晶莹的光色。

没有《九歌》，屈原的创作会变得单薄一些，缺少更斑驳的颜色。若大都是《离骚》这样纯粹的个人创制，或许会有遗憾，因为杰作的创造向来需要更混杂的色调，需要更开敞的空间。《九歌》将屈原的全部创作开拓到一个更为狂放的境界，使其具备了不可预测的纵深感，就像楚国的疆界一样远阔，如楚地的山水一样莫测。南国的雾气围拢舒卷，层层推开，一旦罡风扬起，吹散眼障，会使我们更加清晰地看到一个熠熠生辉的诗人：峨冠博带，巍然屹立，仰咏《天问》，俯吟《离骚》。

根柢深沉

《楚辞》想象之烂漫、色彩之秾丽,自古至今没有出其右者。缤纷的意象、丰赡的世界,都被一部《楚辞》绘尽。后来即便是铺排到极致的汉赋,都无法与之相比;而且汉赋愈是往后,愈是于华丽中透出轻浮和飘移,在制作的快感中显出一丝无力。这一切,与《楚辞》雄奇的创造相比,差异巨大。这让我们不由得想到它的源路:本为楚地神鬼之歌,这些遥祝和祈祷完全来自生存之需,是楚人朴实真切的心理体验,与血泪汗水交融一体,与劳作的欢愉密不可分,所以其艺术质地才显得如此坚实缜密。无论多么浪漫绮丽的想象,只要来自生存的沉重,也就不会浮华和中空。既然是生存所需、劳动所需、生命所需,那么来自辛苦人生的敬畏,也就有了无法忽视的庄严感。这是一种事关生死存亡的小心翼翼和谨慎郑重,所以绝不会轻薄廉价,而一定是沉郁厚重。这时候,娱乐性会降到最低,闲适欢畅也会减弱淡化,以至于归束到一个小小的角落;那种炽热的温度却一直存在,那是热烈的希望,是来自生命深处的激越。与此同时所呈现的五彩缤纷的想象,是源于向往和热爱,而不是轻率的胡言乱语。

这样特异的杰作,也只有那个时代才能出现,它既对应着极度浪漫，又源自原始崇拜。这是人类社会初期所拥有的一种无可比拟的活力，有着生猛酣畅的特质。离开了那种土壤，生命的根脉很难深扎和游走，而只能在贫瘠的浅层汲取。

《楚辞》中的神鬼形象已经在民间存活了千百年，它们既是祈祷对象，又是使用对象。楚人非常具体地与它们相依存，敬畏中又不乏狡黠和利用，辛苦生存中获得的机智，让他们懂得怎样巧妙地周旋。但尽管这样，还是无法根除心底的那份畏惧和敬重。也正是这一切的混杂交错，让人生变得意味复杂。沉重的生活没有饶恕任何一个人，不会让任何一个人轻松自如地走在简易平直的道路上，而总是充满坎坷和折磨，甚至是深渊和陷阱，对于诗人屈原来说就尤其如此。既然这样，那还有什么比这种祈祷和倾诉变得更有意义、更为紧迫和不可或缺？诗人不得不相信命运，因为世上的万千生灵莫不如此，每个生命都被那只神奇之手拨弄和牵引，走向自己的归途。不可预测的人生，如同巨石压制之下的沉重喘息，欢娱只是稍纵即逝，而逼迫和追逐却要伴随一生。

人为何而来缘何而去，成为无解的谜团。侥幸总会离开，幸运一闪而过，悲凉和虚无植于无数人生经验之中。也正是这种苍凉底色之上的想象和生长，才使一部《楚辞》变得元气充盈。作为时间的呈现和记录，它有着不可重复性、个人性、即兴性和偶然性，有这一切相加所构成的复调、苍茫和多义。

相比《诗经》，相比其他先秦艺术的简洁、节制和凝练，《楚辞》既根柢深沉，又是形式和意蕴的一次大舒展和大解脱。其激情飞扬的浩荡、纵横驰骋的气度、上下求索的勇气和一泻千里的抒情，堪称前无古人后无来者。

理性的生长

诗人屈原所处的时代,是诸子百家极为活跃的战国,是一个理性发达的历史阶段,其中影响最大的也许是儒家和道家。在这个中国历史上很是特殊的时空中,诸子纵横捭阖,辩理说难:墨家的"兼爱"和"尚贤"、儒家的"礼乐"与"仁义"、老庄的清静无为、法家的以法治国、方士神仙家的玄思幻想、纵横家的雄辩滔滔,构成了一个思想鼎沸的社会格局与精神风貌。在这个无可比拟和千载难逢的时代,将有许多人从中领受恩惠。

齐地神秘的方士文化与楚地诡谲的神巫文化可谓接近,它们互为补充,声气相通。在国与国之间时而对峙时而联手、分分合合的角逐中,实用主义大行其道,民族生存的利益高于一切,这在相当程度上匡正了一些不切实际的幻想。一个政治家更需要清醒的理性,所以屈原思想与艺术的生成,恰好具备了肥沃的土壤。

就屈原的身份而言,儒家思想对其影响深重,在他的诗章中,忠君、用世的痕迹处处可见,君臣、等级、礼法和秩序,一直被遵奉和恪守。诗人像孔子一样尊崇周公,并有最高的礼赞。在《天问》中,周公的形象比其辅佐的那个君王在道德上要高出许多,从中可以看出诗人仍旧继承了西周的正统思想。"列击纣躬,叔旦不嘉。何亲揆发足，周之命以咨嗟？""伯昌号衰，秉鞭作牧。何令彻彼岐社，命有殷国？迁藏就岐，何能依？"（《天问》）在诗中，他强烈地怀念那个逝去的时代，赞许它的规制和道德，将其作为王权时代的典范。他认为战国时期的动荡，特别是楚地的诸多乱象，主因就是背离了周公美好的治理传统。这是诗人的理想，它与整部诗篇的浪漫主义紧密结合，在精神取向上是一致的。

治理的思路需要清晰的理性，实用主义的思维与楚地神巫精神格格不入。前者让诗人直面现实的惨烈，吟哦中回荡着强大的理性。一旦那根理性之弦在社会政治和现实生活中不能奏响，诗人就不可避免地陷入最痛苦的时刻。他眼中的楚怀王和顷襄王之所以踏入迷途，其实就是一种昏聩，是理性的迷失。诗人是清明透彻的，一种彻底的理性主义在支撑他，但是在表达这一切的时候，诗人却使用了极度浪漫的手法。从审美上看，这场想象特异的茂盛生发，正源于理性的根柢，它深深地扎入现实的土壤之中。

诗人参与政务，时刻忧心社稷与民生，容不得机会主义。在他眼中，那些阻挠楚国政事的佞臣小人，却无一不是投机者，是一群以个人利益为核心的宵小。诗人始终坚持从社稷出发思考问题，联合与分裂、忠诚与背弃，都与国家利益紧密相系，这时候的诗人似乎一点都不浪漫。他那里没有奇妙的幻觉，也无飘忽的梦想，更非偏执的迷狂。正因为这些理性的贯彻和坚持，诗人才有了难以摆脱、纠缠不已的痛苦，而这一切，最后又加剧了漫无边际的想象。诗人无法收拢思维的触角，任它们茂长和狂舞。最紧迫的时刻，诗人似乎想抓住什么，想拥抱或抛弃。这种无法忍受的痛楚全部来自内心，那里有一个理性的硬核，是它在时时硌伤他，使他不知所之，无所适从。

正是这种矛盾与焦虑,让诗人不能自抑又无可奈何,因为他完全不是一个富有机心的政客,也不像一个山崩于前而色不变的伟丈夫。诗人越来越像一个迷途者,但我们知道,真正的迷途者却是他心中怀念不已、一直牵挂的那个"美人",即那位君王。庙堂里的争执糊涂一坨,完全不受理性主导。"惟党人之偷乐兮,路幽昧以险隘。岂余身之惮殃兮,恐皇舆之败绩。忽奔走以先后兮,及前王之踵武。荃不揆余之中情兮,反信谗而齌怒。"(《离骚》)后来,这些悲苦难言的回忆只能加剧诗人的痛苦,如同在迷宫里团团打转、找不到出口。至此,世上大概没有一个人会将诗人看成是可靠的实用主义者,争名夺利、尔虞我诈的宫廷生活中,本来就不该有他的位置。他的离去是自然而然的。

诗人那些放肆的吟唱和离奇的想象,宛若一串串不断喷吐的璀璨花束,险些将他掩埋。他不像一个果断英武的男儿,没有那种杀伐决断,也没有那种身躯体魄。似乎所有现实主义的人物都应该是冰冷的,有着钢铁一样的外形和毫无情感的言辞,所有表述都要阳气十足,而不该是阴性的、忧郁的。那种抑郁的神采、多情的顾盼、绵绵不尽的诉说和无限的留恋,绝不属于一个王国。在诗人这里,一切都有点背反,有点乖谬。他应该是一个被深深误解的理性主义者,最后又因为理性的淹没变得迷茫焦虑。

生命的终点很快逼近了,越是接近那个终点,诗人越是加重了芳草和鲜花的披挂,越是让思维狂舞。那种不可遏制的悲凉和愤怒,连同不可思议、千奇百怪的幻想一块儿涌来,将诗人再一次缠绕和包裹起来。他挣脱而又陷入,趋近却又逃离,矛盾重重。时而松弛,时而紧张，急促的脚步将他引向高处，意外的发现带来狂喜，一路踉跄奔往大江。久久凝视波涛汹涌的水流，有了一个可怕的打算。只是在付诸实施的一刻，他忍住了。不能放弃的思辨和追寻仍然存留心底，那里发出一道道强光，这是理性之光，它照彻诗人，让他变得通身明亮。"世溷浊莫吾知，心不可谓兮。知死不可让，愿勿爱兮。明告君子，吾将以为类兮。"（《九章·怀沙》）

这个时候，那个生命的炽热内核再次活跃起来，烈焰升腾，日夜焚烧，直到诗人的躯体再也无法支撑。这个过程非常晦涩，似乎没人愿意拨开层层花草的覆盖，去找寻那颗孤独的、悲苦之极的灵魂。

独立于世的吟唱

随着时间的推移，诗人开始焕发出一种勇气。他不再回避自我，而是愈加强化了个体的存在。对比《诗经》，我们会发现由于歌者（创作者）已经发生变化，"诗三百"的客观性与群体性要远远大于《楚辞》。《诗经》的基本主体"风"是民间创造，是众手合成，而《楚辞》的主体却由屈原等个体创造。"诗三百"的某些篇章虽然也凸显了个人性，但就总体看，这声音远不够昂扬，而作为群声却是那样地浑厚和强烈。《诗经》中单独的声音，很容易被淹没。这既有歌者的不同，又有时代的特质。

屈原的抒情是对自我的全方位加强，这种毫不犹豫的大胆放言、吟唱，开拓了后来抒情诗的音域，甚至成为中国自由诗的源头。一再言说自我、强调自我、突出自我，这是对客观世界的一次次大声倾诉，成为中国个人抒情诗的发端。至于更后来，比如现代自由诗的狂妄和放肆，却导致它走向了畸形。个性的张扬一旦离开诚挚与淳朴，离开那种沉迷与寻觅的气质，就会变得虚空无力，不再可爱。其骄狂之气会拒人于千里之外，成为一种极不自信的嚎吼，背后仍然是一个渺小的我。另外还有一种"抒情"，其作用不过是一种外部修饰，实际上是对庙堂或强势的依附，是帮闲者的欢歌和呼号，说到底不过是对利益的追逐。这类阿谀的颂词没有什么价值,不仅没有真正的个人性,而且连个人所汇入的那个群声都是虚妄的存在。因为缺乏个体灵魂的群声是虚拟的,无法构成生命的千姿百态。一片深广无边的心灵的海洋消失了,我们所能够感受和记忆的,只不过是一群庙堂啦啦队,是它制造的时代噪音,而不是歌唱。

屈原是一位遗世独立者,他从群声中走出,从庙堂中走出,进而又从楚国大地上那些纵横交织的民间吟唱中走出。经过一场浩大遥邈的跋涉、穿行,他的歌声变得有些苍凉,但雄浑有力,心中涌动的源泉更加激越,因为这一路的润泽和吸纳给了他力量和勇气。这时候他甚至有些孤注一掷的孟浪和生猛,将原来的忧虑和牵挂抛诸一旁,自顾自地向前走去,目不斜视,只认准一个方向,吐出一串心声,把看到、听到和想到的都收入思想的囊夹,酿造之后又全数倾出。只有这个时刻,诗人才真正地由软弱变强悍,由宫墙内不见阳光的一介文臣,变成了大地上栉风沐雨的奔走者,变声变调,声音趋于粗犷。他甚至尝试着学习楚地各个角落里的声音,从祭祀的歌唱中借取词汇和音调。这时诗人的吟唱又混同、交织了自身生发的畅想,伴随脚步越走越远,终于走出了大山,走出了人群。"入不言兮出不辞,乘回风兮载云旗。悲莫悲兮生别离,乐莫乐兮新相知。"(《九歌·少司命》)

他独立于旷野,仰望星空,在呼呼作响的风中发出自己的声音。由于变成了独立的个体,各种各样陈旧的法度与规束悉数退却,心中的羁绊迅速解脱,诗人像一个不管不顾的思想的赤裸者,完全自由自在了。他将幻想和现实相糅,那些现成的旋律一会儿将他围裹,一会儿又被他撕碎,我者与他者组合,心灵与肉体交接,客观与主观、梦想与幻觉,就这样拼接连缀,无穷无尽。诗人的梦呓无所节制,做出一些远超预期的动作:有时候在突然冷肃和清晰切近的打量中喃喃自语,以至于惊住;这之后的停顿又换来更加疯狂的幻想,没有什么边界,吐露的言辞如披挂的花儿一样芬芳、华丽,又像脚下的岩石一样坚硬。有一些倾诉记不清是来自幻觉还是来自转告,或是内心久久徘徊的不吐不快,它们纠缠、堆积,脱口而出。有时候是一些纤细、柔和、委婉的歌吟,这时诗人的心情烂漫而柔软,双眼迷蒙,宛若一个纯洁的婴儿,沉浸在一种心绪之中,感受着往昔的全部呵护。

那是来自亲情、爱人,特别是母亲的怀抱。泪水夺眶而出,亲情渐渐逝去,眼前出现了那个"美人","美人"赞许地看着他。权力散发的魅力实在令人着迷,诗人再一次被吸引过去,陶醉于无所不在的庙堂的恩泽中。这是一种闪烁着浮华和高贵的色泽,但他知道在其褶缝和阴暗的背面,却是冰冷和污浊。那里没有一点洁净与温暖,全是肮脏和残忍。于是诗人转向澄澈明亮的天空,看悠悠白云。夜幕降临,星斗像闪烁的宝石缀满紫蓝色的苍穹,他寻找其中最引人注目的那几颗,与之久久对视,然后开始一场亘古难逢的大声追问,这就是《天问》。问天,问地,问变幻莫测的世事,问国家兴亡,问社稷前路,问偶然和必然,问族群、庙堂、个人,问他们的命运为何不同,又为何交织一体?

"鲧何所营? 禹何所成? 康回冯怒,地何故以东南倾? 九州安错? 川谷何洿? ""烛龙何照? 羲和之未扬,若华何光? 何所冬暖? 何所夏寒? 焉有石林? 何兽能言? "(《天问》)从神山昆仑到大河源头,从共工撞山到禹的胜利。烛龙的眼睛灼灼发光,太阳等待升起，日落之处的大树发出逼人的光芒。哪里有长成树林的石头？哪里有会说话的野兽？ 这些思维不停地缠绕，让他困顿，又让他快慰。他感到极为疲惫时，又想到了传说中的那个不死之国。它在何方？那个国度里定居着一个巨人，他是一位看守，因为那里有神奇的植物，吐放璀璨之花。一条能够吞下大象的巨蛇，它的身子有多大？滔滔不息的黑水之地，染黑了人的手脚。传说青鸟居住在三危山，那里有长寿不死者，那个地方的生命没有边界，所以同样是一种可怕的境遇。在这个时刻，诗人获取了真正属于自己的权力，可以藐视君王，藐视社稷。他背向它们，遥望更大的世界。一个人和这个世界建立了联系，用歌声回应一切，这才称得上是一个大歌者。

神秘的使者和歌者

让我们感到迷惑不解的是：一些人到底为何而来？他们或许是一些使者、一些歌者，来到这个世界只为了留下自己的声音。对于这些，我们似乎能够感受，但更多的时候又陷入迷茫。那些身影让我们迷茫、言行让我们迷茫，其生命轨迹让人感到阵阵心惊。这些歌者和使者面目不同，踏上的路径不同，与这个世界构成了独特的关系。有时他们被人厌弃，令人恐惧不安，因为他们触动了死水一般的生活；更多的时候他们令人振奋、激扬。这是一些勇者，不顾个人安危，向群体挑战，也向自己挑战。他们总是脚步匆匆地从乙地奔向甲地，无论中间横亘着多少激流险滩和崇山峻岭，都不曾畏惧和退却。他们忘记了世俗物利，也忘记了周边危难，一意孤行地奔赴目标。

关于那个目标，我们陌生而惧怕，对这些人的行为既感到不解又充满同情。他们行走在怜悯的目光里，直到不出所料地烧尽自己，消失在世界的深处。是的，他们的一生可以说是燃烧的一生，这热量就来自单薄的身躯内部，它们在那儿聚集，然后化成不可思议的火焰，放射出耀眼的光芒，在风中发出猎猎响声，令人不敢正视。

这些人到底由谁派遣而来？我们不得而知。但是我们大致知道他们奔往的方向,知道他们的结局。当然这只是表象,他们真正投向哪里仍然是个谜团,就像他们的来处一样永不为人所知。他们进行一场场忘我的言说,讲得口干舌燥,听者却一片茫然。或者根本就没有听者,他们只对着浩瀚的天空和苍苍大地疾呼,想用声音刺穿苍穹,与彼岸达成共识。我们偶尔看到具体的冲撞者,他们的躯体并不伟岸,却个个勇猛无比。这些执拗的斗士不顾一切地揪住他们的对手,与其说是用身躯,还不如说是用他们不屈的灵魂,展开了难以取胜的博弈。结局不出所料,就是他们遍体鳞伤倒在泥土上,闪动着没有信任、只有仇恨的目光。他们作为失败者喘息着恢复力气,准备再次站起。对他们而言没有胜败的权衡,仿佛生来就是为了搏斗。

诗人屈原出身显赫,是楚国皇族世家,血脉高贵,曾担任三闾大夫,掌管楚国三个大姓的宗族事务。而俄国的别林斯基来自边远乡村,荷兰的梵高来自一个平民之家。虽然这些特异的生命都非常具体地各有来处,这来处似乎只是一种简单而不重要的世俗遮掩,只用命运的雾幔稍稍掩饰了一下而已。或许他们的来路更为难测和悠长,令人无法追溯。因为仅仅根据来路去进行判断,就无法鉴定和猜测他们令人震惊的行为、他们的创造与表达,以及他们奋不顾身的勇气。那些惊心动魄的创造物和伴随这个过程所产生的一切神奇,总是让我们不敢相信。

他们眼中的世界与我们看到的完全不同。比如梵高画笔下的呈现:星星硕大、炽热,不停地旋转和燃烧;向日葵仿佛一片狂舞的金黄烈焰,像巨大的眼睛一样盯视过来。他画的丝柏像冲向天空的烟柱,像巨人风中飞舞的油黑浓亮的长发,其强大的生命力显赫存在,傲视四野，深深地感召和打动人心。屈原仰首遥望，视野中的天空与梵高又何其相似，所以才会有那么多痛彻心扉的追问。他沿江河而下，吟唱不止，形同痴人，诉说的内容斑驳芜杂，时而曼妙如画，时而凄厉震耳。当年别林斯基在朋友的描绘下，其形象令人瞠目：没有血色的嘴唇因为忘情激辩而不停地抽动，最后用尽生命的全部力量，以至于气绝倒地。这只是一次关于文学与艺术的普通争辩，可对他来说，就像战场一样不可后退和逃脱，不由得勇士般扑上去厮杀，欲将对手撕个粉碎。

就是这样的生命，他们来了，他们参与了，他们离开了。这个世界从此再无他们的声气与身影。是的，好像如此。然而，即便隔开了一个世纪或更长的时间，人们仍然能从黑暗的天幕背后听到滚滚的雷声。"薄暮雷电，归何忧？"（《天问》）这是他们的开场白，接着一个个身影出现了，我们的视网上将闪动这些人的形象：原来他们永远不会消失。

古今中外的这类人物可以一个个历数下去，从屈原到别林斯基，从唐朝的李白、杜甫，到法国的兰波和美国的惠特曼。"季风"一样的兰波，这位法国象征主义诗歌的代表人物，这位"通灵者"，更像是来自灵界的使者，不承担俗世意义上的任何使命。惠特曼作为美国十九世纪的杰出诗人，只上过六年学，是一个印刷工人，但这并不重要，重要的是他那强悍无匹的歌声。还有那个在战斗中死去的英国诗人拜伦，天生残疾。这些人无一例外地肩负着特殊使命，激情万丈，在这个世界上焚毁自己，化为一束绚丽缤纷的烟火。对普通人而言他们怪异极了，所以这些人的世俗身份并不重要，可以是屈原、拜伦这样的贵族出身、庙堂人物，也可以是一个大山缝隙中的伐木者、印刷厂的学徒工，或直接就是一个流浪汉。外在的形貌和身份一样，只是一层浅浅的遮挡。

时间的智慧帮助我们洞悉这其中的隐秘，我们惊惧、好奇地打量他们，一个个辨识他们的面目。可是最终仍无法化解我们心中的迷雾，不知道这些神秘的使者和歌者到底为何而来，又为何无一例外地匆匆离去？是的，这个世界由于他们的一次穿行而变得完全不同了，他们在平庸寂寞的荒漠里一声长啸，才让我们没有昏昏睡去，从麻木混沌中醒来，大睁双眼，然后开始有生气的人的生活。

悲剧的永恒魅力

《楚辞》和《诗经》同为先秦时代的吟唱,我们会不自觉地将二者加以对比,从各个方面寻找它们的相似和区别。因为它们之间离得实在太近了,相似之处很多,不同之处也比比皆是:句式不同、言说方式不同、吟唱者不同。就其悲剧性而言,《楚辞》显然更为强烈和彻底。如果说"诗三百"总体上还具有充分而鲜明的娱乐性,那么屈原的吟哦却将此元素降到最低。《楚辞》几乎很少有喜剧色彩,通篇充满沉郁顿挫的悲怆性格。也许正是这种悲剧性,使它增添了自身的价值,具备了永恒的魅力。

从现实人生而言,人人拒斥悲剧;可就审美来讲,悲剧是最真实的生命底色,最为客观和朴素,也最容易触动每一个人。人类不得不去面对悲剧,去体味、打量和权衡,或惊惧叹息,或沉默冷对,审美就这样发生了。悲剧加入了个人关于命运的想象和价值判断,关于道德、社稷、他者等一切复杂的结构关系。在这样的推理与辨析中,我们感受到两种长存的力量,即抵御的力量和失败的力量。失败是从世俗层面而言,若从精神层面却不一定这样命名。我们知道失败也是有力量的,它的力量来自警示的价值,来自客观真实,来自与生命关系的紧密性和切近性,来自那种不可更改的宿命的启示。它的力量会久久地训诫我们，让人冷静下来，不存一丝奢望地直面自己的生活，完成自己的一生。

一个生命无论如何长与短，都有其固定的运行轨迹。在这条起伏曲折的行迹中，失败鉴别着我们，它用一双无形的手和无所不在的眼睛，给我们以鉴定。凭借个人的生活体验和社会经验，我们似乎很容易就能将屈原这位诗人的悲剧性辨识和勾画出来。他是一个执拗的坚持者、寻找者，是一个迷狂的美的寻觅者。他似乎有着强烈的爱国心，爱君王、当然也爱代表国家的所有元素，如国土江山、黎民百姓。他的责任感与生俱来，他与楚国王室有着血缘关系，是显赫的权贵。但他具备强大的超越性，这使他既孜孜于统治集团的维护，又能够从更高处俯视。其深刻的道德意义就从这里体现出来，其理性之光也在这个时刻熠熠生辉。

正因为如此，屈原终究未能与那个利益集团达成妥协，走向了自己的末路。那是一个七雄逐鹿、利益交绊的混乱时代，楚国内部剧烈激荡，恶浪汹涌，频频拍打人的道德堤坝，考验人的智慧，冲破人的底线。作为一个理性聪慧的诗人，屈原的选择也许并不多。留给他的不过是一出悲剧，是一种明知不可为而为的勇气，实际上就是一场人生的摧折。诗人不得不沿此走下去，向着那个无法回避的锐利质问走去，这质问就是："生存还是毁灭？"他似乎毫无悬念地选择了毁灭。

在人类历史上，这种悲壮的选择并不鲜见，但我们面对的是一个旷千古而一遇的伟大人物。就诗歌吟唱而言，就诗与思而言，他开创了多么辉煌的未来，做出了多么伟大的事业。然而他为此付出的是全部世俗的幸福，是人人不加犹豫便能吐出的两个字：毁灭。

他用毁灭成就了空前绝后的美，完成了自己悲怆的一幕，主人公就是诗人自己。他踽踽独行，走完了遥邈而短促的道路，一阕一阕地完成了这些奇异的唱词，演出了一场至大至美的悲剧。

在审美方面，与这种无以伦比的悲剧相比，我们会发现其他都有些轻飘了。喜剧，我们需要；正剧，我们需要；任何艺术都自有其价值和存在的理由，但它们之间尚可以比较。我们面对的是屈原，是一位千古怀念的伟大诗人，最后投江而去。传说那一天是农历五月初五，人们希望他高贵的躯体得以保存，就把糯米包裹在竹叶里抛向水中，饲喂那些贪婪的水族。从此民间便有了五月初五包粽子的风俗，然后演变成中华民族的一个传统节日，即端午节。然而滔滔巨浪之下到底发生了什么，人们一点都不知道。那个尊贵而绝妙的人物是怎样的归宿，只存在于想象之中。作为后来人，我们最大的收获就是他留下的那些吟唱，严格讲是那些文字。也许诗人在流放中用一种旋律牵引自己的心情，时过境迁，那些曲调离得越来越远，楚地变成了一个偏僻、奇异而又旷远的角落，虽然至今还有人生活在那些地方，只不过物是人非，一切都改变了。人们记不起曲调，只记得一些传说和歌词，这些文字脱离旋律独立出来，被称之为"诗歌"。

诗人的心声化为确凿无疑的符号，变得晦涩而又隐秘，它们的连缀足以使我们一代代阐释和想象、拆解和组合，而这个过程就是探究和触摸那些悲剧的细节。我们会发现它独有的色泽、声气和调式，偶尔会在诗人的忘情吟哦中，注目昔日那些绚丽的花朵，那些苍翠欲滴的枝叶。芬芳堵塞了我们的嗅觉，绿色迷住了我们的眼睛，五官为之沉迷。可是这快感和陶醉却极为短暂：当我们徜徉流连之际，另一种沉郁苍茫的声音便在耳畔回响起来。是的，这是永恒的悲剧之声。我们变得沉重起来，一如既往地陷入肃穆，在深沉的思绪里感受那种不可抵御之美。

这场浩大绵长的审美是历史性的，它行进在一个又一个世纪，支撑起美学传统里最为重要的一方天地，触目而坚固。这个巨大的隆起，让巍峨的美学大厦变得崇高和庞大，没有谁能够忽视。它是我们自豪的依据，自豪的象征，自豪的同义语。

作为爱国者

屈原是历史上公认的爱国者,就因为这个至重的界定,诗人才在伦理层面稳稳地站住了脚跟,成为一个令人尊崇的人物。这种道德的肯定又直接影响了吟唱的价值,使这些诗句闪烁着一种神圣的光泽。这个过程构成了理性参与审美的复杂因素,因为艺术天生就具备伦理的基因,它贯穿于整个艺术之树的滋生和成长,古今中外概莫例外。这种道德伦理的元素从来不可缺失,有时候似乎可以分离,但分离的时间总是极其短暂的,它将很快会同其他元素,在相互浸染中起到关键的定色作用。人们视野中或者是一片难言的斑驳,一派综合的色系,然而作用于心灵的,却永远是一种主导的颜色。

谈爱国者,在此我们必须辨析"国"的内涵。时过境迁,它由什么组成,到底意味着什么。习惯上"国家"往往被看成国君、国土、国民和独有的文化,这一切的综合体。但是它们之间毕竟还有区别。在这诸多选项之中,还需要当事人去权衡和辨析。诗人屈原当然不可能从中超脱出来,他是一个相当清晰的局中人,而且是一个与"国家"诸种概念结合得最为紧密的上层人物。据相关史料记载,屈原曾经参与了楚国诸多大事的策划,一度能够影响楚国的命运和前途,与楚王,特别是楚怀王有着切近的交往。有的记载中说他是一个负责外交的大臣，为国家起草公文，制定政策，并且出使他国。在实际操作中，屈原必定要忠于自己的集团，维护自己的体制，文化和生命的血脉会不自觉地作用于他，这种力量是非常强韧的。

屈原作为楚国王室的血亲，与其他人自有不同。我们平常说"有亲戚"，就是指有血缘的关系，这是一种传统的向心力，实际上也是一种文化的魔力。我们衡量一个爱国者的价值、分量和最终品质，必然要在诸多方面、诸多元素之间去度量，要看取比例，因为比例才是重要的。如果最高的理性、道义不被置于最上部，如果公理和正义等不能够在爱国者心里占据中心位置，这种爱国也就没有了多少价值。屈原的意义和高度恰在于此，在于他对战国七雄的角逐有一个明晰的判断。对于强秦统一，屈原是不以为然的，甚至是恐惧和憎恨的，他对于暴秦的反抗是出于一种理性。

在战国七雄中，秦国咄咄逼人，是一个野心勃勃的东进者。两千多年前的西部，粗蛮而强悍，有高原之地的暴虐和残忍，相对于温润和文明的东方南方，那似乎是一种不能考虑的历史选项。比如直到很晚之后，各国都用陶器代替活人殉葬的时候，秦国仍然在搞活人祭。作为一个最残忍、最黑暗的存在，活人祭结束最晚的就是秦国；连带这种残忍延续下去的，还有秦统一之后的那些文明浩劫，即我们所熟知的焚书坑儒等。在这些千古黑暗发生之前的战国时期，实际上屈原对于人类的命运和走向，以其诗人的敏锐而早有预感，而这种预感就是建立在社会与道德的判断之上。他做出了自己的选择：力阻与西部野蛮的秦国联合，力主与东方开放、浪漫的齐国联合。与后者联合将是胜利的基础，也是一种正义的携手。

在文化和价值取向上，楚国与齐国有很多相似之处。齐国有浪漫的方士和神仙文化，而楚国有深远的神巫文化；楚国有广大的长江淮河流域，有惊人的创造力和丰富的物产，而齐国靠近大海，有鱼盐之利，齐人的冒险和开拓精神与楚人强悍的创造力又何等相似。楚齐都不是物质和文明的阻挠者，而是物质文明和精神文明的创造者，都是对梦想与幻想保留一方天地的国度，具有比较充盈的人性温度。他们都怀念周公之礼，愿意因袭仁义。比起秦人的粗悍与冷酷，楚人当然更喜欢东方的浪漫与开放，喜欢齐人舒缓自由的性格。

一个清醒的爱国者形象，就此在我们眼前树立起来。

诗人拥有整个人类利益最大化的完整而缜密的思维，又与忠君、忠于血脉的那种牵挂密不可分。就此来说，屈原是一个比较彻底的爱国主义者，而较少机会主义和私利主义，这与诗人血脉里的那种浪漫主义高度契合。他愿意社稷具有浓重的东方色彩，与东方那种神奇浪漫的精神取向、价值取向相一致。这种爱是精神之爱，也是一种道德伦理层面的固执追求。所以正是在这种意义上，人们看到了一位爱国者最为洞明的方面，而他的全部诗篇所闪烁出的崇高气概、那种打动人心的力量，也源于深刻理性的内部。

就此而言，在当时的历史条件下，屈原的价值是独一无二的；在先秦的所有诗篇中，《楚辞》也是独一无二的。作为一种传统，它感召和影响了多少后来者，既影响了审美品格，又影响了政治品格和社会品格。在这里，忠君变得开阔了，由具体走向了阔大，囊括了许多，涵盖了许多。屈子的社稷之爱凝结了永恒，在任何时候都有独立的价值，都有钻石一样坚不可摧的质地。

我们可以换一种思维来审视这一切：假使有一个昏聩的爱国者，与浅陋短识的投机者沆瀣一气，并且也沉迷于自己的吟唱、也有同样高超的艺术，那又会是怎样一番景象？尽管这种假设有点荒谬，但似乎也可以拎出来赏析和判断。最后只能说这二者的歌唱完全不可同日而语：由昏聩而丧失艺术魅力，由理性之路的堵塞而致使审美上的迷离，终变为浑浊和嘈杂。

  一种超拔而透明的绝美，只有屈子这样的爱国者才可以成就。它们有着内质与形式的一致性，它们是纯粹的、统一的。

观南人之变态

"观南人之变态",是屈原《九章》中《思美人》的名句。"变态"是"异态"的意思,楚人素来将长江下游沿岸的居民称为"南人",在他们看来,"南人"有不同的生活方式和风俗习惯。在屈原心目中,"南人"同样特别而富异趣,举手投足都令人好奇。可有趣的是,在我们许多人眼里,诗人本身可能就是一个典型的"南人"。他有十足的"南人"之"异态",有痴迷花草之癖:"朝搴阰之木兰兮,夕揽洲之宿莽。日月忽其不淹兮,春与秋其代序。惟草木之零落兮,恐美人之迟暮。""朝饮木兰之坠露兮,夕餐秋菊之落英。""余虽好修姱以鞿羁兮,謇朝谇而夕替。既替余以蕙纕兮,又申之以揽茝。亦余心之所善兮,虽九死其犹未悔!"(《离骚》)

周身披挂芬芳的植物,多愁善感,思念美人,具有洁癖,而且早晨啜饮木兰花瓣上的露水,傍晚餐食秋菊的落英。这一切似乎都大异于常人,尤其是长江、黄河以北的粗悍之人。这与我们在另一部古歌集《诗经》中所感受到的生活气息,相差很远。诗人从心灵到形体都散发着特异神采,多思与沉湎、忧怨与柔弱之中,却透出逼人的刚倔,那是一种令人战栗的人性元素;华丽而纠扯的吟哦里,呈现出铮铮傲骨。

不过，诗人的日常打扮、嗜好以及流露出的那份纤弱，每每使我们想到多情的女性，女性那种极其注重打扮而又缠绵悱恻的心灵。在先秦文字中，较少遇到这种审美特质：趋向于女性的婀娜姿态，称得上浓妆艳抹。有时甚至会让我们误以为这是一种"变态"，此二字并非古意，而是一种现代说辞。如果要脱离这种浅近而简单的界说，还要走进诗人所处的特殊场景，即心理场景、社会场景和自然场景。只有在那个遥远的特定时空中，我们才可以还原和理解面前的这位诗人。各种植物花卉的比喻，对他来说是俯拾即来："余既滋兰之九畹兮，又树蕙之百亩。畦留夷与揭车兮，杂杜衡与芳芷。""步余马于兰皋兮，驰椒丘且焉止息。"（《离骚》）香草百花就在手边身侧，视野所及尽是芬芳。它们是最方便的借用和使用，并且与其独有的性情极为吻合。我们可以想见，在现实生活中他一定是一位与鲜花为伴的人，居所中一定是绿色环绕、芳菲争艳。春兰、秋菊、木樨、琼茅、芙蓉和芍药，尽是诗人日常的观赏与莳弄，芳草香木愉悦了他、影响了他。长期的贵族宫廷生活培育了诗人非同一般的性情和习惯，唯美和高贵、精致和讲究，相互糅和交融，形成了独异的趣味和品格。"不吾知其亦已兮，苟余情其信芳。高余冠之岌岌兮，长余佩之陆离。芳与泽其杂糅兮，唯昭质其犹未亏。"（《离骚》）

　　如果将同样簇拥和盛开在《诗经》中的那些花草，与吟唱者做一番对比，也许是非常有趣的事情。我们会发现《诗经》里的歌咏者主要生活于长江以北地区，其自然环境与南人迥然有别，这里的北风相对冷肃干燥，气候远没有那么温暖湿润。关键是创作者面对客观世界的这一切生长，有一种相对的超然，虽然吟唱中频繁地出现"比兴"，但主客体之间毕竟还没有屈原这般亲密无间，没有融为一体。

诗人将这些美丽的生命视作自己的心灵和血肉,与它们一起吐放芬芳,一起闪烁光色,是一种不可分离的生命关系,而不单是一种"比兴"手法的运用。屈原不仅是在绿色和芬芳中穿行、顾盼,不仅是驻足流连观赏,而直接就是亲近摩擦:"擥木根以结茝兮,贯薜荔之落蕊;矫菌桂以纫蕙兮,索胡绳之纚纚。謇吾法夫前修兮,非世俗之所服。""时暧暧其将罢兮,结幽兰而延伫。世溷浊而不分兮,好蔽美而嫉妒。"(《离骚》)当我们看到一个周身挂满花草的人,特别是一个男人,想到他的日常生活方式,会多少有一种不适感。但这种不适感又会随着诗人的吟哦而慢慢淡化,进而让人感到它的和谐、统一和顺适。餐英饮露之人,心灵该是何等高洁,这当然与龌龊的世俗格格不入。

在严酷阴森的庙堂生活中,诗人陷入极大的痛苦,这些既无法回避,又无法对人诉说。我们感受不到诗人有多少声气相投的朋友,感受不到他身边存在一个卓越的、能够与之同行的群体,他无法从中获得慰藉,所以情感和灵魂只好靠近那些无言的朋友。他面对它们发出有声或无声的诉说,这不仅是一场心灵的潜对话,而且是一次喃喃有声、不绝于耳的交流。诗人将这些芬芳的植物引为知己,从它们身上汲取力量,以至于深深地爱上它们。他将其视为同类,进而密不可分地融为一体,这种结合也成为非同小可的灵魂挽救,甚至是肉体的拯救。只有在这种奇特的结合里,诗人才能得到一点点缓解、喘息和安慰。

对于鲜花,诗人岂止是喜爱,而是深深地依恋,甚至希望自己化为其中的一朵一瓣,那样便可以脱离非人的倾轧、误解和令人恐惧的胁迫。至于那个对许多人拥有生死予夺大权的人物,曾经与诗人那样亲近，诗人当时甚至愿意将他比喻为一种花草，幻想他的"纯美"。这是一种权力的魅力，一种奇怪的吸引力和感召力。如果说一种芬芳可以被我们的嗅觉捕捉，让我们趋近和趋同，那么权力也是具有气味的。权力的气味难以描述，它具有很强的笼罩力，具有无所不在的弥漫力和挥发力。有时这种气味所充斥的不仅仅是一座庙堂，而简直无所不在，目力所及，思绪所及，无一不是它的气味。这是一种人性的异化，也是一座庙堂中的常态。

"常态"为什么就不可以看成一种"变态"？对权力的迷恋，这变异比起诗人迷恋鲜花，比起一个男人的盛妆打扮，可能更为怪异，更加有悖于常理。只是在中国传统的文化结构中，它常常被人漠视或忽略而已。有时候人类过分地信任一种权力结构，过分地信任一种体制规范，却忘记了它对于人性的生长是一种多么扭曲的威迫力。我们宁可信任和接受诗人对于那些芬芳和翠绿的亲近和依恋，宁可看到一个生命在广大自然界里与万物通灵，与它们平起平坐，和谐相处，与它们产生更为密切的情感。后者才是更为健康的。

我们面前屹立的是一位特异的"南人"，而诗人也在面对他心目中的"南人"，这可谓一种"南南相遇""南南遭逢"。在迥然不同于黄河以北的自然环境中，生活着另一些族群。这些人长歌当哭，深入神巫之间，在一场场祭祀中，在回旋起伏的旋律中，发出另一种声音。这吟唱有一种江河之南独具的神采，粗犷而奇异的音调别有穿透力。它们不断地拨动我们的心弦，让我们发出一阵阵惊叹。我们沿着诗人的足迹继续向南，去寻找更多的"南人"，在那个方向，也许可以再次遇到身披鲜花的人。

超越怪力乱神

随着向南，歌声中的神巫气息愈发浓重，南国如此，东方亦如此。鲁国东面的齐国，素有谈仙论道的传统，那里的人追求长生不老。在浩渺的大海深处，在缭绕的海雾之间，云开日出之时，一些迷离的岛屿隐约可辨，它们被称为"蓬莱"。杜牧《偶题》诗云："今来海上升高望，不到蓬莱不是仙。"白居易《新乐府·海漫漫》中描绘："云涛烟浪最深处，人传中有三神山。山上多生不死药，服之羽化为天仙。秦皇汉武信此语，方士年年采药去。蓬莱今古但闻名，烟水茫茫无觅处。海漫漫，风浩浩，眼穿不见蓬莱岛。"那里有"蓬莱""方丈""瀛洲"三座仙山，有仙人腾云驾雾而去，上达灵霄，据说不仅仅停留在传说之中，而是时有发生。这一切具有多么大的诱惑力，曾经使一个个炙手可热的权势人物，如秦始皇等，一次次奔向那里，做着永生之梦。那个地方虽与儒家传统思维多有忤逆，可是孔子所推崇的周公等人，对于传说中的宗族先人和山川诸神，都充满了敬畏，经常祭祀祝祷。

这一切仍然与"怪力乱神"脱不了干系，尽管它们中间还有一些严密的界限，但无论如何还是超越了现世人生。至于诗人屈原所生活的楚地，人神交集、穿梭往来之频繁深入，思绪之飘逸、飞扬和烂漫,又远远超过齐国。神巫之声震耳欲聋,它们在生活的许多角落里滋生茂长,在一些固定的祭祀场合里,简直成为最隆重的旋律。这一切是传统,是风俗,是现实生活之需,它在人类生存的许多方面都打下了深刻的烙印。神巫之事业,庙堂不可以超越,权臣不可以超越,礼法、政事、体制,都充斥着它们的色彩。

我们深受儒家文化熏染,对于"怪力乱神"有一种隐隐的不安,甚至会产生拒斥心理。然而,儒家之"不语怪力乱神",并不表明一概否认和无视,只是"不语"而已。那些儒家的代表性人物,其知悟力和思辨力还不至于一概否定某些未知领域,他们没有这样武断。他们的"不语"之中就包含了某种敬畏,为复杂难言的神秘事物保留了一个空间,置留了一个余地,仿佛留下了未来言说的可能。比如在孔子"不语"之时,我们会听到他的另一种声音,感受到他对于上天的肃穆神色。他不回避苍穹中的那种力量,而且相信梦境、宿命,相信冥冥中那些不可忽略、具有决定力的元素,也谈到了"知天命"。而在东方齐国,在烟涛迷茫的沿海地带,在南方楚国,在长江淮河流域迷蒙的山雾之中,这一切却逼到了眼前。一方水土培育一种认知,楚人不仅要言说,而且还要放声歌唱,旋律之中满是"怪力乱神",这种传统比齐国更为盛大和持久。

楚地可以找到许多"灵媒",这一特别的角色在人世与神鬼之间打开了一条通道,以便自由来往,互通有无,互为借助。在人类虔诚的祈祷中,在丰盛的筵席间,神鬼领受和享用了尊荣与美味,它们常常是携着人间犒赏,甚至是贿赂满意而去。人与神鬼之间达成了谅解,各取所需,是一次美好无间的合作,这个过程大致是愉快的,并且是有效的。人类生活的苦难,被来自另一个世界的力量给平衡、消解和驱除了,尽管还不是全部,但已经是至为宝贵的援助了。

生活在这种环境中,深受神巫文化传统熏染的诗人屈原,当然相信这一切。他是一个参与者、实践者。他在《离骚》《天问》《九章》和《九歌》中,都毫不隐讳地表达了这些意绪,而且沉浸其中;在这些诗篇里,他作为一个杰出的呈现者,比民间那种浓烈的色调更增添了一份坚信、确凿和理性。但屈原也深受儒家思想的影响,谨慎而忠诚地事君,他对于社稷的强烈责任,他的拘谨与恭敬,他对于周代礼法与体制的恪守,又说明思想深处仍然是一个儒者。只是他诗篇中所表现的神巫之气,似乎与儒家意识形态存在着较多差异。

对于"怪力乱神",屈原不仅是能言,而且还做出了丰沛的表达,这一点多少给我们带来了一些迷惑。他在形式上不断吸取和借用南国祭祀之歌,甚至跟随灵媒的牵引,走入那个时而欢乐、时而阴森、时而怪异的非人世界。他需要神巫的帮助,就像生活在贫穷困境中的劳民一样,那么无助、惶惑,甚至是恐惧。生活的不可预测性、危险性,一次又一次逼近了他,让他产生了一种绝望感。在这痛苦的挣扎中,他没有任何办法,只好投向那个鬼神的世界。他实在需要寻找,需要询问,需要这份慰藉和支援。"欲从灵氛之吉占兮,心犹豫而狐疑。巫咸将夕降兮,怀椒糈而要之。"(《离骚》)

屈原离开宫廷,踏上流浪之路,走向了民间。民间生活所依靠和借重的那些"怪力乱神",使他感到耳目一新,进而有了更深入的理解。他与现实中大多数人一样,认同了这种精神依托,用他们的音调吟唱,顺着他们的途径前行,在精神的攀援和寻找中,渐渐走向了自己。这个"自己"与民众还存有不小的距离,看起来相似,实则又有许多区别，有超越性。诗人越过形式和表象，走向了自己的世界观，靠近了自己的理性主义。他自身的修养和遵循的礼法，使他的歌咏与民间仍然不同，在地域文化以及审美特征上产生了许多差异。总而言之，诗人还是归入了一种个人的自由表述，这对于神巫之歌是一次突破和创造。

诗人穿行于神巫之间，与其交集往来，但挂念的依然是个人的政治立场，贯彻的仍旧是自己的道德伦理。就这个层面来说，他顽固而执拗，只是求助于它们来验证自己、说明自己、大声宣示自己而已。他将这其中获得的一份自信、纯粹而坚定的信念，带回现实的使用和判断之中，在与民间相类似的形式里，塞入了个人的内容。这是一个贵族诗人的取向，是一个儒家知识分子的诉求。这一切当然是其出身及所属阶层所决定的，是宫廷和民间文化的结合。正是由此，产生了我们所看到的这样一位诗人。

诗人是一个集大成者，是一个复杂的综合体，他把自然和鬼神、民间和宫廷，把丰富而繁琐的巫术祭祀、庄严齐整的宫廷礼法，把悲观绝望、刚直不屈、委婉低沉与山野星空下的求索叩问等，全都囊括一体，完成了复杂纠结而又悲愤庄严的一生。直到生命的最后，他仍未放弃那份刚倨与自尊，它们成为他吟唱中最为惊心的部分，就是这个部分，让后来的倾听者变得心情肃穆，泪水潸潸。

在铁与绸之间

屈原的一生是政治的一生。他是一个政治诗人,一个庙堂里诞生的抒情者。我们可以设想,如果他没有走入逆境,就可能成为西方的那种"桂冠诗人",咏庙堂之趣,歌庙堂之德,而且不乏强大、绝美和华丽。他将领受一切王权的光荣和恩惠,获得崇高的世俗地位。以他的资质、能力和身份,完全谐配那顶桂冠。然而屈原走向了一条完全相反的道路,他是一个政治失意者,一个被排挤和倾轧的庙堂忠臣,进而成为一个流放者。记载中至少有过两次流放,一次比一次悲苦,一次比一次不堪,压力加大,苦难加重,最后穷途末路,一死了之。

这一切的根源颇为复杂,有政见之争,有个人恩怨,还有其他种种难言的一切,但政见分歧可能是一个症结。楚国宫廷内部虽然纷争繁复,却有一个基本而重要的选项,它将朝臣分成两大派别:亲秦派与亲齐派。秦国与齐国构成了一西一东两大存在,一个是军事强国,一个是经济强国,有着不同的文化结构和生活指向。在七雄竞逐的政治版图上,领土阔大的楚国具有至关重要的地位,它倒向和倾斜于某一方,影响将是决定性的。

诸侯割据、四分五裂的战国时代,催生了一大批"合纵连横"的摇唇鼓舌者，即所谓的"纵横家"，最著名的代表人物为张仪和苏秦。这些巧舌如簧之流走马灯似的穿梭于各诸侯国之间，使整个社会局面更加动荡。从一段段奇妙的历史记载中，便能感受那个充满了戏剧性的特殊时代，那些记录简直不像真实的历史，而更像一出演义和小说，像埋下了伏笔的戏剧设计，像一支挂在墙上必要打响的枪，像斯坦尼斯拉夫斯基的戏剧理论中所规定的格局：既惊心动魄又过于巧设。可是真实的历史确是如此，张仪和苏秦之辈屡屡得手，他们以一人之力搅动天下，无论是秦国、齐国，还是其他五个大国，无论多么神圣庄重的盟约，多么足智多谋的臣僚，多么威赫的文武班底，竟然都难敌一人口舌之力。他们时而唇枪舌剑，时而声情并茂，其巨大的说服力诱惑力简直令人不可想象，叹为观止。这些人在很大程度上左右了当时的政治、外交、军事与经济，甚至影响了一个民族的未来，并且直到几千年之后的现代社会，都要承受当年的历史后果。

当时中华民族曾面临许多选择，或是将命运指针拨向穷兵黩武的西部强秦，或是拨向繁华富庶的东方齐国。齐地海风吹拂，物质富饶，昌明而奢华，其强劲的物质主义和商业主义在战国时期最为突出。它与秦国那种严苛、凛冽的高原性格相距甚远，与现代物质主义的挥霍奢靡、与强大娱乐主义的末世情结，倒是颇为接近。当时处于齐国腹地的东夷族已经发明了炼铁术，从而使冷兵器时代发生了一次飞跃，出现了更加锋利的刀剑和箭镞，于是战争进入了一个新的时代。原来铜锡合金为主的金属兵器，得到大幅度的跃升和改良，杀伐之力大为加强。

在发明者的故乡齐国，由于财富的巨量积累，科技水平遥遥领先于其他诸侯国,所以齐人拥有非同一般的军事力量,甲胄闪亮,军服炫眼,马匹强壮,战车坚固,可以说齐国的一切,无不令出使该国的屈原惊叹。记载中鼎盛时期的齐军气象非凡,所向披靡,只是到了后来,齐国的繁华和富裕走向了反面,它的豪奢浮华、物质主义、娱乐至上使国民慵懒颓废,国家政体变得虚浮无力,精神涣散,心理颓荡。于是历史记载中又出现了另一种描述:这些装备精良的齐国士兵徒有很强的观赏性,一旦拉到战场上,战鼓一响,弓箭一发,他们即扔下武器四散而逃。这都是后话了。除了铁的发明,齐国人还发明了丝绸和纺织术,柔软华丽、轻薄到不可思议的丝绸,成为天下最精美、最令人惊叹的物产。有了丝绸才有后来的"丝绸之路",让整个世界惊艳。通过那条蜿蜒曲折、悠长遥远的道路,才有了汉文化的西进传播。

当年齐国的丝绸会对诗人屈原产生多么大的诱惑,它不同于冰冷的铁,它不是坚硬的、单调的,而是滑润的、五彩斑斓的。直到今天,丝绸的代表作仍然存于齐国故地周村,可见这个传统是多么顽固而深远。如果说铁器代表了生硬与残酷,那么丝绸就代表了享用和安逸,它是日常生活中柔软的代表,是享受和娱乐的象征。后来人们几乎可以忽略齐国与铁的关系,却牢牢记住了它与绸的关系。

位于长江流域的楚国,面对秦国和齐国伸出的橄榄枝,也就变成了"铁与绸的选择"。丝绸的柔软、起伏如大海之波,与三面环海的齐国气质更为接近。铁虽然产生于东方,最大受益者却不是发明者东夷族,不是齐国,而是西部高地上的秦人。铁的冷硬锋利使人想起凌厉严酷的西北风。就文化血缘上的亲近感而言,屈原自然会选择齐国,这缘于那种浪漫的文化血脉。齐国松弛开放,神仙文化源远流长，有迷人的《韶》乐，更有思想的都会稷下学宫。鱼盐气息代表着富足，屈原向往东方，向往大海，在今天看来，似乎更接近于一种现代思想和审美方向。我们无法想象一个浑身挂满鲜花的纯美诗人会选择西部强秦；那些海雾迷茫中的仙山与飘逸，与冲淡的老庄思想有某种相似之处。还有齐人邹衍关于大九州的浪漫想象，显然都在预示一条自由开放之路。

在齐、秦、楚三国鼎立时期，楚国的任何选择都举足轻重。楚国拥有长江淮河流域的广大土地，物产丰富，气候湿润，景致优美。楚人倔强、强悍，具有非同一般的心智和力量。楚国有一句传播很远的民谣："楚虽三户，亡秦必楚。"其意是，即便楚国只剩下三支氏族，也能灭亡秦国。这是多么雄壮的豪志，令人恐惧，与陶醉在物质享受和消遣娱乐中的齐国是多么不同。后者拥有最先进的技术和巨量财富，有着令人迷恋的音乐艺术，甚至还发明了足球。记载中，齐国都城临淄的居民，生活优越闲适，趾高气扬，在战乱频仍、争夺惨烈的冷兵器时代，这是多么危险的一种生存状态。实际上这种繁华与优越最不堪一击。正是在这样一种历史情势之下，楚齐联合多么明智和重要，那将是财力与强悍的结合，并体现了伦理的优越性。相对于冷酷、粗蛮和血腥的强秦，这种联合将是中华民族的理想选择，是楚人获取最大利益、拥有美好未来的一个决定性步骤。

作为外交大臣，诗人屈原几次出访齐国，并且有过长长的逗留。在那个舒缓富裕的国度里，他感受了人性的舒畅与自由，其情感的靠拢是自然而然的。一个明晰洞察的诗人，对于齐国当然也不可能毫无保留，只是在记载中我们没有看到留下来的相关文字。总之，以诗人为代表的亲齐派一度占了上风，最终却由于各种原因失败了，楚国竟然选择了秦国。其结局就是楚怀王被强秦囚禁，楚国惨败，国破家亡，楚国都城被迫迁移，群臣溃逃。

这段历史不堪回首，与国家共存亡的诗人也走向了自己的末路，投向了大江。水波像丝绸一样起伏抖动，抚摸、缠裹着诗人，一起奔向那个遥远的所在。冰冷坚硬的铁割裂了绸，战胜了绸，从此，一个民族不幸的未来便依次展开。

身与心的交融和挣扎

作为一位庙堂人物,一位奔走于国事的重臣,一位门第显赫的贵族,诗人的一颗心应该更多地归属儒家。这是一种影响深远的士大夫的正统思想,在封建社会,每一个庙堂人物都有过深刻的浸染,打上了不可磨蚀的烙印。儒家那种正统、恪守和自我约束力,在诗人这里曾经表现得相当明显。对于楚怀王和顷襄王的复杂情感,是诗人一生命运最重要的决定因素。他无法彻底离开楚君,无论是情感还是其他,都有一种强烈的追随性,甚至是依附性。最后的割舍需要漫长的时间,还非常遥远,我们甚至可以说,诗人直到最后也没有做到这一点。

诗人那颗儒家之心,驻守在一个存有多种可能性的自由活泼的肉身里,而这个肉身比他那颗心灵更为牢固和可靠。他凭借自然的躯体可以走得非常遥远,而那颗执拗的心灵却要牵引他的身体,有时候使他变得卓越、顽强和不屈,有时候又将他拉向一个灰暗的方向,那就是庙堂的方向。那个地方缺乏充足的阳光,有一片恐怖阴郁的蛛网,君王居于蛛网的核心,蛛网的每一丝颤动都在他的感知之中,接着就是捕获和攫取。那是一个危机四伏的生存空间。奇妙的是在这张巨大的蛛网之上,总是附缀一些难以逃脱的俘获物,它们虽然最终要被吞噬，可是只要悬在网上一天，就要挣扎，就要相互提防、排斥和撕咬。

诗人内心会保留一些作为臣僚的所谓原则和底线，即"怨悱而不乱"。"乱"字是他想都不敢想的，直到最后也仍然没有这种念头。诗人的忠君意愿是非常强烈的，对周公的向往也念念不息。在传统观念中，既然社稷在很大程度上等同于君王，那么臣子为君王而死就是题中应有之义了。对于一个浪漫的诗人，这是多么大的嘲讽。有时候我们分不清诗人那最后的纵身一跳，是投向了彻底的自由，还是坠入了殉葬的黑暗。如果这无边的黑暗包裹着他，吞噬了他，将他化为微不足道的一丝沉默和一次消失，那该是多么巨大的悲剧。

好在我们从长长的《离骚》和《天问》之中，还可以触摸到诗人强劲反抗的心跳，听到他清晰锐利的叩问，甚至隐约听到了诅咒之声。尽管这声音模糊，指向并不明确，但仍然有一种深切的切肤之痛。也许这最后的结局，诗人那颗儒家之"心"是极不情愿的，可是自由之"身"还是挣脱了，选择了。

在与神巫同行、与民间共生的后半生旅途上，诗人完成了一次反叛。那颗心时而倾向庙堂，时而倾向巫神，而身体却一直向着狂野进发，向着苍茫进发。这是怎样的纠扯、交融和挣扎？我们所看到的是一个茫然四顾、不断回望和徘徊的身影。人生总有这样矛盾重重的苦境，有一次次撕扯的痛苦，这种痛让人不可忍受。

至此我们就越发理解了诗人为何那么紧密地依赖世间万物，特别是那些芬芳的花朵，又为什么有着那么多丰富奇异的想象，那是他一次又一次地寻求救赎。他需要有一只手来搭救自己，推动自己，需要把身体推向一个能够存活下去的稍稍宽松和温暖的空间。那里没有君王的威赫与变幻莫测，没有佞臣小人的阴险歹毒，他可以舒一口气，伸展一下四肢，像真正的男人那样吐放心中的一切。他可以大声质询，甚至发出"痛斥"，这是以前想都不敢想的。只有在这个世界里，他才能够质疑、叩问、推导、指证、鞭挞，一往无前。"何琼佩之偃蹇兮，众薆然而蔽之。惟此党人之不谅兮，恐嫉妒而折之。时缤纷其变易兮，又何可以淹留？兰芷变而不芳兮，荃蕙化而为茅。何昔日之芳草兮，今直为此萧艾也？岂其有他故兮？莫好修之害也！"（《离骚》）

一个伟大的诗人就这样诞生了，其吟唱闪耀着思想与艺术的双重绚烂，创造了自《诗经》以来汉语言文学的真正奇迹。如果说《诗经》作为中国最早的一部诗歌总集，主要来自浩瀚的民间，那么诗人屈原却用一己之力托起了一座宏伟辉煌的艺术殿堂。中国文学的个人创造从此展现出更大的可能性，显示了无可比拟的高度。屈原放大了先秦文学中的个体，进而确立了个体，以极大的丰富和卓异，在复杂曲折、多姿多彩的创造中全面完成了自己。这种展示之复杂、之纠缠、之层层累叠镶嵌，也来自身与心的分裂与交融、相争与统一。"心灵固然愿意，肉体却软弱了。"（《圣经·马太福音》）这里讲的是生命的本能，是另一种恒力。这种软弱实际上正是一种隐性的魔力，也是一种世俗的顽韧。相对于某些儒家信念，诗人是软弱了，向自然和民间妥协，向神巫和自由妥协，最后投入一个更广阔更浩瀚的世界。

诗人不愿意被心灵绑缚在庙堂的廊柱上，那里没有清风，没有阳光，只有一座刻板、冰冷、令人窒息的宫殿，其四梁八柱尽管非常牢固，但总有一天会朽败和坍塌，他会化为一个殉道者。这颗心灵充满了矛盾，一方面束缚他、牵制他，另一方面又让他忧虑未来。"未来"两个字不仅包含了社稷，还有其他，有他努力辨析的那个"正义"和那个"原来"；有他关于真实的寻觅和固守，有那种九死而未悔的决意。如果说漫漫修远之路更多地体现了社稷之路，那么它一定还包含了个人对于真实的求索之路。这里是多解的，诗人不停地寻找和拷问，如此一来心灵就是多重的、分裂的。

诗人一直要紧紧地控制自己的形体，可是这形体最后被心灵的绳索勒出了一道道深痕，鲜血淋漓，让其不堪忍受。他试图穷尽力气来割断这道绳索，终于凭借身与心在某个时刻达成的合力，奋力一跃，挣脱出来。诗人最终走向了一个足以安放自己肉身的地方，即那条现实中的流放之路，一条宏远斑斓之路。它更多地属于身体，也属于心的另一部分：背叛的部分，它愿意与身体合作，发出了纵容和鼓励之声。

诗人心灵的分裂，是一生最重大的事件。这种分裂的痛苦，有时让他变得更加怪异、偏激、冷僻和不可理喻。一个生生分裂的灵魂，即现代人所谓的精神重症患者，在一个极为敏感的向度上剧烈地颤抖、徘徊和冲突，时而发出激越清晰的吟唱，时而又发出令人费解的长啸。许多质疑，许多矛盾，前无去处，后无退路，对一个人而言，没有什么比这更悲惨更痛苦的了；然而就一个精神的人而言，却有可能获得一次大解放和大解脱。

诗人与西方现代主义画家梵高是多么相似，他们都有一个极为敏锐、复杂、游移、破碎的灵魂，都有着令人激动的再现与表达。他们是错乱、迷离的，同时又是一道能够抵达真实的强光，刺穿蒙昧的黑暗，让我们看得更远；他们是挥向黑暗的最锐利的长剑，一剑劈开这个阴森恐怖的世界，让其裸露真容，让我们能够面对和直视，察看那个隐藏的深处。

屈原如此，梵高如此，那些杰出的艺术家无不如此。在分裂成两瓣，甚至是多瓣的灵魂里，他们做出了最不可思议的呈现。一般来说，我们这些旁观者难以企及他们的世界，只有进入另一个维度、焕发出生命原初那种极为神秘的感悟力，才能够稍稍地接近他们。

诗人屈原最后走进了一道逼人的强光，并化为了强光的一部分。想象中，他投入的是《天问》中反复寻觅和呼唤的那个世界，众神在那里等待他。

错乱与狂舞

　　随着诗人越走越远，他吟唱中的层次更加繁多，也愈加纠扯费解。今天看《楚辞》，有些篇章甚至不能归于他的名下。由于时间太漫长，确定作者的确是一件困难的事情。我们不知道《九章》《九歌》中的一些篇什，或者《天问》中的一些段落，究竟该怎样裁定。有些观点直接把它们当成了民间祭祀所使用的固有套曲，或者当成后人的创作。一些占主导性的意见，是把这些篇章视为屈原的搜集和整理，这似乎是一种折中的做法。但无论如何，我们还是从中看到了一条贯穿始终的精神脉络。全凭这条精神的丝绳，才可以将一堆堆零碎的珠子串起，使之不再散乱。这是在许多古代典籍的发掘中经常遇到的情景，因为时间里的堆积实在是太多了。从文字到古器，从精神到物质，从竹简到铸铁，金属、绢帛、龟甲和瓦片，都刻满了神秘，等待后来者做无尽的诠释和鉴定。这个过程非常漫长和复杂，以至于没有终了。

　　面对一个遥远而具体的诗人，比如屈原，他本身就构成了一个极其繁复多解的世界。关于他的记载和观点，断断续续，矛盾重重，莫衷一是。有人甚至把他作为一个并不存在的虚无之物，认为是后来人的一种完美想象，是一种勉为其难、穷尽全力的塑造。如果这样一种推导也能成立,那么人类真是进入了又一次迷狂和不可救药。好在详细的记载和记录仍然未能湮灭,屈原作为一个千古卓越的诗人,实有其人,这一点令我们坚信不疑。诗人屈原的伟大,不仅在于其具体和实在,而且还在于那些难以超越的创造。他这些辉煌壮丽的想象不仅超出了第一部诗歌总集《诗经》,而且还很难从后继者当中寻到一个足斤足两的并列者。我们能够找到的只是笼罩在他阴影之下的众多歌手,或者是在他灯塔般高高照射下的拥挤队伍。

附加于屈原身上的东西实在是太多了,有谜语、鲜花、芳草,有纵横缠绕的绿藤,有阴影里涌动的浓雾,有神巫跟随,有庙堂笼罩。那个被他舍弃而又怀念的"美人",正在远处盯视。"美人"手里紧攥权杖,不愿松脱,然而终究化为了灰烬。我们眼前身披鲜花的诗人还在踽踽向前,在汨罗江畔或急或缓地行走,有时仰天思索,双眼迷离地望向远方。汩汩流动的江水向他发出召唤,要拥抱他,洗涤他,与之融为一体。

诗人一生向往纯美洁净之物,投入澄澈清亮的水流也许是最好的归宿。可是在最后一纵之前,还有一段颠簸和追寻,还要做最后的沉思和陈述,还要找出生存的全部理由。"帝高阳之苗裔兮,朕皇考曰伯庸。摄提贞于孟陬兮,惟庚寅吾以降。皇览揆余初度兮,肇锡余以嘉名:名余曰正则兮,字余曰灵均。纷吾既有此内美兮,又重之以修能。"(《离骚》)他恍惚中来到了自己诞生之初,那个庄严神圣的时刻;他想到了伟大的先祖和高贵的血脉,深知自己是一个绝对不凡的生命,是带着强大的使命来到这个世界的。诗人开始回顾自己的前半生,他所经历的全部曲折,各种困惑,那像江水一样深不可测的哀怨和愁绪令他悲愤、窒息。交错在那个时空里的目光千奇百怪、喜悦、爱恋、怜悯、怨恨和仇视——闪过，他不知是自己还是他人，正在仰天号啕，忽而又纵声狂笑。

狂喜不可遏制，愤怒令人心碎，这时候世俗的逻辑已经完全远退，将诗人环绕簇拥的是那个神巫世界。此时他无所不能，混乱而又放纵，神奇之地既赋予他无边的自由，又给他怪异的约束。这里打破了一般意义上的均衡感，让他在失衡状态中癫狂。诗人手足无措，似乎想抓住什么，却又一次次失落。这个时刻的所有言说都构成了灵魂出窍般的神秘和炫目，在后人看来这将是诗学中、写作学中最难以推敲和鉴赏的部分。这是一种错乱之美，是一种无所顾忌的挥舞和投掷。这让我们想到了现代主义艺术中那些胡涂乱抹，似乎从垮掉派、从自动写作等诸种畸形怪异的艺术中，看到某些相似之处：绝望、拼接、重复和混乱，激扬、偏执和尖厉，仿佛要抓住短促生命中所剩无几的时间，做一次最激烈、最有高度和难度的跳跃。经过这次跳跃之后，一切便可以舍弃。这是刀尖上的舞蹈，是致命一击之下的变声变调。

可是生命还在延续，这时候由于失望和过度的疲惫，他似乎暂时沉默了，而沉默背后又隐隐传来隆隆的撕裂声：低沉而亢奋，越来越大，令人心魂悸动，忍不住退后、跳开。远远地端量、观望，随时准备应激一场灵魂的偷袭。然而这毕竟是最后的挣扎，一场迷乱的自语依旧喃喃有声，却越来越弱，以至于消失。我们仔细倾听、辨析，发现诗人有更多理性的清晰，有更多生命的积极，并未一味地颓丧，绝望中透着坚毅，迷乱中透着清醒。他的选择更加自觉，好像满怀自信地收拾起破碎的心灵，将往昔悉数收入背囊，然后才是最后的告别。

就诗人自身而言，或许对他一生的悲剧性还没有更多的总结和自鉴。但我们这些超脱于那个时空的后来者，却会确凿地指认一个悲剧的主人公，重温诗人与青葱芬芳相处时的那种欣悦与骄傲，记住诗人曾高居于天庭之上，与众神对答、并列，在神车长驱的浩荡驰骋中所感受的那种威仪和神圣。我们要盯视这一切，领略这一切，告诉自己：这是一个超越于一般悲剧之上的伟大人物。

下篇 《楚辞》选读

读《离骚》

帝高阳之苗裔兮,[1]朕皇考曰伯庸。[2]
摄提贞于孟陬兮,[3]惟庚寅吾以降。[4]
皇览揆余于初度兮,[5]肇锡余以嘉名:[6]
名余曰正则兮,[7]字余曰灵均。[8]

【注释】

[1]高阳:传说中远古部族的首领颛顼(zhuān xū),号高阳。苗裔:后代子孙。

[2]朕:我。先秦时不论上下都可以称朕,至秦始皇定为皇帝的专称。皇考:亡父的尊称。另一说,指曾祖。伯庸:皇考的字。

[3]摄提:即摄提格,指"太岁在寅",古代岁星纪年的术语。贞:正。孟陬(zōu):孟春正月。

[4]惟:发语词。庚寅(gēng yín):正月里的一天。降:出生。

[5]皇:皇考。览:观察。揆:揣测。初度:犹言初生的时节。

[6]肇:始也;一说,是"兆"的假借字。古人取名字要经过卜兆。锡:借作"赐"。嘉:善。嘉名:包括下文的"名"与"字"。

[7]正则:公正而有法则,含有"平"字之意。

[8]灵:善。均:平。灵均:含有"原"之意。一说,正则与灵均是屈原的小名小字。

从一个生命的源流开始写起,预示着这会是一首很长的诗。诗人很重视渊源、血脉,这是古往今来所有具备极强使命感的人物的共同之处。

他首先认定自己的不凡。他的出生不仅对于自己是一件重要的事情。所以在这个生命登台之初,四周的设置已经是如此的隆重和完美。这儿巧妙,肃静,庄严。

这将是怎样奇特的一场人生戏剧?

纷吾既有此内美兮,[1]又重之以修能。[2]
扈江离与辟芷兮,[3]纫秋兰以为佩。[4]
汩余若将不及兮,[5]恐年岁之不吾与。[6]
朝搴阰之木兰兮,[7]夕揽中洲之宿莽。[8]
日月忽其不淹兮,[9]春与秋其代序。[10]
惟草木之零落兮,[11]恐美人之迟暮。[12]
不抚壮而弃秽兮,[13]何不改乎此度?[14]
乘骐骥以驰骋兮,[15]来吾道夫先路![16]

【注释】

[1]纷:多。内美:内在的美质。

[2]重:加上。修能:能,通"态"。美好的姿态。又一说,修,作长解;

修能,长于才。

[3]扈(hù):披在身上。江离:香草名,即川芎。辟:同"僻"。芷:香草名,即白芷。辟芷:生长在幽僻之处的芳芷。

[4]纫(rèn):连缀。兰:香草名。秋兰:秋天开花的兰草。佩:佩带在身上的饰物。

[5]汨(yù):楚方言,水流迅疾的样子。比喻光阴如流水。

[6]不吾与:不与吾。与,等待。

[7]搴(qiān):拔取。阰(pí):土坡。木兰:香木名,又名辛荑。

[8]揽:采。宿莽:草名,冬生不死。

[9]日月:指时光。忽:迅速。淹:久留。

[10]代:更代。序:次序。代序:递相更代。一说,代序即代谢。

[11]惟:思。零落:飘零。

[12]美人:一说喻君主,一说作者自况。迟暮:年老。

[13]不:何不。抚:握持。壮:壮盛之年。秽:指秽恶的行为。

[14]度:法度。一说,指态度。

[15]骐骥:骏马,喻贤臣。

[16]来:呼君王跟从自己的话。道:同"导",引导。先路:前驱。这句犹说,随我来吧!我当为君在前面带路。

站在我们面前的是这样的一个男人:缀满鲜花,披挂香草,浑身饰物闪烁夺目,散发着兰花和川芎的逼人香气。他清晨采集木兰,傍晚采撷宿莽。他愿和自然界最有色彩、最美丽、最清新并且不断吐放芬芳的生命紧紧相依,融为一体。

这儿不要忘记:有此嗜好者曾是一个身居高位的政治人物。

这样的一个人物竟有这般想象和比喻。怜惜，热爱，纤纤之心，一切都显得怪异，并透露出某种神秘。我们已经感到了一个人的身份与心灵的巨大反差，感到了强大的张力，偏执的嗜好——这真的是走入概念化的当代人所无法理解的。作为楚国的一个政治人物，他的日常生活必会繁琐枯燥，甚至是不可忍受的浊俗——而此刻他的想象和行为却像一个婴儿那样天真烂漫。他是自然的稚童，容易悲伤的"美人"。

然而最终他还是一个伟丈夫：想改变法度，想乘千里马驰骋，还想"导夫先路"。展露在我们面前的是多么奇特的性格，又是多么巨大的矛盾。所有浪漫主义者，唯美主义者，往往都是这样一种韧性的生命。他们既独立又哀怨，常常自觉不自觉地使自己陷于不能自拔的寄托。他们在现实生活中有时要追求更为强大的、阳刚气十足的人物。

即便是漫长的政治生涯，铁与血的斗争，仍不能改变他的性质。这是生命的本色。谁说唯美主义者在现实生活中，甚至是可怕的政治斗争中软弱无力？不，他绵绵不断，纠缠不休，在自怨中培植希望，在忧伤中发出长号。他有强大的总结力和追溯力，永不遗忘，敏感多情，四方求索。

他将说服一切，其中更包括自己。

昔三后之纯粹兮，[1]固众芳之所在。[2]
杂申椒与菌桂兮，[3]岂维纫夫蕙茞？[4]
彼尧舜之耿介兮[5]，既遵道而得路。[6]

何桀纣之猖披兮,[7]夫唯捷径以窘步![8]
惟党人之偷乐兮,[9]路幽昧以险隘。[10]
岂余身之惮殃兮,[11]恐皇舆之败绩。[12]

【注释】

[1]后:君。三后:指禹、汤、文王。纯粹:德行完美无疵。

[2]固:本来。众芳:喻众多的贤臣。在:聚集。

[3]杂:杂用。申椒:花椒的一种。菌桂:香木名,即肉桂。

[4]维:通"唯"。蕙:香草名。茝(chǎi):白芷。

[5]耿介:光明正直。

[6]道:正道。路:喻治国的正确途径。

[7]何:何等,状语提前。猖披:衣不束带之貌,引申为放纵不检。

[8]捷径:斜出的小路。窘步:困窘不能行走。

[9]党人:指结党营私的群小。偷乐:苟且贪图享乐。

[10]路:指国家的前途。幽昧:昏暗。险隘:危险陕窄。

[11]惮(dàn):畏怕。殃:祸殃。

[12]皇舆:君王所乘的车子,喻国家。败绩:覆败。

果然,他开始赞扬起很久以前的"三后",颂扬他们的公正和完美。

"三后"身边聚集的都是"申椒菌桂"式的人物。同样以花草作比,却显示了思维的缜密性:花椒既有香气又有辣味,类似的人物可想象其言辞峻烈,激动忘情;而蕙兰却能够散发出一种柔和的芳香,也更可人。显然,诗人自认为兼有它们二者的特征。

骂桀纣,寥寥数笔描绘出一个险恶的前途。诗人伸出的手指是可怕的,因而连自己也在颤抖。所以他赶紧辩解,说之所以这样,并非因为害怕自己招惹灾祸,而是担心国家的前途沦落沉没,一蹶不振。

忽奔走以先后兮,[1]及前王之踵武。[2]
荃不揆余之中情兮,[3]反信谗而齌怒。[4]
余固知謇謇之为患兮,[5]忍而不能舍也。[6]
指九天以为正兮,[7]夫惟灵修之故也。[8]
初既与余成言兮,[9]后悔遁而有他。[10]
余既不难夫离别兮,[11]伤灵修之数化。[12]

【注释】

[1]忽:迅疾。先后:跑前跑后。

[2]及:赶上。前王:指上文"三后"和尧舜。踵武:足迹。

[3]荃(quán):香草名,喻君主,这里指楚怀王。中情:内心。

[4]信谗:听信谗言。齌(jì)怒:盛怒,暴怒。

[5]謇(jiǎn)謇:忠言貌。

[6]舍:停止。

[7]九天:古时以为天有九重,故说"九天"。正:通"证"。

[8]灵修:指楚怀王。

[9]初:当初。成言:彼此约定的话。

[10]悔遁:后悔而回避,指心意改变。有他:有其他的打算。

[11]难:畏惧。离别:指离开楚怀王。

[12]数(shuò)化:屡次变化。

他谈到忠心,谈到听信谗言,谈到"九天为正,忍而不舍";特别是谈到离别和先前的约定。这很像是一封怨诉的情书,不像臣对君,而像另一种关系。不能割舍的爱恋,不能忍耐,不能自控。对方撕毁了成约,有了别样打算。他为对方的性格感到痛苦和担心——这种情绪在现代类似的关系中是极为陌生的,也是荒唐和危险的。

但我们冷静一想,又会觉得这种情绪绝不陌生。权力和力量会散发出一种美,会让人眩晕。力量是阳性的,而服从是阴性的。这种缠绵的美,其生发之源既来自客观现实,又来自一种自我设定。这种设定对他的命运而言非常重要。这就埋下了不幸的种子。从审美的意义上看它如此绝妙,不可替代,所以也就有了一曲千古绝唱。

在此我们可以来一点儿"逆向思维":如果让权力和力量呈现一种阴性状态,而追随者表现为阳性呢? 也就是说,如果让处于中心的那个人物伤心痛苦,而四周人物却一片自信和刚毅呢? 那会是多么有趣。

余既滋兰之九畹兮,[1]又树蕙之百亩。[2]
畦留夷与揭车兮,[3]杂杜衡与芳芷。[4]
冀枝叶之峻茂兮,[5]愿竢时乎吾将刈。[6]
虽萎绝其亦何伤兮,[7]哀众芳之芜秽。[8]

众皆竞进以贪婪兮,[9]冯不厌乎求索。[10]
羌内恕己以量人兮,[11]各兴心而嫉妒。[12]
忽驰骛以追逐兮,[13]非余心之所急。[14]

【注释】

[1]滋:栽种。九畹(wǎn):畹,有十二亩、二十亩、三十亩几种说法。九畹,表示栽种之多。

[2]树:种。

[3]畦:垄,作动词用,一垄一垄地种。留夷:香草名,即芍药。揭车:香草名。

[4]杂:套种,穿插种植。杜衡:香草名,俗名马蹄香。

[5]冀:希望。峻茂:高大而茂盛。

[6]竢(sì):同"俟",等待。刈(yì):收割,引申为收获的意思。

[7]萎绝:枯萎零落。其:句中语气词,表示反问。

[8]芜秽:荒芜污秽,指中途变质。

[9]众:指众小人。竞进:争着向上爬。

[10]冯:通"凭"。楚方言"满"的意思。厌:满足。求索:追求索取。

[11]羌:楚人发语词。恕:忖度。

[12]兴心:生心。

[13]驰骛(wù):狂奔乱跑。追逐:指追逐私利。

[14]所急:所急迫的事。

诗人至少栽培了三十亩春兰,种植了一百亩秋蕙,而且还套种了芍药和一种极香的花草——马蹄香。这儿当然是一种比喻。可我们也还是要问：为什么总是这种比喻？植物，花草，兰，香味……诗人充满希望，柔情眷眷，心跳轻微而急促；他细细的呼吸，企盼的目光，仿佛都在眼前。他清楚自己这种行为意味着什么——对应这一切的，是众人的贪婪竞进，是不餍的乞求，是对别人的猜疑，是钩心斗角和嫉恨，是奔走钻营和争权夺利。

他待在一片芳园中张望，目光只凝聚在一个地方：那儿有一个心目中的"美人"——楚怀王。"美人"具有强大的磁力，简直吸引了一切。那边一声轻轻召唤，这边会引起长久的震动。

更强大的人物总是被许多人所包围，而包围者总是渺小、低矮、萎缩，脸上难免有着污垢——这既是真实的，也是想象的；但想象却比真实更为真实。我们同时也有了另一种疑问：中心人物（"美人"）为什么总是如此地高大、肥硕，双目炯炯而不知疲倦？

这同样是生命中的一种神秘现象。

一个在花园里忙着套种芍药的男人，一个身上挂满了香花野草的男人，终生离那个"美人"很远又很近。那个人才决定着这里的收成，这里的气息。

我们想象诗人会有细嫩的皮肤，姣好的面容；眼角微微吊起，眉毛不粗不细；他的微笑会是致命的，因为他的美目是致命的。

    老冉冉其将至兮，[1]恐修名之不立。[2]
    朝饮木兰之坠露兮，夕餐秋菊之落英。[3]
    苟余情其信姱以练要兮，[4]长顑颔亦何伤。[5]
    擥木根以结茞兮，[6]贯薜荔之落蕊；[7]

矫菌桂以纫蕙兮,[8]索胡绳之纚纚。[9]
謇吾法夫前修兮,[10]非世俗之所服。[11]
虽不周于今之人兮,[12]愿依彭咸之遗则![13]

【注释】

[1]冉冉:渐渐。

[2]修名:美好的名声。

[3]落英:落,坠落。英,花。一说,落,始。落英,初开的花。

[4]苟:只要。信:确实。姱(kuā):美好。练要:精诚专一。

[5]顑(kǎn)颔:食不饱而面貌黄瘦。

[6]木根:香木的根。

[7]贯:贯串。薜荔:香草名,也称木莲。蕊:花心。

[8]矫:举起。

[9]索:搓绳。胡绳:香草名。纚(xǐ)纚:长而下垂,整齐美观的样子。

[10]謇:楚人发语词,一说忠贞直言貌。法:效法。前修:前代圣贤。

[11]服:用,这句指上文的饮食和服饰,均与世俗不同。

[12]不周:不合。今之人:指世俗之人。

[13]彭咸:传说是殷朝的贤臣,因谏其君不听,投水而死。遗则:留下的法则。

因为他是这样的一个人,所以我们觉得他有理由强烈地担心自己衰老的来临,同时担心自己美好的名声只是一种脆弱虚幻之物。他早晨饮用的是木兰花上的露滴,晚上食用的是秋菊的落英。这两种食物让人想起当代人服用的花粉,还有日本人至今仍在食用的一种"醋菊"。

一个人远离了世俗，再加上这样精致的饮食，难怪他肌肤透明；不仅如此，我们可以想象他心的形状：一切都该是完美精妙，具有"非人"的性质。但这种饮食又必会导致衰弱，让其奄奄一息。然而诗人说：即便形销骨立，也在所不惜。他正忙着做一种极为特别的事情，就是用树木的细根来编结香草，把薜荔的花蕊穿在一起；还要用肉桂的枝条将它们联结在一起，把蔓生的香草搓成绳索。

我们不断泛入脑海的是：这仅仅是一种比喻吗？为什么诗人独独采取这样的一种比喻？他做的这一切当然并非"世俗之所服"——这其实不言自明；但他仍然要一再地强调与世俗之不相容。

其间有多少天真烂漫的言辞，它与整个情愫分外和谐。这儿不是"童言无忌"，而是一个饮露食花者的坦言。他既然不吃世俗的食物，也就不会有世俗的忌讳了。

这是一个充满智慧的"孩童"。

长太息以掩涕兮，[1]哀民生之多艰！[2]
余虽好修姱以鞿羁兮，[3]謇朝谇而夕替。[4]
既替余以蕙纕兮，[5]又申之以揽茝。[6]
亦余心之所善兮，[7]虽九死其犹未悔！[8]
怨灵修之浩荡兮，[9]终不察夫民心。[10]
众女嫉余之蛾眉兮，[11]谣诼谓余以善淫。[12]
固时俗之工巧兮，[13]偭规矩而改错。[14]
背绳墨以追曲兮，[15]竞周容以为度。[16]

101

【注释】

　　[1]太息：叹息。掩涕：擦拭眼泪。

　　[2]民生：人民的生计。一说，民生即人生。多艰：多难。

　　[3]修姱：修洁而美好。鞿(jī)羁：鞿，马缰绳；羁，马笼头。鞿羁，束缚，牵累。一说，喻自我检束，不放纵。

　　[4]谇(suì)：进谏。替：废弃。

　　[5]纕(xiāng)：佩带。

　　[6]申：再次，又。

　　[7]亦：语助词。善：爱好。

　　[8]九死：九，数之极。九死，死亡多次。

　　[9]浩荡：无思虑貌。这里指楚王荒唐糊涂。

　　[10]民心：人心。

　　[11]众女：指众小人。蛾眉：眉如蚕蛾，美好貌。屈原自比。

　　[12]谣诼(zhuó)：造谣诽谤。

　　[13]工巧：善于取巧作伪。

　　[14]偭(miǎn)：违背。规矩：比喻法度。错：通"措"。

　　[15]绳墨：喻法度。追：追随。曲：邪曲。

　　[16]竞：争着。周容：苟合以求容。度：方法。

　　世俗当然对他不能相容。丢官，遭人唾骂，特别是那个"美人"的弃绝，都是自然而然的。可是作为一个忙着耕种花圃的男人，却对这一切感到费解。

　　"长太息以掩涕兮"，立在百亩芍药间。有一些人攻击诗人佩带蕙草，还指责他偏爱采集兰草。这种攻击和指责在我们看来也是自然而然的：世俗难以容忍一个唯美主义者。这种唯美的情结无论表现在现实中的哪个方面，都往往是脆弱的，易受攻击的，不能够持久的。然而一个人性质既定，其他也就不能改变。

这种不能改变，诗人倒是非常清楚，所以说"虽九死其犹未悔"。一方面是不能改变，仍然拥有着自己的百亩兰草和套种的芍药，但另一方面也仍然有"怨"。

一个"怨"字流露出那么多的意味，让人品咂不尽。"怨"一个常常出现在梦中的高大俊美的身影，他矗立在那儿，几乎无所不在。这个人决定了诗人的命运。如果人世间有一个人可以让诗人一生追随不舍，那么也就是这个人了。尽管对方的气质、心志与自己完全不同，尽管这个人很容易就被另一些东西所包围。除此而外，这个人眼前还有一种权力造成的雾障，所以很难体察别人的心情。

更让人感到奇怪的是，嫉妒诗人丰姿的竟有一些"女人"——指责他的"妖艳好淫"。

女人、高大的人、诗人，这三者之间构成了多么奇特的关系。这里即便是一种比喻，也让人遥想许多。诗人失去了一个朝夕相伴者，一个被称为"美人"的君王；而诗人本身虽是一个男人，却妖艳，有一双美目，身上还缀满了鲜花。

与其说诗人内心刚强，还不如说他心存执拗。他因执拗而强大，因强大而生出不尽的怨诉。这种怨诉，只有死亡才能让其终止。在这儿诗人稍稍脱离了官场的游戏规则，从渺小之中脱颖而出，走进了一种永恒的事业。

这里透露出一首政治诗的最大奥妙。

政治诗会是迷人的吗？它为何而迷人？

忳郁邑余侘傺兮，[1]吾独穷困乎此时也！
宁溘死以流亡兮，[2]余不忍为此态也！
鸷鸟之不群兮，[3]自前世而固然。[4]
何方圜之能周兮，[5]夫孰异道而相安？[6]
屈心而抑志兮，[7]忍尤而攘诟。[8]
伏清白以死直兮，[9]固前圣之所厚！[10]

【注释】

[1]忳(tún)：忧郁。郁邑：忧思郁结。侘傺(chà chì)：楚方言，失意貌。

[2]溘(kè)：突然。流亡：魂离魄散。

[3]鸷(zhì)鸟：鹰类的鸟。不群：不与凡鸟同群。

[4]固然：历来如此。

[5]圜(yuán)：圆。能周：能够相合。

[6]异道：志向不同。

[7]屈心：委屈心志。抑志：抑制意志。

[8]忍尤：尤，罪。忍尤，忍受旁人加己之罪。攘诟：攘，容让。诟，诟骂。攘诟，容忍旁人的诟骂。

[9]伏：通"服"，保持。死直：守正直之道而死。

[10]厚：重视，称赏。

一个软弱而刚强的人，充满矛盾的人，安慰自己的方法或许很多。他不仅有怨诉,还有自我申辩;有一再的强调、自我叮咛,有立志的方法;他总是直言不讳地诉说自己的忧愁烦闷和失意不安,指出自己的孤独和穷困。

极应引起注意的是"穷困"两个字。因为这是一个身居高位的人物在谈自己的穷困。通常穷困与潦倒连在一起,但当代人常常认为穷困比潦倒更为可怕。害怕穷困,它作为一种时代倾向,已经深深融入了世界潮流之中。但当年的诗人却发出过如此铿锵的言辞:即使马上死去,也不做媚俗之事。

他自比鸷鸟,嘲笑燕雀,而且自以为继承了一种传统,即"自前世而固然"。他认为方和圆"何之能周",甚至不愿像很多人所说的那样"外圆内方"。这时候的顽强,激烈的言辞,是似曾相识的面红耳赤的争辩和坚持。

淹死诗人的将是世俗的浊水,他在清流中却能俯仰自如。

诗人要"屈心而抑志兮"。委屈身心,压抑情感。情感是一种火热的燃烧,不能遏止 —— 他从来也没能成功地将其遏止。其实这只是一种燃烧过程的徐徐展现,留下一条生命的痕迹。

对应诗人的是另一个人物 —— "美人",这既是一个象征,又是一个实指,是楚怀王。"美人"的残缺让人痛心,让人费解。应该有一种改变的力量。这力量必然是一股清流,而不是浊水。"美人"要经受清流的洗涤,而诗人即是清流的化身。

楚地多水,水草丰饶。这些水有清流有浊水。最后淹死诗人的就是浊水。他投入的江即是浊水。谁能说那条江没有被污染呢?当然这里不是指现代意义上的污染。

世俗之水流转不息。但它所裹挟的却是一位千载难逢的人物。

他的独特性远不止于正直、抱负、强烈的道德感之类；而是难以囊括的丰富与神秘，是一个伟大精灵的全部……

他有着不可思议的清澈，强大的自恋，对肉体和心灵的双重的惋惜；他连叹息都散发着芬芳；他集一切美妙、孤傲、钟情、艾怨之大成。他比美人更美人，他比娇女更娇女，他比纤细更纤细。同时他也比豪放更豪放，比坚强更坚强。

作为一个入世者，他愿做君王的先导，愿为楚国绘制政治的蓝图。而作为出世者，他又是一个在内心里栽种百亩秋蕙，并套种芍药的人。他沉湎在晶莹的清流和芬芳的花蕊之中，始终思念着古代的圣贤。

但圣贤已然远逝，他们到底怎样谁也不知道——无论是诗人还是我们，都愿在想象中去完美他们。

这种完美的过程，就是修饰自我的过程。

悔相道之不察兮，[1]延伫乎吾将反。[2]
回朕车以复路兮，[3]及行迷之未远。[4]
步余马于兰皋兮，[5]驰椒丘且焉止息。[6]
进不入以离尤兮，[7]退将复修吾初服。[8]
制芰荷以为衣兮，[9]集芙蓉以为裳。[10]
不吾知其亦已兮，[11]苟余情其信芳。[12]
高余冠之岌岌兮，[13]长余佩之陆离。[14]
芳与泽其杂糅兮，[15]唯昭质其犹未亏。[16]

【注释】

[1]相(xiàng)：观看。察：仔细看清楚。

[2]延：长久。一说，延颈而望。伫：站立。反：同"返"。

[3]复路：走回原路。

[4]行迷：迷路。

[5]步：徐行。兰皋（gāo）：皋，水边的高地。兰皋，长有兰草的水边高地。

[6]驰：疾行。椒丘：长有椒木的山丘。且：暂且。焉：于此。

[7]进不入：不进入，进，指"仕"，下句的"退"指"隐"。离：通"罹（lí）"。尤：罪。

[8]初服：以芳洁的服饰喻美好的品德，初服，喻固有的美德。

[9]制：剪裁。芰（jì）荷：菱花的别名。

[10]芙蓉：荷花。

[11]不吾知：即"不知吾"。

[12]信芳：真正芳洁。

[13]高：加高。岌岌：高耸的样子。

[14]长：加长。陆离：长貌。一说参差貌。

[15]芳：香洁的东西。泽：污垢。杂糅：混杂在一起。

[16]昭质：光明洁白的质地。亏：亏损。

仿佛一次长旅：满怀希望地开始，忧心忡忡地踌躇，曲折中不期而遇，回返已是暮途。他在中途久久站立，调车回走原路。真的能够还原吗？连他自己都不能相信。这仍然是在另一个人的目光下产生的一种奇怪举止……好在他总算启程了，开始了。

打马在兰草水边，又跑上长满椒木的小山。他在那儿暂且停留：这同样表露了一种稚童心理。在一个人的无所不在的目光下，这很

107

像一场游戏。然而这又是生死攸关的游戏。

他在这儿整理衣饰,把菱叶剪裁成上衣,下裳则用荷花织就。而且他故意戴了一顶岌岌可危的高帽,还拖了长而又长的带子。这种打扮具有双重意义:对内是一种安慰,对外是一番炫示,甚至有小小的恐吓心理掺和其中。美好的内心需要外在的绝然不同的修饰和标志,以与世俗做一区别。当然一切远没那样简单,只是此刻的诗人需要如此。他的可爱、稚气和急切,都包含在这举止之中了。

然而他仍然惴惴不安,仍然无法摆脱那个人的目光。

其实那个人的目光这时正望向别处。

忽反顾以游目兮,[1]将往观乎四荒。[2]
佩缤纷其繁饰兮,[3]芳菲菲其弥章。[4]
民生各有所乐兮,[5]余独好修以为常。[6]
虽体解吾犹未变兮,[7]岂余心之可惩!

【注释】

[1]游目:纵目远眺。

[2]四荒:四方边远之地。

[3]缤纷:盛多貌。

[4]菲菲:香气浓烈。弥:愈加。章:同"彰",显著。

[5]民生:人生。乐:爱好。

[6]好修:爱好修饰。喻加强自己的道德修养。

[7]体解:肢解,古代的一种酷刑。

在这样的情状下,"忽反顾"是必然的,接着是"游目",是"观乎四荒"。诗人寻找什么? 又为什么忽然回头?

苍凉不安的心情,无法言说的悲戚,让他忘情装扮,在缤纷华丽之中偶尔做出这些举动。他身上仍然是香草花饰,散发出浓郁的清气。诗人这儿再一次显示了"余独好修以为常"。

这种习性直到粉身碎骨也不会改变,而且并不惧怕受到惩戒。

这里的诗人决不稍稍将一种美让给"众女",而是呈现一种内外统一的柔润芬芳。这恰好对应了前文,使人想起诗人所说的"众女"对他的嫉恨。

女媭之婵媛兮,[1]申申其詈予。[2]
曰:"鲧婞直以亡身兮,[3]终然夭乎羽之野。[4]
汝何博謇而好修兮,[5]纷独有此姱节。[6]
薋菉葹以盈室兮,[7]判独离而不服。[8]
众不可户说兮,[9]孰云察余之中情?[10]
世并举而好朋兮,[11]夫何茕独而不余听?[12]"

【注释】

[1]女媭(xū):姐姐。一说女伴。婵媛(chán yuán):关心爱切而显得婉转痛恻的样子。一说,是因说话愤急而喘息的样子。

[2]申申:再三,反复地。詈(lì):责备。

[3]鲧(gǔn):传说中禹的父亲。婞(xìng)直:刚直。亡身:亡,通"忘"。

亡身，不顾自身安危。

[4]夭：死于非命。羽之野：羽山之郊。

[5]博謇：学识广博而志行忠直。

[6]姱节：美好的节操。

[7]薋(cí)：草多貌，即堆积之意。菉葹(lù shī)：菉，王刍。葹，即苍耳。二物皆普通的草。

[8]判：分别，区别。服：佩用。

[9]户说(shuì)：一家一户地去解释。

[10]余：我们。

[11]世：世俗之人。并举：相互抬举。朋：指结党营私。

[12]茕(qióng)独：孤独。

姐姐或女友则对他的遭遇万分关切。某些告诫只能来自她们，只有她们才会向他诉说历史，诉说"忠言无忌"的后果：你这样下去，即便再爱好修饰，有再好的节操，因为满屋都堆满了平庸的花草，散发着逼人的俗气，你仍然无法避免厄运。

她们最有力的劝解是这样一句："众不可户说兮。"——人世间最曲折的那种真实，不可能逐人加以说明。而"众人"就是由一个个具体的人所组成，它的可怕也就在这里。庸常和平凡足以把你淹没。谁也不能详察你的本心，而且世上的人都爱成群结伙——你在以"一个"对应"一群"。

她们对诗人的状态感到极为费解。因为这一切在她们看来是如此明了。

这是诗人在途中的一次回忆——最难忘的忠告，特殊的温情。

实际上占据他内心正中位置的总是这样一个事件：他与"美人"的别离。对此，他甚至不敢正视。他时而回避，陷入迷惑。其实没有人比自己更清楚，它会长久地存在。所以他最终也无法回应"姐姐"或"女友"的话，因为她们对那一切、对事件最为隐秘的皱褶一无所知。

这是人性最隐秘的部位。

诗人曾是她们最可爱最信赖的兄弟和男子，她们作为女性会有一种盲角，难以看清诗人内心的那个角落——那儿正徘徊着一个致命的忧伤的灵魂。

她们宁可相信，楚王与他的别离是因为忠言逆耳，或是小人离间所致；所以她们才发出了那样的劝告和警醒。可是只有诗人自己知道，一切远没有那样简单。在这儿，在诗人和"美人"之间，一瞬间国体、纲纪、社稷，全都失去了分量。

这是千古以来的一大奥秘，以至于诗人不得不将它隐匿在浩漫的自语之中。

就在这场自吟自味的倾诉中，他把它隐藏下来。

依前圣以节中兮，[1]喟凭心而历兹。[2]
济沅湘以南征兮，[3]就重华而陈辞：[4]
启九辩与九歌兮，[5]夏康娱以自纵。[6]
不顾难以图后兮，[7]五子用失乎家巷。[8]
羿淫游以佚畋兮，[9]又好射夫封狐。[10]
固乱流其鲜终兮，[11]浞又贪夫厥家。[12]
浇身被服强圉兮，[13]纵欲而不忍。[14]

日康娱以自忘兮，[15]厥首用夫颠陨。[16]
夏桀之常违兮，[17]乃遂焉而逢殃。[18]
后辛之菹醢兮，[19]殷宗用之不长。[20]
汤禹俨而祗敬兮，[21]周论道而莫差。[22]
举贤而授能兮，[23]循绳墨而不颇。
皇天无私阿兮，[24]览民德焉错辅。[25]
夫维圣哲以茂行兮，[26]苟得用此下土。[27]
瞻前而顾后兮，相观民之计极。[28]
夫孰非义而可用兮，[29]孰非善而可服？[30]
阽余身而危死兮，[31]览余初其犹未悔。
不量凿而正枘兮，[32]固前修以菹醢。
曾歔欷余郁邑兮，[33]哀朕时之不当。[34]
揽茹蕙以掩涕兮，[35]霑余襟之浪浪。[36]

【注释】

[1]节中：节，节制。中，中正之道。节中，节制不偏，保持正道。

[2]喟：叹息。凭：愤懑。历兹：至此。

[3]济：渡。南征：南行。

[4]重华：舜的别名。

[5]启：夏启，禹的儿子。九辩与九歌：中国古代神话中两个有名的乐曲，传说是启上天做客时带下来的。

[6]康娱：耽于安乐。纵：放纵。

[7]顾难：看到危难。图后：考虑将来。

[8]五子：五观，启的幼子。一说启的五个儿子。用：因而。家巷：相

当于"内讧",内乱的意思。

[9]羿:后羿,相传为夏初诸侯,有穷国君。淫:过度的意思。佚:放纵。畋:打猎。

[10]封狐:大狐。

[11]乱流:逆乱之徒。鲜终:少有善终。

[12]浞(zhuó):寒浞,相传为后羿相。厥:其。家:妻室。相传寒浞杀羿,霸占其妻。

[13]浇(ào):寒浞与羿妻所生的儿子。被服:穿戴,引申为依仗负恃之意。强圉:强大有力。一说指坚甲。

[14]不忍:不能自制其欲望。

[15]自忘:忘记自身的安危。

[16]颠陨:坠落。

[17]常违:即"违常",违背正道。

[18]遂:终究。焉:语气词。

[19]后辛:殷纣王。菹醢(zū hǎi):菹,酸菜。醢,肉酱。这里指古代的一种酷刑,把人剁成肉酱。

[20]殷宗:宗,宗祀。殷宗,殷朝的天下。

[21]俨:知所戒惧的意思。祗:敬。

[22]周:指周朝的文王、武王等开国君主。论道:谈论治国的道理。莫差:没有过差。

[23]举:选拔。授能:把政事交给有才能的人。

[24]私阿:偏爱,偏袒。

[25]民德:有德行的人。一说指人民所爱戴者。错:同"措",施行。

[26]维:唯。茂行:茂,盛。茂行,茂盛的德行。

[27]苟：诚，确实。用：享有。下土：指天下。

[28]相(xiàng)：观看。计极：计，计虑。极，目的。计极，愿望，要求。

[29]用：施行。

[30]服：也是"用"的意思。

[31]阽(diàn)：临近危险。危死：濒于死亡。

[32]凿：木工所凿的孔。枘(ruì)：木楔。这里是指不迁就凿孔的方圆大小来削柄，就插不进去。喻古代的诤臣，不肯苟合取容，而不得善终。

[33]曾：屡次。歔欷(xū xī)：哀泣的声音。

[34]时之不当：等于说生不逢时。

[35]茹：柔软。

[36]霑：浸湿。浪浪：泪流不断的样子。

但姐姐或女友的告诫和劝解还是使他变得轻松。因为他可以循着这种思路，发出一些铿锵的话语。他开始细说历史：

夏启作乐忘情，无视危难，结果酿成内乱。后羿沉溺游乐，特别喜欢射杀大狐。还有人霸占他人妻女，放纵欲望，天天寻欢作乐，终招杀身之祸。最可怕的是夏桀和殷纣：殷纣耸人听闻地残害忠良，所以他的王朝很快灭亡。而夏禹和文王堪称当世的榜样，他们都能够选拔任用贤人，遵循准则，因而下场和另一些人绝不相同。上天对一切都有个公正的判定：对有德行的人就给以帮助，让他们享有天下的太平和土地。

瞻前顾后，一切是这样分明。所以我才有这样冒死的选择，一切都不能使我后悔。因为我深知仁人志士遭殃的缘故与我完全相同。

诗人在这儿泣不成声，悲恸欲绝，哀叹自己没能遭逢美好的时世。但诗人此刻用来擦拭眼泪的仍是芬芳的蕙草。

这长长的例举、说明，实际上正是对那个"美人"的诅咒和恐吓。多么可怕的结局，关乎国体、民族、帝国、君主的生死存亡。这就是诗人的咒语，听来恐怖极了。但实际上诗人知道，这对于那个"美人"仍是苍白无力的。因为这无论是对于诗人自己还是对方，远不是警告的重点，更不是他们之间漫长曲折的故事的中心——由于重心偏离了，这时整个故事呈现出一种倾斜感。他无法平衡自己，无法平衡整个故事，更无法平衡这种情绪。所以他才会有这番铿锵的言辞——句句都是真理，然而句句都有点"言不及义"。

有人可能对芬芳花草连缀在身、结成绳索，对这些美到了极致的举止感到恍惑。其实这是诗人最自然不过的举止。正是这种"行为语言"，开始向那个长长的曲折故事的中心关节逼近。

这儿应该引起极大注意的，是他在痛哭流涕之时还用芬芳的蕙草去抹眼泪。他就是这样地离不开花，离不开草，离不开柔弱的植物。这种行为举止与庄严悲伤的历史回顾形成了多大的反差。是这种咒语让他感到一些轻松：他宁可相信那个人背离了这一切，而自己却坚持了这一切，是这些造成了他们的分道扬镳，造成了今天的沦落和不幸。这种自况和界定是极为重要的。他如果不能就此驻足，他如果稍稍跨越半步，那么也就只有死亡。

跪敷衽以陈辞兮，[1]耿吾既得此中正。[2]
驷玉虬以乘鹥兮，[3]溘埃风余上征。[4]
朝发轫于苍梧兮，[5]夕余至乎县圃。[6]

欲少留此灵琐兮,[7]日忽忽其将暮。[8]
吾令羲和弭节兮,[9]望崦嵫而勿迫。[10]
路曼曼其修远兮,[11]吾将上下而求索。

【注释】

[1]敷:铺开。衽(rèn):衣的前襟。

[2]耿:光明。中正:中正之道。

[3]驷:古代一乘车套四匹马。这里作动词,意同驾。虬:传说是无角的龙。鹥(yī):凤凰别名。

[4]溘:掩,覆在上面的意思。一说迅速的样子。埃风:挟带尘埃的风。上征:到天上去。

[5]发轫(rèn):轫,放在车轮前的木头。发轫,撤去木头,意即出发。苍梧:舜葬之地,即九嶷山。

[6]县圃:神话中山名,在昆仑之上。

[7]灵琐:灵,神。琐,门上的镂纹。灵琐,神宫的大门。

[8]忽忽:很快地。

[9]羲和:神话中太阳的御者。弭(mǐ)节:弭,止。节,鞭子。弭节,停鞭徐行。

[10]崦嵫(yān zī):神山名,传说中日没之处。

[11]曼曼:同"漫漫",长而远貌。修:长。

我们不能忘记,诗人此刻正在离别出走的路上,正在流放途中。他在回顾、停留、自我劝慰。

他铺开衣襟,跪着讲述这一切,回忆这一切,心里感到明亮宽松。接下去却是更为恣意的想象——驾着风车,离开尘世飞到天上。他早上从南方的苍梧出发,到达昆仑山时正好太阳落山。他在那儿稍事逗留,看夕阳西下,暮色苍茫,抚慰心境。这时他竟然命令给太阳驾车的羲和停鞭慢行,延缓时光,不让太阳迫近入山之地。他站在昆仑山上极目宇宙,发出了千古绝唱:

> 路曼曼其修远兮,吾将上下而求索。

这是一个离去者的形象,正有一番新的路程和新的生活。这是何等的自由,何等的轻松,何等的气魄、力量和胆略。喝停太阳,足踏昆仑,放眼宇宙。他仿佛比那个"美人"获得了更多的自由和自信。楚地、帝国,一切在这里都显得渺小了。

然而诗人深知,只有这种伟大和狂放才能抵御那不能忘怀的创伤。这种任意翱翔很可能给那个"美人"带来痛苦,让其产生怅然若失的感觉。

如此酣畅淋漓的想象才刚刚开始。更大的排场,更为雄伟和匪夷所思的事物还在后边。

接下去将展开一个又一个细节,它们楚楚动人,好像远离了幻觉,远离了白日梦,当然也远离了痛苦。

> 饮余马于咸池兮,[1]总余辔乎扶桑。[2]
> 折若木以拂日兮,[3]聊逍遥以相羊。[4]
> 前望舒使先驱兮,[5]后飞廉使奔属。[6]

鸾皇为余先戒兮,[7]雷师告余以未具。

吾令凤鸟飞腾兮,继之以日夜。

飘风屯其相离兮,[8]帅云霓而来御。[9]

纷总总其离合兮,[10]斑陆离其上下。[11]

吾令帝阍开关兮,[12]倚阊阖而望予。[13]

时暧暧其将罢兮,[14]结幽兰而延伫。[15]

世溷浊而不分兮,[16]好蔽美而嫉妒。

【注释】

[1]咸池:神话中太阳沐浴的地方。

[2]总:系结。扶桑:神话中的树名,据说是日出之地。

[3]若木:神木名,传说在昆仑西极。拂日:拂,击,扫。拂日,阻挡太阳下山。一说作遮蔽解。

[4]聊:暂且。相羊:通"徜徉",徘徊逗留。

[5]望舒:神话中月的御者。

[6]飞廉:神话中的风伯,即风神。奔属:属,跟随。奔属,跟在后面奔走。

[7]鸾皇:鸾,神鸟名,凤凰之类。皇,即"凰",雌凤。先戒:在前边清道警卫。

[8]飘风:回风,旋风。屯:聚合。离:"丽"也,犹附也。

[9]帅:率领。霓:雌虹。御:迎接。

[10]总总:聚集貌。离合:忽离忽合。

[11]斑陆离:乱貌,形容五光十色。上下:天地。

[12]帝阍(hūn):阍,守门者。帝阍,指为天帝守门的天神。关:本义

是门闩,此指天门。

[13]阊阖(chāng hé):天门。

[14]曖(ài)曖:昏暗貌。罢:终了。

[15]延伫:久久地站立。

[16]溷(hùn)浊:混浊。不分:是非不分。

想象如此烂漫:我大马的饮水处是咸池,马的缰绳拴于遮挡阳光的神木扶桑。由于遮住了强烈的阳光,他正可以从容行进。作为前驱的,是给月亮驾车的望舒;而作为后卫的,是风神飞廉。鸾鸟凤凰在四周戒备,随行的还有雷神。他发出命令,让凤凰展翅,夜以继日往前疾赶。

聚拢的旋风率领云霓前来迎接,他居高临下,看越聚越多的云霓何等斑斓。这就是宇宙,这就是天上。滚动的云海衬托着四周人物的显赫,以及邀之即来挥之即去的气势。在这儿,居于中心的竟然是一个刚刚用蕙草擦过眼泪的人。

他俨然是一位帝王。既有帝王的威严,又多了一份飘逸。本来作为一个来往于天地之间的精灵也就足够,可他依然怀念和神往一种君王的威仪。这一切对于常伴君侧的诗人而言,都是耳熟能详的了。

在这种放纵的想象中,恰恰也隐含了一种对照。表面上看,他把那个"美人"撇得远远的,已经从尘埃滚滚的大地来到了云霓飘飘的上天。但我们从这种威仪排列之中,仍然可以看到一种牵挂和对比——它不能不让人想起群臣迎迓整齐的仪仗、浩浩的车队。

就在这种对照中,掩藏着诗人内心里那声长长的叹息。

我们完全可以说,这种雄奇的想象是针对那个"美人"生发的。

实际上在长长的咏叹中，居于中心的人物并不是诗人，而是另一个人，是那个"美人"——是他巍峨高大的身躯，是他的背影，是他飘落在远处而又无所不在的目光——诗人正率领云霓、蕙草、百亩花园，甚至是雷电、河流和高山，徘徊于那个无所不在的巨大的身影周围。

这也是诗人始料不及的。他不愿如此，但实际上身不由己。

这种种神奇想象随意点染的斑斓，也只能是对另一个高大身影的无限衬托。没有办法，诗人还是显示了一种阴性的角色；而阴性，"她"的一切气韵、氛围，足以培养的仍然还是丰茂的花草，是它笼罩一切的浓烈香气。这种阴性的培育既需要保持一种湿度和幽暗，又离不开阳光。阳光无所不在，尽管为了这种芬芳和繁衍，不得已时仍要遮挡一下阳光。这在花圃园工那儿有一个术语，叫作"遮帘"。诗人使用了许许多多的"遮帘"：空隙四露，阳光洒下。阳光过强是可以灼伤花卉的，许多艳丽和芬芳是不可以直接暴露在阳光之下的。她们的娇羞正需要闪烁的光，需要掩护——这种掩护反而加重了她们的娇羞和美丽。

至此，一种人性、伦理、隐喻和象征的大和谐，从诗中一叠叠生出，让人目不暇接。这使唯美生出了更大的内力，使繁琐和曲折呈现出条理。这看来似乎漫不经心，却一次又一次地拥抱了伟大的理性。

朝吾将济于白水兮，[1]登阆风而绁马。[2]
忽反顾以流涕兮，哀高丘之无女。[3]
溘吾游此春宫兮，[4]折琼枝以继佩。[5]

读《离骚》

及荣华之未落兮,[6]相下女之可诒。[7]
吾令丰隆乘云兮,[8]求宓妃之所在。[9]
解佩纕以结言兮,[10]吾令謇修以为理。[11]
纷总总其离合兮,忽纬繣其难迁。[12]
夕归次于穷石兮,[13]朝濯发乎洧盘。[14]
保厥美以骄傲兮,[15]日康娱以淫游。
虽信美而无礼兮,来违弃而改求。[16]

【注释】

[1]白水:神话中的水名。

[2]阆(làng)风:神话中的山名。緤(xiè):系结。

[3]高丘:山名,在楚国。一说在阆风山上。女:神女,喻与自己同心的人。

[4]溘:飘忽。春宫:神话中东方青帝所居住的地方。

[5]琼枝:琼,美玉。琼枝,玉树的叶子。

[6]荣华:指玉树上的花。

[7]下女:指下文宓妃、简狄、二姚等下界名淑。诒(yí):通"贻",赠送。

[8]丰隆:云神。一说雷神。

[9]宓(fú)妃:宓,通"伏"。宓妃,相传伏羲氏的女儿,溺死于洛水,遂为洛水女神。

[10]佩纕(xiāng):佩带。结言:指订结盟约。

[11]謇(jiǎn)修:传说为伏羲氏的臣子。理:媒人,使者。

[12]纬繣(wěi huà):乖戾,相异不合。难迁:难以改变。

[13]次：住宿。穷石：神话中的地名，传说是后羿所居之地。

[14]洧（wěi）盘：神话中的水名，源于崦嵫山。

[15]保：仗恃。

[16]来：招呼从者之词。

一场宇宙间的长旅开始了。

清晨渡过白水，在山上系马，忽然回头眺望，泪眼淋漓。诗人发出声声哀叹：此地竟然没有美女或贤人。高丘正是那个"美人"的所在，他身边没有真正让人惊羡的女子或贤士……他忍不住要回头，要眺望，要再一次泣哭。这是远离尘世的最后一瞥？当然不是。高丘无女，活该如此，这与先前的诅咒是完全一致的。但这次不同的是流涕：仅一瞥就让其泪眼淋漓。人与人之间最深刻的埋怨和牵挂，情状复杂以至于此。

飘飘忽忽来到春宫，宇宙的东方。与之相关的都是天上的事物，是神话中的人物，特别是成神的古代帝王的女人。让雷神驾车寻找美女，首先选中宓妃："求宓妃之所在"——他写好一封信，解下佩带束好，交给一个人。也就在此刻，彩色云霓纷纷聚散，忽离忽合，似乎昭示着事情的乖戾难成——相传羿的国土在穷石一带，那么宓妃一定是回到了那里，她到了清晨才回河里洗濯长发；而那条河是从太阳落山之地流出。没有人比宓妃再俊美，她因此骄傲自大，放荡不羁，欢乐终日。她是那么美丽，又那么不懂礼节。不得已，诗人只好将她遗弃。

对于宓妃的寻找和放弃，对她美貌的想象，倒是一次令人心惊的选择。因为直到这时诗人才算第一次真正恢复了男人身份，开始了艰难的忘却,忘却昨天,忘却那个"美人"。他在寻找异性的安慰,认为只有宓妃一类美貌的女人才能挽救沉沦的灵魂。这也许真的是唯一生路。因为他立在"悬崖"上,随时都有粉身碎骨的可能——此刻只有女人的手才能将他援助。

当然,这种足以吸引他的美女不在尘世,只在天上。同时也能稍稍说明,他在尘世为什么从来不曾如此地爱恋。

尘世间只有男人的力量,这种力量对他构成不可解脱的吸引。

力量和权力是悲剧的起源。一方面"诗与帝国对立"(布罗茨基语),另一方面诗人却要在心中建立和完美这个帝国。对国君,对帝王的想象,对笼罩上下四野的巨大权威所具有的严整性,时而产生难以回避的幻觉。这一切对一个浪漫主义者的吸引是显而易见的。王朝,总有形而上的东西给予支撑。这是一对奇怪的矛盾。冷酷的繁文缛节的帝国,似乎与荒野蛮俗构成了对立。实际上帝国又是最大的蛮俗。帝国可以毁灭美,也可以唤起对美的深远和深刻的想象。在这儿,诗人别离的是一个帝国还是一个人,都完全一样。他对这二者的爱也是一样的。它们在他心中合而为一,只化为一个形象。

然而这一切淤积,只有女性的柔情之水才洗得干净。

寻找女人就是寻找遗忘,寻找明天和永生。诗人对死亡是恐惧的,对黑暗是恐惧的。他对生活的巨大留恋和热爱,在这儿不言自明。

就为了寻找这样一个女性,他才直上九天,走遍四极。

> 览相观于四极兮,[1]周流乎天余乃下。[2]
> 望瑶台之偃蹇兮,[3]见有娀之佚女。[4]

吾令鸩为媒兮，[5]鸩告余以不好。

雄鸠之鸣逝兮，余犹恶其佻巧。[6]

心犹豫而狐疑兮，欲自适而不可。[7]

凤皇既受诒兮，[8]恐高辛之先我。[9]

欲远集而无所止兮，[10]聊浮游以逍遥。[11]

及少康之未家兮，[12]留有虞之二姚。[13]

理弱而媒拙兮，[14]恐导言之不固。[15]

世溷浊而嫉贤兮，好蔽美而称恶。

闺中既以邃远兮，[16]哲王又不寤。[17]

怀朕情而不发兮，余焉能忍与此终古！[18]

【注释】

[1]览相观：三字同义连用，都是看的意思。四极：四方极远的地方。

[2]周流：遍行。

[3]瑶台：玉台。偃蹇：高耸貌。

[4]有娀（sōng）：古代国名。相传有娀氏有二美女，其一名叫简狄，居住在高台之上。佚女：美女。

[5]鸩：鸟名，羽有毒。

[6]佻巧：轻佻而机巧。

[7]适：往。

[8]诒：聘礼。

[9]高辛：帝喾。传说简狄为帝喾妃。

[10]集：本义是鸟栖于树上，这里和"止"同义，停留，居住。

[11]浮游：飘荡。

[12]少康：夏后相之子。

[13]有虞：国名，姓姚，舜的后代。二姚：有虞国的两个公主。

[14]理：媒人。

[15]导言：通达双方意见之言。不固：没有成效。

[16]闺：宫中小门。邃：幽深。

[17]哲王：贤智的君王，这里指楚怀王。寤：醒悟。

[18]终古：犹永久。

此物只应天上有，人间哪得见几回。既不是尘世的生命，在尘世间必不会有好的命运。

周游于上天，结伴于云霓，寻觅于美女。望瑶台，俯流云，走入另一种澄明境界。传说中的古国美女一个个都在天上，住在高台。美好的资质，绚丽的容颜，这样的人也只能住在天上。

如今他来到了天上，来到了应该去的地方。这儿澄明而多情，让他忘却。实际上诗人的这种流连，比起这之前发出的威胁和诅咒，倒显得更为严厉。

耐人寻味的是他让鸩鸟去做媒，而鸩鸟是一种致命的毒鸟，羽毛浸入酒中可致人死命——这真的就像爱情一样可怕。爱情就是鸩鸟的羽毛。诗人选中的媒人令人瞠目结舌。

这一次失败了，他转而又求雄鸠。而这只鸠鸟却一路大嚷着飞走。这不免又给诗人一种轻佻浅薄的感觉——柔情与美意怎么可以如此表达呢？曲折细腻的情感，大声嚷叫的雄鸠自然不善传达——诗人得知，凤凰已接受了另一个人的聘礼，有人赶在了他的前面。

整个过程就是这样辛酸、尴尬和冷酷。他只好到更远的地方，但又没有安居之地。他四处游荡，情绪怅然，后来想起了两位美丽的公主还没有婚配……但为他传递自己心愫的媒人仍如此笨拙。他明白自己与公主结合的希望很小，他们之间不会发生什么故事。

一个复杂繁琐的求爱和寻找过程。诗人知道成功的希望很小，这其实只为了忘却，而不是真正的渴求。比起另一个人——那个"美人"的魅力、无所不在的磁力，这些美女的缠绵显得过于淡弱了。求爱成了诗人打发时间的一种方法，一种逃避的可能。结局早已领悟，但他不愿言明。总之这是一场煞有介事的求爱，看上去风尘仆仆情意绵绵，实际上心冷如冰。

适得其反的是，这一次次失败，反而更令他想起尘世间的混浊和嫉贤妒能，想起那个"美人"。

尘世天上，今天昨日，两相对照，痛悔尤甚。满腔忠贞无处倾诉，奇特的激情无有出口。

真正的痛苦是无法安慰的，致命之伤没有一味药可以医治。至此，诗人已经走投无路了。

一个时代的大痛苦，往往都以性的解痛药来医治，而这种医治的结果是愈加疼痛。诗人所求助的"解药"，与我们惯常所知的既相同又相异。他寻觅和向往的都是瑶台美女。

瑶台是美玉砌成的高台，有一种超越尘世的娇艳和温柔，有逼人的美。

　　　　索琼茅以筵篿兮，[1]命灵氛为余占之。[2]
　　　　曰两美其必合兮，[3]孰信修而慕之？[4]

思九州之博大兮，岂唯是其有女？[5]

【注释】

　　[1]索：取。琼（qióng）茅：传说中的一种灵草。以：与。筳篿（tíng zhuān）：占卦用的小竹片。

　　[2]灵氛：传说中的神巫。

　　[3]曰：灵氛占卜之词。两美：双方美好。比喻贤臣和明君。

　　[4]孰：谁。信：真正，确实。修：美。

　　[5]是：此，此地。指楚国。

　　诗人开始占卜。

　　他找来灵草和细竹占卜爱情。诗人对神巫说：两个美好的人，他们相互爱慕是多么自然而然；想想看吧，天下是如此辽阔广大，难道只有这里才有美女吗？

　　为求偶、为爱而占卜，这不仅是巫术盛行的楚地和远古才有，直到今天也不鲜见。急躁，执着，不解，就求助于神巫。诗人真的在算美女吗？不，还有"美人"。他想从这次占卜中求问别离：所有的别离，最终的别离，原来的别离；那个"美人"的背影仿佛又在摇动……当然这都是一种隐含。

　　若有其事和半真半假的消磨，消磨的都是生命。他曾有过必将结合与爱慕的强烈情绪，那么是什么打碎了这种"必将"呢？实际上他一直在为这一声询问而流浪。

　　想到天下的辽阔，想到美女不仅局限于此——这是理性的思索；然而在爱面前，理性又占多大分量？实际上他最不敢正视、最无法解释的,还是自己的留恋和钟情,是那份莫名的激情。

曰勉远逝而无狐疑兮,[1]孰求美而释女?[2]
何所独无芳草兮,[3]尔何怀乎故宇?[4]
世幽昧以眩曜兮,[5]孰云察余之善恶?
民好恶其不同兮,惟此党人其独异。[6]
户服艾以盈要兮,[7]谓幽兰其不可佩。
览察草木其犹未得兮,[8]岂珵美之能当?[9]
苏粪壤以充帏兮,[10]谓申椒其不芳。

【注释】

[1]曰:以下至段末是灵氛的占卜之词。勉:劝勉。

[2]释女:舍掉你。女,同"汝"。

[3]芳草:喻明君。

[4]故宇:故居。

[5]幽昧:昏暗。眩曜(yào):眼花缭乱。

[6]惟:唯。

[7]户:家家户户。艾:艾蒿。作者心目中的恶草。要:通"腰"。

[8]未得:指没有正确理解辨别。

[9]珵(chéng):美玉。当:犹今"懂",楚方言。指对美玉有恰当的认识和评价。

[10]苏:取。帏:香囊。

神巫的话正是诗人心中的话，是一种潜对话。

这些话该让另一个人听听，当然他听不到。听不到也要讲。这可是来自神巫的话啊！他在劝导诗人远走高飞，不要迟疑，而且言之凿凿。他说所有寻求美的人，都不会把你这样的人放弃。你远远走开才是最聪明的办法——世间何处无芳草，你又何必苦苦怀恋。

他提到了"故宇"——这儿不是指天上，更不是想象的某个空间，而是昨天，是属于诗人与"美人"的那个复杂到难以言说的两个人的空间。那儿值得怀恋的东西太多了。怀恋，还是怀恋。

神巫说：黑暗的世道让人两眼迷离，谁也不能洞察心底分辨善恶。当然了，人的喜好与厌恶都不相同，只是这帮小人的兴趣又格外怪异。

神巫说得多么好。这帮小人，离间者，围困了那个高大身影；他们不仅恶毒、嫉妒，而且"独异"。"独异"，讲不清的曲折和怪诞，手法特殊。诗人对他们不会理解，对他们的能量和作用也不会理解。所以诗人只常用一个简单通俗的词汇加以概括："嫉恨"。

那样一群宵小竟然可以将"美人"围拢，将二人生生分离。

神巫似乎也学会了诗人所惯有的那种比喻，说：人人都把艾草挂满腰间，说幽兰才是不可佩带的东西——艾香是一种平俗的香气，诗人并不以为然。艾草比起幽兰高贵的气息，雅致的神韵，当然不可同日而语——平俗的眼睛对于草木尚且分辨不清，又怎么能够评价玉器？他们用粪土塞满自己的香袋，反而说申椒没有香气。

神巫的言辞趋向激烈，说对方的香袋中装满粪土。实际上在诗人眼里，那些人正是粪土，那个"美人"身边正堆满了粪土。

这里，我们仿佛看到诗人含着眼泪念出一句："活该如此！"

欲从灵氛之吉占兮，心犹豫而狐疑。

巫咸将夕降兮，[1]怀椒糈而要之。[2]

百神翳其备降兮，[3]九疑缤其并迎。[4]

皇剡剡其扬灵兮，[5]告余以吉故。[6]

曰勉升降以上下兮，[7]求榘矱之所同。[8]

汤禹俨而求合兮，[9]挚咎繇而能调。[10]

苟中情其好修兮，又何必用夫行媒？[11]

说操筑于傅岩兮，[12]武丁用而不疑。[13]

吕望之鼓刀兮，[14]遭周文而得举。[15]

宁戚之讴歌兮，[16]齐桓闻以该辅。[17]

及年岁之未晏兮，[18]时亦犹其未央。[19]

恐鹈鴃之先鸣兮，[20]使夫百草为之不芳。

【注释】

［1］巫咸：古代神巫。降：请巫咸降神。

［2］怀：藏，准备。椒：香物，用以焚香敬神。糈（xǔ）：精米，用以享神。要：通"邀"。

［3］翳：遮蔽。形容百神盛多。备：全部。

［4］九疑：指九嶷山的神。缤：众盛貌。

［5］皇剡（yǎn）剡：皇，同"煌"，光。皇剡剡，光闪闪。扬灵：显扬神的光灵。

［6］故：事由。

［7］曰：以下至段末都是巫咸的话。

［8］榘：同"矩"。画方形的工具。矱（yuē）：度量长短的工具。榘矱之所同：指志同道合的人。

［9］俨：敬。指律己严正。求合：访求志同道合的人。

［10］挚：商汤时贤相伊尹的名字。咎繇（gāo yáo）：皋陶，舜禹时的贤臣。调：调合。指君臣和衷共济，安定天下。

［11］用：因，借助。

［12］说（yuè）：傅说，殷朝武丁时贤相。筑：建筑用的杵。傅岩：地名。

［13］武丁：殷高宗名。

［14］吕望：太公姜尚。鼓刀：敲刀发声，以招揽生意。

［15］周文：周文王。

［16］宁戚：春秋时人，喂牛时唱歌，被齐桓公听到，奉为客卿。

［17］该：准备。辅：辅佐大臣。

［18］晏：晚。

［19］犹其：是"其犹"的倒文。央：尽。

［20］鹈鴂（tí jué）：鸟名，即杜鹃。一说，伯劳。

最神奇的白日梦，它编织的故事丝丝入扣，时而夸张，时而矜持，时而嬉戏，时而庄重。

在神巫的劝说下，诗人想走开又犹豫不定。"心犹豫而狐疑"，这是必然的。因为神巫说出的每一个字都来自诗人，他怀疑神巫就等于怀疑自己。于是，他在企盼另一场更为庄重和盛大的神的裁决。

听说另一个神巫夜间就要降临，神可以借助他的躯体发出指令。于是诗人带着花椒和精米前去迎接。

果然，天上百神遮天蔽日，一齐降临，九嶷山的众神也纷纷出来迎候……伟大的决意需要伟大的形式，又是这么多的神灵光闪闪。

但是，既然神的话要借巫之口，众神为什么还要摆出赫赫威势？看来是诗人自己需要这种远大庄严的背景，他认为只有这样，神巫的话才显得更有分量。

神巫开口讲话了，这次与上次不同，这是神的话。

神说：你应该努力上天入地，去寻找意气相投的同道。像汤、禹那样的人，对自己要求严格，虚心求贤，才得到君臣的良好合作。一个人只要内心善良，爱好修洁，又何必一定要借助于"媒人"呢？接着神又加以例举，说古代连那些工匠、屠夫、放牛的，都因为遇到了贤君而得到重用——你应该趁现在年轻有为、趁着施展才能还有这么多大好时光，赶紧去做。一切都要趁着年轻，等到老了，杜鹃叫了，百花也就凋落了。

显而易见，那个"美人"比起古代的君王已经相差太远。他既不如周文王和齐桓公，更不如殷高宗。这种对比中，那个高大的身影显得灰暗起来，甚至有点拙劣粗俗了。这里潜在的言辞就是：即便如此，我还在留恋和追随。我后悔过吗？"虽九死其犹未悔"——悔与不悔只有天知道。

这样的一片忠诚又为了感动谁呢？

江山，社稷，国家的前途，人民的痛苦，一切都太过沉重，太过巨大。它们只会引起"痛"，而不是"怨"——可我们从诗人的吟唱中感到更多的却是"怨"。"怨"是一种非常具体的情绪，它常常来自具体对象。诗人已多次表达过类似的意思，尽管重复中有递进，有引申，有一再的比喻。因为这种情绪实在是难以消散。从修辞学的意义上讲，重复是为了强调。强调，一再地强调，更深的意味也就在这种重复强调之中蔓延，以至于将人团团围困，不能自拔。

这种重复洋溢出一种强烈的诗性，饱满丰腴，显露了逼人的繁华和丰茂。而这些又全部统一在内向自语与真挚独怀的风格气质之中。

在诗人这里，似乎一切都可以任意铺排而丝毫不会折损艺术的分量。

何琼佩之偃蹇兮，[1]众薆然而蔽之？[2]
惟此党人之不谅兮，[3]恐嫉妒而折之。[4]
时缤纷以变易兮，[5]又何可以淹留？
兰芷变而不芳兮，荃蕙化而为茅。
何昔日之芳草兮，今直为此萧艾也？[6]
岂其有他故兮？莫好修之害也！
余以兰为可恃兮，羌无实而容长。[7]
委厥美以从俗兮，[8]苟得列乎众芳。[9]
椒专佞以慢慆兮，[10]榝又欲充夫佩帏。[11]
既干进而务入兮，[12]又何芳之能祗。[13]
固时俗之流从兮，[14]又孰能无变化。
览椒兰其若兹兮，又况揭车与江离。
惟兹佩之可贵兮，[15]委厥美而历兹。[16]
芳菲菲而难亏兮，[17]芬至今犹未沫。[18]

和调度以自娱兮,[19]聊浮游而求女。

及余饰之方壮兮,[20]周流观乎上下。

【注释】

[1]琼佩：喻自己的美德。偃蹇(yǎn jiǎn)：高耸貌。一说，盛多美丽的样子。

[2]薆(ài)然：受到遮蔽而显得黯淡。

[3]不谅：谅，诚信。不谅，没有诚信。

[4]折：摧折。之：指琼佩。

[5]缤纷：纷乱的样子。

[6]萧艾：都是蒿草，不香。

[7]容：外表。长：义同"修"，美好。古人以长为美。

[8]委：弃掉。

[9]苟得：苟且得以。

[10]慢慆(tāo)：傲慢。

[11]楘(shā)：茱萸一类的草所结的子。

[12]干进：干，求。干进，指钻营求进。

[13]祗(zhī)：敬。

[14]流从：随波逐流。

[15]兹佩：指琼佩。兹：此。

[16]委：把持。一说，指被人废弃。厥美：指此佩之美。历兹：至此。

[17]亏：损失。

[18]沬(mèi)：通"昧"，暗淡。

[19]和：使之和谐，作动词。

[20]饰:指琼佩。方壮:正在美盛。

长长的自吟接近尾声,他开始吐露最为真实的幽怨,吐露心角隐藏的不幸——或许还增加了一些恐惧。

就像美好的玉佩,人们不仅要掩盖它的光辉,而且还将因为一帮不义的小人,出于深刻的嫉妒,遭受摧毁,即"恐嫉妒而折之"。美玉,晶莹闪亮,"折之"即捣碎砸毁。在这里,诗人有了"宁为玉碎"的恐慌。

下面的悲叹更是发人深省。

这里诗人第一次责备起兰草和芷草,还有荃草和蕙草,这都是以清香和高贵而著称的芬芳之花。他认为兰和芷失掉了芬芳,荃和蕙也变成了茅草。"何昔日之芳草兮,今直为此萧艾也?"为什么这些日前的香草今天全都变为荒蒿野艾? 这里值得注意的有"昔日"两个字,"昔日"是何时? 兰、芷、荃、蕙又是谁? 是心中的君王吗? 也不尽然。它们该是同僚,是友人,是诗人左右,是与诗人有过情感纠缠的人。他们的性别难以判断,但诗人曾经爱过他们,投入过情感,为一种理想和志向,也为其他。总之诗人曾与他们声气相投。

这是最后的责备,因为这责备已从忌恨的群小宵小,以及那个无所不在的影子延及其他——兰芷荃蕙。随着这种强烈而深入的斥责,诗人真的是独自一人了!

一个人立于莽野。尽管他戴着岌岌可危的高帽,披洒长长的飘带,也仍然不能掩去悲酸和末路。

他追问缘由,是什么缘由使他们失去了兰蕙的本色? 他认为这是"莫好修之害也"，不好修洁，不曾饮用鲜花瓣上的露滴，不曾食用菊花的落英。他叹息：原以为兰草最可依靠，谁知也是华而不实，虚有其表。他们抛弃了美质，追随了世俗，可惜原来却是站在众芳行列。今天看一切是多么勉强，他们辱没了香草的芳名。

而其香辛辣、正气凛然的花椒，如今变得不仅专横，而且学会了谄媚，傲慢非常。长在淮南的一种恶草，竟然也想在香袋里充当美好的香草。

到处是可怕的刁钻、急躁，环境险恶而冰冷。世上再也没有什么芳草可以吐露往日那样的香气了。原来一切就是这样容易随波逐流，日复一日，人皆如此，很难有个例外。

这里，诗人开始趋于稍稍的平静，有了一点平常心。不过他的目光开始变得更为犀利。

对于兰芷荃蕙以及花椒的失望，表现出了他的清醒和冷峻。他没有在浪漫的歌声中一成不变地颂赞那些花草，而是勇于指出它们变数之中的情状。这是一种苛刻的谅解，也是一种谅解的达观，但又不能因之而稍稍混淆自己的原则，哪怕后退一寸一丝，他都不能容许。

"椒兰"尚且变成这样，次一等花草的蜕变就更是自然而然了。它们就是这样地靠不住。这就是自然的属性，时间的证明。环顾四周，从那个"美人"的变，到挚友的变，还有什么没变的呢？他的目光渐渐回到了自身，开始打量自己的周身上下。

这一身的披挂、佩饰，它们芳香依旧，华美依旧，光泽闪闪。它们的美德一直保持到时下，浓郁的香气难以消散，直到今天还散发着真正的芬芳——没有改变的正是内心，是内心的留恋和忠诚，是它在散发芬芳。

一种巨大的不平衡感、懊丧感出现了。但这个时刻诗人再不像以往那样大泪滂沱，而是用一种顽强的语气强调：要"和调度以自娱兮，聊浮游而求女"。自我调度，和谐自如，求得欢娱，飘游四方，寻求心中的"美女"。这个时刻做这一切再合适不过。因为这个时刻诗人身上的装饰还很盛美，可以"周流观乎上下"，到更加广阔的空间里去寻找机遇。才华、抱负、美色、品德、修行，一切的一切都会找到一个新的着落。未来的结合也许是奇妙的，也许仅是一场梦境。但诗人固执地要让脆弱的梦变得强大。因为诗人要抵御的不仅是强大的皇权和帝国，还有他心中的魔怔。

就是这心中的魔怔紧紧攫住了他，一刻也不放松，抓得他撕裂般疼痛。

他要将这情结砸碎——可每当要做这一切的时候，却又那样软弱无力。

灵氛既告余以吉占兮，历吉日乎吾将行。[1]
折琼枝以为羞兮，[2]精琼爢以为粻。[3]
为余驾飞龙兮，[4]杂瑶象以为车。[5]
何离心之可同兮，[6]吾将远逝以自疏。
邅吾道夫昆仑兮，[7]路修远以周流。
扬云霓之晻霭兮，[8]鸣玉鸾之啾啾。[9]
朝发轫于天津兮，[10]夕余至乎西极。

【注释】

　　[1]历：选择。

　　[2]羞：通"馐"，有滋味的食物。

　　[3]精：捣碎。麋（mí）：细末。粻（zhāng）：粮。

　　[4]驾飞龙：以飞龙驾车。

　　[5]瑶：美玉。象：象牙。

　　[6]离心：指意见不和。

　　[7]邅（zhān）：楚方言，转弯。

　　[8]扬云霓：扬，举起。云霓，画云霓的旌旗。一说，以云霓为旌旗。晻霭（yǎn ǎi）：旌旗蔽日样子。

　　[9]玉鸾：玉制的车铃，形如鸾鸟。啾啾：指铃声。

　　[10]天津：天河的渡口。

　　神巫告诉诗人已经占得了吉卦。神巫在这儿其实只是"我"的一个化身，那么这只可看作是一种反复的自我安慰。

　　神巫让他选个好日子准备出发，折下玉树的枝叶作为肉脯，将美玉捣为屑末作为干粮。这时他没有再次提起鲜花的露滴，没有提到花瓣，没有"朝饮木兰之坠露"，没有"夕餐秋菊之落英"。那是以前——而前不久他才发现兰与蕙的变质，怕食下不洁——可见文思之缜密。但玉树之叶，美玉屑末，仍然不是常人食物。旷万代而一遇的人物，食不厌精。

　　这次出发，驾车的是飞龙，车上的饰物仍是美玉，再加上洁白的象牙。就在这样远行的准备和诉说中，"美人"的影子又倏然闪过。

原来"美人"仍像一片阴云一样将其笼罩,徘徊心头,让他发出如此不和谐的吟唱:"何离心之可同兮,吾将远逝以自疏。"彼此不能同心配合,只能主动疏离。

转向昆仑,旅途何遥。云霞虹霓,遮光蔽日。一路上,车上的美玉饰物响成一片;由于是飞龙驾车,所以清晨从天河渡口出发,最远的西极傍晚便能抵达。

不停地逃离,不断地回顾;斥责以至于诅咒,反成了爱的委婉。

凤皇翼其承旗兮,[1]高翱翔之翼翼。[2]
忽吾行此流沙兮,[3]遵赤水而容与。[4]
麾蛟龙使梁津兮,[5]诏西皇使涉余。[6]
路修远以多艰兮,腾众车使径待。[7]
路不周以左转兮,[8]指西海以为期。[9]
屯余车其千乘兮,齐玉轪而并驰。[10]
驾八龙之婉婉兮,[11]载云旗之委蛇。[12]
抑志而弭节兮,[13]神高驰之邈邈。[14]
奏《九歌》而舞《韶》兮,[15]聊假日以媮乐。[16]
陟升皇之赫戏兮,[17]忽临睨夫旧乡。[18]
仆夫悲余马怀兮,[19]蜷局顾而不行。[20]
乱曰:已矣哉![21]
国无人莫我知兮,又何怀乎故都。
既莫足与为美政兮,[22]吾将从彭咸之所居。

【注释】

[1]翼:张开双翅。承:奉持。

[2]翼翼:整齐而和谐的样子。

[3]流沙:想象中西方极险之地。

[4]遵:循。赤水:神话中的水名。容与:游戏貌。一说,作"从容不迫"解。

[5]麾:指挥。梁:桥。此作动词用,架桥。津:渡口。

[6]诏:命令。西皇:传说中西方之神。使涉予:让他渡我过去。

[7]腾:传告。径待:在路边侍卫。

[8]不周:神话中的山名。

[9]西海:神话中的西方之海。期:目的地。

[10]轪(dài):车轮。

[11]婉婉:同"蜿蜿"。蜿蜒屈曲貌。

[12]委蛇(wēi yí):旗随风卷伸貌。

[13]抑志:压抑自己的情绪。

[14]邈邈:远远的样子。

[15]韶:九韶,传说是舜时的舞乐。

[16]假日:假借时日,利用时间。娱(yú)乐:愉乐。一说,娱,通"偷"。

[17]陟:登,上升。皇:皇天,广大的天空。赫戏:光明貌。

[18]临:居高临下。睨(nì):旁视。

[19]仆夫:指御者。

[20]蜷(quán)局:拳曲不行。

[21]乱:终篇的结语,乐歌的卒章。已矣哉:绝望之辞,犹言"算了吧"。

[22]美政:理想的政治。

这不是一般的远行，而是一个精灵的飞翔。他要飞到邈远，美的至境，四极求索。既然美无所不包，一切也就释然。

照例是一番眩目的盛况。凤凰展翅承托旗帜，在长天翱翔。流沙地带，赤水之滨，他指挥蛟龙驾起渡桥，命令西方之神前面引路。遥远艰险的旅途，传令众车在路旁等待。经过不周山左转，目的地指定西海。聚集起千百辆车子，把所有玉轮对齐；八龙蜿蜒，云旗飘飘。就在这样盛大的呼啸之中，诗人却要定下心来，缓慢而艰难地控制遥远的思绪，奏"九歌"跳"韶舞"——以这样的欢愉来享受大好时光。

这时太阳升起，到处一片光明，他又看到了自己的故乡。

蓦然，像中了魔怔似的，跟从的仆人开始悲伤，马好像也在怀念——一切都退缩回头，不肯往前⋯⋯

全诗的意象一再重复，理由也就那么多。

这就是爱，爱怎能不纠缠？意怎能不繁复？它在言说不可言说之物，本质内藏。

这首千古绝唱竟然稍稍透露出现代诗的内质。原来有一些东西是从来未变的。

王朝令人憎恨，王朝令人神往；王朝使浪漫主义者归来，王朝使浪漫主义者离去。

他不仅忠于祖国，还忠于爱情。所以，他更强大。

读《九歌》

·东皇太一

吉日兮辰良,[1]穆将愉兮上皇。[2]
抚长剑兮玉珥,[3]璆锵鸣兮琳琅。[4]
瑶席兮玉瑱,[5]盍将把兮琼芳?[6]
蕙肴蒸兮兰藉,[7]奠桂酒兮椒浆。[8]
扬枹兮拊鼓,[9]疏缓节兮安歌,[10]陈竽瑟兮浩倡。[11]
灵偃蹇兮姣服,[12]芳菲菲兮满堂。[13]
五音纷兮繁会,[14]君欣欣兮乐康。[15]

【注释】

[1]辰良:良辰,美好的时辰。

[2]穆:敬。愉:使之快乐。

[3]抚:持。玉珥(ěr):镶玉的剑柄。

[4]璆(qiú)锵:佩玉相击之声。琳琅:美玉。

[5]瑶席:质地精美的席子。玉瑱(zhèn):压席的玉器。

[6]盍:发语词。将把:将,举。把,持。将把,摆设的动作。琼芳:

琼,美玉名。琼芳,形容花色鲜美。

[7]肴蒸:祭祀用的肉。藉:衬垫。

[8]奠:祭献。桂酒:桂花浸泡的酒。椒浆:花椒浸泡的汤水。

[9]枹(fú):同"桴",鼓槌。拊:击。

[10]疏缓节:指击拍的鼓点节奏适度。安歌:指节奏旋律舒缓的歌。

[11]竽:古代的吹奏乐器。瑟:古代的弹奏乐器。倡:同"唱"。

[12]灵:指所祭之神。偃蹇:翩跹的舞姿。姣服:美丽的服饰。

[13]芳:香。菲菲:香气弥漫的样子。

[14]五音:指宫、商、角、徵、羽,我国古代音乐的五种音阶。繁会:错杂,交响。

[15]君:指东皇太一。

东皇太一是楚地最尊贵的神。所以此首祭歌冠于《九歌》之首。

祭歌是具有实用性质的、格式固定的套曲,有着难以摆脱的形式框束力。但一经诗人领祭,立刻洋溢出生命的活力,变得生气勃勃,美不胜收。

楚地盛行巫术,在祭祀的烟气缭绕之中,诗人尽情地欢舞放歌一番。

这里迎接的是东皇太一,所以必得虔诚恭敬,盛装华筵。

照例有那么多的鲜花、香草,竽瑟齐奏;既有轻歌曼舞,又有大鼓山响。一群舞女,身着艳装翩翩起舞。脂粉气、鲜花、香草、桂酒与椒汤,它们混合而起的芳香溢满殿堂。有人立在酒宴旁,手持的宝剑是玉石镶嵌的剑柄;所有来宾身上的佩玉都灿烂耀目,发出叮当响声。坐席由香草编就,供桌布满鲜花,祭肉铺垫兰草。在这种热闹、庄重、肃穆的气氛下，诗人说："君欣欣兮乐康。"

君居高位，喜气洋洋。与其他神不同，他在万般喧哗中仍能含蓄地欣悦。

诗人只陈述和描绘环境、祭祀的步骤、音乐、花草、浓烈的氛围。而享用一切的神，只在末笔带过。

东皇太一太尊贵了，天神之首，诗人唯有小心翼翼。最尊贵者必有最深的城府，难以评述，不可多言。但东皇太一在这样浩繁的祭祀场面中，必定是"欣欣"和"乐康"。诗人认为东皇太一会这样。

我们不难察觉诗人与东皇太一的距离。这就是人与神的隔膜。因为东皇太一毕竟不是一般的神。

接下去我们会看到，诗人与其他神之间就可以消弭这种隔膜和距离。

这里的神呈阳性或中性，所以诗人在表达上有一种情感上的超然。

弥漫厅堂的只是食物和花草的香味，这种香味溢满了所有的空间。

· 云中君

浴兰汤兮沐芳，[1]华采衣兮若英。[2]
灵连蜷兮既留，[3]烂昭昭兮未央。[4]
謇将憺兮寿宫，[5]与日月兮齐光。
龙驾兮帝服，[6]聊翱游兮周章。[7]

灵皇皇兮既降，[8]猋远举兮云中。[9]
览冀州兮有余，[10]横四海兮焉穷。[11]
思夫君兮太息，[12]极劳心兮忡忡。[13]

【注释】

[1]浴：洗澡。沐：洗发。

[2]英：花。

[3]灵：云神。一说，指女巫。连蜷：长而婉曲。既留：已留在天上。一说留，指降神。神留在巫身上。

[4]烂昭昭：指云神降临时显现出的灿烂光辉。未央：未尽。

[5]謇：发语词，楚方言。憺(dàn)：安。寿宫：神宫。

[6]龙驾：以龙驾车。

[7]聊：暂且。周章：周游往来。

[8]皇皇：同"煌煌"，光明的样子。

[9]猋(biāo)：迅疾，迅速。远举：高飞。

[10]览：观望。冀州：古代分中国为九州，冀州为九州之首，代指中国。

[11]横：横奔。穷：尽。

[12]君：指云神。太息：叹息。

[13]劳心：忧心。忡忡：忧愁的样子。

云中君一般被视为云神。他（她）翱翔于天上，色彩斑斓，有无穷的变幻，时而阴沉时而璀璨。有时严厉得可怕，有时又扬起一张灿烂的笑脸，能够"与日月兮齐光"。

此君沐浴兰汤，穿着鲜花般艳丽的衣裳。神巫依照对云神的想象修饰打扮自己，几近忘情，最后达到了神人合一的境界。

在这儿，云神的性别已不重要，重要的是诗人借神巫之口所表达的那种思念。声声叹息，忧心忡忡。云神神奇美丽，可爱而又难以把握。与东皇太一不同，他（她）可以让人爱慕，但他（她）飘忽不定，不能像通常的爱人那样据守和拥有。于是这种思念和眷恋就变得愈加强烈。

神巫双眼迷离的痴唱，让人想起许多遥远的故事，甚至让人想起诗人与楚怀王的恩恩怨怨。

——有时无影无踪，有时光华四射，飞回上天，遍及九州。然而只有在祭祀中，在这个时刻，你与我合而为一，从肉体到精神。抚摸我就是抚摸你，你甚至借我的鼻孔微微呼吸，我们一起散发着兰草的香味。气息相同，声气相通，完全彻底的结合，痛快淋漓的享用。随你周游随你驰骋。

这是神与人的一次融合，这是灵与肉的一次统一，这是将被爱者如数融入肉体之后的一场诉说和舞蹈。

最光荣也最不幸的，就是爱上了一位云神。

· 湘　君

君不行兮夷犹，[1]蹇谁留兮中洲。[2]
美要眇兮宜修，[3]沛吾乘兮桂舟。[4]
令沅湘兮无波，[5]使江水兮安流。[6]
望夫君兮未来，[7]吹参差兮谁思。[8]

驾飞龙兮北征,[9]邅吾道兮洞庭。[10]

薜荔柏兮蕙绸,[11]荪桡兮兰旌。[12]

望涔阳兮极浦,[13]横大江兮扬灵。[14]

扬灵兮未极,女婵媛兮为余太息。[15]

横流涕兮潺湲,[16]隐思君兮陫侧。[17]

【注释】

[1]君:指湘君。夷犹:犹豫不决。

[2]蹇:发语词。中洲:洲,水中可居之地方。中洲,犹洲中。

[3]要眇:美好貌。宜修:修饰得恰到好处。

[4]沛:指船行迅速。桂舟:桂木造的船。

[5]沅湘:沅水和湘水。

[6]江:长江。

[7]夫:语助词。

[8]参差:洞箫。一说,排箫,形状像凤翅参差不齐。

[9]飞龙:舟名。北征:北行。

[10]邅(zhān):转。

[11]薜荔(bì lì):蔓生香草。柏:船舱的内壁。绸:帐子。一说,绸,缚束。

[12]荪(sūn):香草名。桡(ráo):小楫,即短桨。旌:旗杆顶端的饰物。

[13]涔(cén)阳:地名,在涔水北岸,洞庭湖西北。极浦:遥远的水边。

[14]扬灵:显神发光。

[15]女:指侍女。婵媛:关心痛恻的样子。

[16]横:横溢。潺湲(yuán):水流貌。形容泪流不止。

[17]隐:痛。陫侧:同"悱恻",内心悲痛。

灵巫扮成女神湘夫人,诉说对湘君的思念。在这儿灵巫、湘夫人和诗人三位一体。而对应的一方是湘君,是一位美人——或者潜藏了对楚怀王的隐喻也未可知。

湘君与湘夫人都是湘水之神。湘水有神,而且成双成对。他们不是一般的男女,却又像一切怨男怨女一样,经常分离——因为奇妙的原因而分离。这就造成了独守、思念和寻找,滋生了各种想象;从而也就加强了情感的曲折和跌宕,铸造了一段特异的命运。这里有更多的哀叹、欢畅和留恋,让爱情像酒一样不断增强着浓度。

这里在写湘夫人的徘徊寻找,以及不必诠释的隐秘和不必回答的呼唤。湘君住在中洲,让湘夫人百思不解。挽留者是谁? 是谁让他在那儿留连和犹豫不前?

修饰起美丽的容貌,乘上桂木龙舟,止息沅江湘江的风浪,让江水静静流淌。一切都到了一个绝好时候,可夫君总是没有出现。她吹奏箫笛,听悠扬之声,送悠悠思念,乘龙舟走向北方,又掉转船头驶向洞庭。

整整一条船都让香草簇拥装饰起来,连船上的旗子,摇船的双桨,都缀满了香草。这并非华而不实,要知道这是一只怎样的船,承载了一位怎样的夫人,还要迎接怎样的一个男人。

就是这样一条迅疾的龙船,满载悲伤和盼念,循环往复地疾走,像夫人急促的心情。她身边的女子都叹息悲伤,流出了滚滚热泪——而她只把思念压上心头。

桂櫂兮兰枻，[1]斫冰兮积雪。[2]
采薜荔兮水中，[3]搴芙蓉兮木末。[4]
心不同兮媒劳，[5]恩不甚兮轻绝。[6]
石濑兮浅浅，[7]飞龙兮翩翩。[8]
交不忠兮怨长，[9]期不信兮告余以不闲。[10]

【注释】

[1]櫂(zhào)：长桨。枻(yì)：船舷。一说，短桨。

[2]斫(zhuó)：砍开，划破。积雪：斫碎冰块，冰屑纷然好像积雪。一说，积，同"击"。雪和前文里的冰，比喻水光空明澄澈，像冰雪一样。

[3]薜荔：蔓生香草。

[4]搴(qiān)：摘取。木末：树梢。

[5]劳：徒劳。

[6]恩不甚：恩情不深。

[7]石濑(lài)：石上急流。浅(jiān)浅：流疾貌。

[8]翩翩：飞快的样子。

[9]怨长：长相怨恨。

[10]期：期约。不闲：没有空暇。

挚爱和思念走到了极端，就是怨恨和猜疑。她看着桂木和木兰做的篙桨划破白雪般的水光，小心翼翼把湘君比成香草和荷花，把寻找比喻成采摘和攀援。这种比喻只能来自颤颤的心情和炽热的情怀。然而她又认为：两心不同，那么做出再大的努力也是徒劳。没有深深的恩爱，也就容易放弃。

这时的水流在石头间冲撞激荡，船体摇动，像她的情绪一样趋于激烈。她甚至提到了他们之间那种不忠的关系，这又引起更深的怨恨。……没有信守，诸多搪塞。

这些激烈言辞和情绪正说明人神同一。

他们是水神，是湘水之神，来往于水上，想必也有很好的"水性"。他们或许有高于忠贞之上的爱情，所以他们是神。

> 晁骋骛兮江皋，[1]夕弭节兮北渚。[2]
> 鸟次兮屋上，[3]水周兮堂下。[4]
> 捐余玦兮江中，[5]遗余佩兮醴浦。[6]
> 采芳洲兮杜若，[7]将以遗兮下女。[8]
> 时不可兮再得，[9]聊逍遥兮容与。[10]

【注释】

[1]晁（zhāo）：通"朝"，早晨。骋骛：骋，直驰。骛，乱驰。骋骛，奔跑。皋：水旁高地。

[2]弭节：弭，止。节，鞭。弭节，停止鞭马使车缓行。渚：江中沙洲。

[3]次：止宿。

[4]周：围绕。

[5]捐：舍弃。玦（jué）：环形而有缺口的玉饰。

[6]醴（lǐ）浦：醴，同"澧"，即澧水。醴浦，澧水的岸边。

[7]芳洲：香草丛生的水洲。

[8]遗(wèi)：赠。下女：地位卑下的女子。

[9]时：指以前和湘君在一起的美好时光。

[10]容与：从容舒闲的样子。

但女神刺激对方的手段仍然和人一样。这就使我们思索人与神的真正关系。人离神原来只有一步之遥，他们的差异原来只是一点点而已。人要模仿神，也只求"神似"。

女神为了那个男子，一大早就在江岸奔波，历尽辛劳，直到傍晚才回到小岛。她这时已是心烦意乱，看着屋顶上一群小鸟，看着屋下的淙淙流水，把身上的玉佩和全部饰物一口气揪下。接着就是采摘鲜花和香草，随手却把它们交给身旁侍女——那个人没有来，打扮得再美又有何用？

愤怒、孩子气，愈加可爱。这使人想到女神的娇羞和任性。一个人沉溺情中特有的刚毅。她自语道：美好时辰一去不再复返，且让我自由自在打发时光——结论太早，只在内心里构成一种刺激；自由自在更是不可能。她已坠入情网，被牢牢缚住。

这是湘水中的男神和女神，是他们的纠缠、怀念和寻找，是彼此的揣测。诗人让流转的水参与了世间生活，将水与人拉得更近。水上波涛，雾霭，水中之舟，两岸花草，连同它滋润的大地一样，都有了诸多神秘。然而两位水神即是水的化身。他们的过往、情愫、眼神、举止以至衣着，都那么可感可知，了若指掌。

这种孕育人类历史的水是可以亲近的。它原来近在眼前，并且有故事，可触摸。由此我们也可以接近这故事，参与这故事，走近这故事，从此对水不再畏惧。

这样，我们就获得了一种梦想神奇的权力，彻底卸掉了对于自然的恐惧。诗人在用这种方式化入自然，同时也掺杂了个体的隐秘。

·湘夫人

> 帝子降兮北渚，[1]目眇眇兮愁予。[2]
> 袅袅兮秋风，[3]洞庭波兮木叶下。[4]
> 登白薠兮骋望，[5]与佳期兮夕张。[6]
> 鸟何萃兮薠中？[7]罾何为兮木上？[8]
> 沅有茝兮醴有兰，[9]思公子兮未敢言。[10]
> 荒忽兮远望，[11]观流水兮潺湲。[12]

【注释】

[1] 帝子：湘君对湘夫人的尊称。

[2] 眇(miǎo)眇：望而不见的样子。愁予：使我忧愁。

[3] 袅袅：吹拂貌。

[4] 波：动词，生波。

[5] 白薠(pín)：水草名，秋季生长。骋望：纵目而望。

[6] 佳：佳人，指湘夫人。期：约会。张：陈设帷帐。

[7] 萃：集。

[8] 罾(zēng)：渔网。

[9] 茝：白芷。

[10]公子：指湘夫人。

[11]荒忽：不分明貌。

[12]潺湲：水流缓慢的样子。

听过了女神的吟唱，再听男神湘君唱了些什么。

他在哪里？是否思念？他的状态？这种对照和衔接似乎来得非常自然。

男神湘君照例由灵巫装扮，但他们这时是人神合一，心口如一了。湘君知道所爱的那个人已经来到了北渚，看不到，望眼欲穿，充满忧伤。这时候已是秋天初凉光景，树叶飘落，洞庭湖微波荡漾。这样的天时情境陪伴了一个多情男子，自然让人心凉。

他站在荒乱的秋坡上放目，以为美好的约会就在这个夜晚。期待中，他对那么多的山鸟聚集草中、对挂在树梢上的渔网，都感到了疑惑和费解。接着是一句比兴，说沅水里有芷草和兰花，而思念却无法言说。神情恍惚，忧思迷离，呆望远方流动不息的水。

挚爱中的一对男女，由于心情特殊而影响了沉着的表达，所以约会的失误是经常发生的。而这类失误一般而言只会造成轻微的伤害，对两人的关系不至有大的改变。因为更有力量的东西始终在起决定性的作用，这就是爱。爱使人敏感、失误、彷徨，爱又把一切都加以调节和弥合。

麋何食兮庭中？[1]蛟何为兮水裔？[2]

朝驰余马兮江皋，[3]夕济兮西澨。[4]

《楚辞》笔记

【注释】

[1]麋(mí)：兽名，似鹿。

[2]水裔：水边。

[3]江皋：江边高地。

[4]澨(shì)：水边。

在忧心忡忡、疑虑横生的湘君看来，一切都值得玩味和寻思。连麋鹿寻食庭院、蛟龙游戏河岸都让他注目揣测。这些仿佛都是先兆、症候，它们在预示将要发生什么，或是其他。他像湘夫人一样，一大早就在大江边奔走，也一直寻到傍晚才回到岸旁。

在误解的幕布两旁，他们的举止乃至心灵何等相似。实际上人与人很难将心比心。这时他们完全可以自我破解这个并不深奥的谜语。可是他们在这样的特殊时刻却不情愿那么做。这就增加了爱恋的曲折和情趣，尽管也要伴随很大的痛苦。这是人类（包括神）特有的一种游戏，也是生命的特征。生命会在这种游戏中疲惫和劳苦，但这游戏最终又使他们生机焕发。这种游戏增加了爱的张力。爱情不仅有甜蜜，还有痛苦和艰辛的操练。这种操练循环往复，永无休止。

有意义吗？当然有意义。它可以引导人的精神飞升，让人类抵达其他生命所不能企及的高度。

闻佳人兮召予，[1]将腾驾兮偕逝。[2]
筑室兮水中，葺之兮荷盖。[3]

荪壁兮紫坛，[4]播芳椒兮成堂。[5]

桂栋兮兰橑，[6]辛夷楣兮药房。[7]

罔薜荔兮为帷，[8]擗蕙櫋兮既张。[9]

白玉兮为镇，[10]疏石兰兮为芳。[11]

芷葺兮荷屋，[12]缭之兮杜衡。[13]

合百草兮实庭，建芳馨兮庑门。[14]

九嶷缤兮并迎，[15]灵之来兮如云。[16]

【注释】

[1]予：指湘君。

[2]腾驾：驾着马车奔腾飞驰。偕逝：同往。

[3]葺(qì)：编结。盖：屋顶。

[4]荪壁：以荪草装饰墙壁。紫坛：紫，指紫贝。坛，中庭。用紫贝铺砌的庭院。

[5]播：布满。成：通"盛"，涂饰的意思。

[6]栋：屋梁。橑(liáo)：屋椽。

[7]楣：门上的横梁。药：白芷。

[8]罔：同"网"，此作动词用，编结。

[9]擗(pǐ)：掰开。櫋(mián)：室中隔扇，相当于现在的屏风。

[10]镇：压坐席的器具。

[11]疏：分布。石兰：香草名。

[12]芷葺：用芷草加盖在荷叶屋顶上。

[13]缭：缠绕。

[14]庑(wǔ)：廊。

[15]九嶷：指九嶷山的诸神。缤：缤纷。

[16]灵：神。如云：形容众多。

为了这场约会，湘君做了多少准备，有过何等美丽畅快的想象。湘夫人的相召非同小可，她是心中唯一的珍宝。他们的思念和情感都由繁琐而曲折的细节来组成，展放开来就是一个广大的世界。

在想象中，他将驾着飞车和她一同前往；他们将在水中建一座房屋，而且还要用荷花叶子做成屋顶，用香草做成墙壁，用紫色贝壳铺好庭院；四壁再涂上芬芳的椒子以作厅堂，连椽子和屋梁也一概要选用兰木、桂木，卧房门框都要选用不同的香草；而且还要用香草编织成一个大帐幔，再做成隔扇，这隔扇可以拉动；用雪白的美玉做成席上器具，屋里还要到处陈设石兰，让其散发无尽芳香；荷叶做的屋顶再覆一层香芷，房屋四周都用杜衡环绕。总之这个庭院要汇集起各种各样的香草，门前、走廊，到处都要开满斑斓的鲜花。

不是湘君太浪漫，而是爱情太浓烈。

如此浓烈的爱情，就需要如此精美的环境，否则不足以安放这样的爱。不同凡俗的灵魂散发着神奇的芳香，也只有让芳香来陪伴。这不仅是恋爱中的人对于情感和爱的一种渲染，而且是一种比喻和写实。这就突出了他们激颤的心情、小心的匿藏，和对于未来的美好憧憬。生活已被诗化，具体变为抽象，抽象又回到具体。这是生活走入繁琐之前的一个不可缺少的过程。

他们的爱是最好的，与爱沾边的一切，房屋、席镇以至于空气，也都必须是最好的。对方、未来，都有难以想象的精巧和完美。

这是一场大虚幻，又是靠热恋中的聪慧和敏感一次性抓住的真实。因为最缜密最优美的心灵，都会在热爱中凸显。这是关于爱的想象，是为她构筑的居所，所以这种想象是成立的。

只要爱存在，生命就有魅力。当爱消逝，一切也就失散，居所也就荒芜、坍塌，甚至招致其他污浊。

这里让我们注意的还有：爱的双方都是水神，他们在水中展开一切设想。爱情与水、水性，如此地协调一致，波光粼粼。

神对于维持生命的营养摄取方法千奇百怪，非人类所能理解。然而他们的爱，我们却非常熟悉，这爱即便搬到了水中，抬到了天上，也都是一样。爱原来是通行四方的语言，天上人间、水中寰宇，都不能隔绝这种语言。诗人也有意把这种语言引进我们的身边，让其引起反响和共鸣，让我们想到神也怨恨、神也追逐、神也缠绵，神就存在于我们人类中间，存在于人的身上、体内，特别是灵魂之中。神无处不在，水神及各种神无处不在。因为接下去我们还会看到山中的神，各种各样的神。就是这无所不在的神，需要我们去祭奠、敬献。我们祈求于神，实际上是祈求于我们自己，祈求于爱和浪漫。

浪漫的情怀原来对生活如此之重要。我们扪心自问：浪漫是什么？浪漫难道不是对善和完美的无止境的追求吗？浪漫不是浪子虚抛，不是狂妄掷情，不是最后的扯淡；浪漫是想象，是一次长长的牵引，是永远不会腐朽的一种力量。

想象在继续。湘君似乎看到九嶷山的众神都纷纷降临，他们都是为了迎接湘夫人而云集。他们是神，他们该有神的陪伴和神的迎接。一对恋爱中的水神配有如此盛大的阵容和场面，自然也是一种想象、一种自我安慰，似乎也是难以实现的幻觉。但这是合乎情理的。这是湘君的虚荣,也是男神的虚荣。这种虚荣似乎是可以理解的,有趣的,也是需要的。

捐余袂兮江中,[1]遗余褋兮醴浦。[2]
搴汀洲兮杜若,[3]将以遗兮远者。
时不可兮骤得,[4]聊逍遥兮容与。

【注释】

[1]袂:衣袖,代指外衣。

[2]褋(dié):单衣。

[3]汀:水中或水边的平地。

[4]骤得:数得,屡得。

正因为在恋爱中,即便是一个男神,他的举止也高妙不到哪里去。正像湘夫人在寻他不得而做的那样,湘君也把外衣抛到了江中,把内衣丢在了澧水旁。他甚至也像湘夫人一样,采摘那么多的香花芳草送给远方的人。热恋中的男子是颇有女人气的,湘君也不例外,使性子,赌气,搞点花花草草的事。他甚至也发出了像湘夫人那样的自语:既然美好的时辰不再复得,且让我自由自在安度时光吧!

这种逍遥只是一种怅然若失的徘徊:痛苦深藏,悲凉难掩。灵巫的呼叫实际上是对爱的呼叫;这种祭奠,实际上也是对爱的祭奠。人类在用手推动神的结合。水神的分离痛苦是很不利于人类的——那样水就会不安,就要波涛汹涌。水会不高兴。

读《九歌》

· 大司命

广开兮天门,纷吾乘兮玄云。[1]
令飘风兮先驱,[2]使冻雨兮洒尘。[3]

【注释】

[1]纷:盛多的样子。玄:黑色。
[2]飘风:旋风。
[3]冻(dōng)雨:暴雨。洒尘:洒除空中的尘埃。

大司命是主宰整个人类生命的神,大权在握,气度非凡。诗人面对这样的一个神,尽可能地去理解和想象,想象人类与这个神之间的关系。

男灵巫扮大司命,辅以女巫伴唱。女灵巫与男灵巫之间有奇特的对应关系,这样诗人对于人和主宰人生命的神的复杂态度、奇特理解、感叹,都囊括其中了。

大司命一出场就雄魄逼人地发出命令:"广开兮天门。"因为他要乘浓浓乌云下来了,照例好不威风。他命令旋风做先导,让暴雨浇洒空中尘埃,这比人间帝王出宫的威仪还要强上百倍。这儿引人注意的是"玄云"和"飘风",更有"冻雨"。黑色的云,死亡的坚不可摧的力量;旋转的风,无常、强劲,打扫一空;暴雨浇泼、冲刷阴云尘埃。

生与死都掌握在大司命手中，然而我们感到他更多地主宰了众生的死，而不是生。生更自然，一个生命常常是自然而然地发生的；而死却更能显示主宰者的力量。恐怖，涤荡，伴着威声赫赫，大司命一出场就像个狂暴的霹雳。

> 君回翔兮以下，逾空桑兮从女。[1]
> 纷总总兮九州，[2]何寿夭兮在予。
> 高飞兮安翔，乘清气兮御阴阳。[3]
> 吾与君兮齐速，[4]导帝之兮九坑。[5]

【注释】

[1]空桑：神话中的山名。女：同"汝"，指大司命。

[2]总总：盛聚貌。这里指人的众多。九州：这里指九州上的人。

[3]清气：天地间清明之气。阴阳：指世间万物。

[4]齐速：一样快。一说虔诚恭敬的样子。

[5]导：引。帝：天帝。之：往。九坑（gāng）：九州的代称。

然而女灵巫们的歌唱却显得那么服从和婉转。随着大司命盘旋降临下界，她们也越过山脉跟随而来。女灵巫究竟是代表了众生还是其他——象征神与人的中介，或仅仅扮演了人类的信使？这种模糊性恰恰呈现出一种奇妙的意味。在她们的依附和相伴之下，大司命以反诘的语气直言不讳："九州里众生万千，他们的寿与夭皆由我主宰。"说得实在，然而冷酷无情。女灵巫唱道："高高地安闲地飞翔,乘着清明之气,驾御着阴阳。"原来她们要和大司命一起恭恭敬敬迎接帝——真正主宰者——的灵威来到人间。

在此我们可以看到,大司命的主宰之力源自哪里。他和真正的主宰者有一种奇妙关系,而这种关系,女灵巫所代表的一方是完全理解的。在这儿,弱小的、只有依附之力的一方,在极力接近大司命的同时,还多少表现出一种平等的愿望和期待。这儿预示着他们在共同面对帝,那个总的灵威。这里女灵巫还蕴含着另一层意思:生与死实际上是人类自己与大司命和帝三方之间协同完成的,这种协同愈好、愈一致,也就愈完美。

这里似乎隐喻着统治者、执行者以及被统治者三方的微妙互动关系。在这里帝是隐而不显的,他的灵威基本上是靠大司命和芸芸众生的莫名敬畏来体现的。敬畏不仅强化了帝,而且还怂恿了大司命。女灵巫所代表的人类试图与帝沟通,这就使她的角色变得难堪和尴尬;然而这一角色却是必需的。

灵衣兮被被,[1]玉佩兮陆离。[2]
壹阴兮壹阳,[3]众莫知兮余所为。

【注释】

　　[1]灵衣:神灵之衣。被被:同"披披",飘动貌。
　　[2]陆离:光彩闪耀貌。
　　[3]壹阴、壹阳:形容大司命变幻莫测。

大司命置若罔闻,几乎不愿倾听。他只注意到自己身上的神衣在风中飘动,腰间的玉佩闪着夺目的光彩。他忽隐忽现,若有若无,而且自认为谁也弄不明白他在干些什么、将要干些什么。他心怀使命,借着帝的灵威,帝所授予的强大权柄。他的狂傲用来对付众生。大司命在这里与女灵巫所代表的那一方必须保持一种距离,一种肃穆,如此才能显示力量。

众生与帝沟通的愿望,是非常惹大司命气恼的,这是对一种绝对权力的侵犯。在这里,大司命不需要众生的合作,而只需要其俯首听命,委曲敬畏。至于巴结和哀求,那更不在话下。女灵巫所代表的中介和使者只有一条路,那就是回到她们应该去的地方,自我安慰相互扶助,以共同面对冷酷的现实:大司命的降临。

折疏麻兮瑶华,[1]将以遗兮离居。[2]

老冉冉兮既极,[3]不寖近兮愈疏。[4]

乘龙兮辚辚,[5]高驰兮冲天。

结桂枝兮延伫,[6]羌愈思兮愁人。[7]

愁人兮奈何,[8]愿若今兮无亏。[9]

固人命兮有当,[10]孰离合兮可为?[11]

【注释】

[1]疏麻:神麻。瑶华:玉色的花。

[2]遗(wèi):赠。离居:隐者。一说指大司命。

[3]冉冉:渐渐。极:至。

[4]寖(jìn)近:渐渐亲近。

［5］龙：龙驾的车。辚辚：车声。

［6］延伫：徘徊顾盼。

［7］愁人：使人愁。

［8］愁人：忧愁的人。

［9］无亏：指身体健康没有亏损。

［10］固：本来。当：定规。

［11］离合：指与神的离合。与神离则死，合则生。为：人为。

于是，互相劝慰、理解和叮嘱也就开始了。她们摘下最美丽的花，把它送给即将离去的人。她们向其叮嘱：人老了，正走向垂暮之年，不亲近就会更加疏离。这里要"亲近"的是什么？是命运，还是关于命运的悟想？"疏离"是错失年华，还是失去了理解命运的机会？

大司命"乘龙兮辚辚"，"高驰兮冲天"。绝对的冷漠，绝对的力量。而作为女灵巫所代表的一方，也只有编结桂枝，徘徊顾盼。那种威势赫赫的场景简直使人不敢去想，因为越想越怕，愁思徒增，忧虑会像山峦一样将人压迫。她们只有叮嘱人们自己珍重。

她非常达观地唱道：人的寿命本就各有长短，生死有谁能自己主宰？

这实际上是终极的叹息。人类最后回到这种达观，也是迫不得已。这里还隐含着另一种意味：对大司命绝对权力的多多少少的怀疑。这种怀疑甚至也指向帝的灵威。她们在此愿把大司命作为一种想象的符号，只将其看作一个符号而已。

如此一来，人才回到了自由。

然而这种自由观的确立却并非那么牢固——在诗人看来各种神仍然存在,他们的存在也是一种客观;神必有所为。

- 少司命

  秋兰兮麋芜,[1]罗生兮堂下。[2]
  绿叶兮素华,[3]芳菲菲兮袭予。[4]
  夫人自有美子,[5]荪何以兮愁苦?[6]

【注释】

  [1]麋芜:香草名,麋,通"蘪"。
  [2]罗生:生得繁密似网。
  [3]素华:白色的花。
  [4]袭:指香气扑鼻。
  [5]美子:美好的儿女。
  [6]荪:香草名。这里用作对少司命的尊称。

  比起阳刚气十足的大司命,少司命就显得阴柔可亲。他(她)甚至可以依恋,是另一种形象。有人认为少司命是主宰少男少女命运之神,甚至认为少司命是女性。如同祭祀湘夫人一样,由男灵巫独唱,他歌唱和倾诉的对象就是少司命。男灵巫本身代表了什么? 他代表了人神之媒? 介质? 还是一个独立男子?
  更多的时候,他在直接吐露诗人的情怀,开篇即是比兴。

诗中仍然是我们所熟悉的兰花和香草，时逢秋季，它们茂长在祭堂四周。绿色的叶片，洁白的花朵，阵阵清香扑鼻而来。这里是自然的生长和自然的美丽。新生的纯洁宛若花草——如同这自然的罗列生长一样，人世间自会生出一些美好的儿女。主管少男少女命运的少司命，你为何还要这般忧伤？

至此，少司命阴柔、多虑和伤感的形象跃然而出。同时，我们听到的是男灵巫体贴的声音，他喘息、试探，甚至还有一些惊慕。原来少司命是可以亲近的，他在走近她，询问、倾听她的叹息和啜泣。这种接近将获得一定的犒赏——好像一切都将自然而然地发生。

秋兰兮青青，[1]绿叶兮紫茎。[2]
满堂兮美人，[3]忽独与余兮目成。[4]
入不言兮出不辞，[5]乘回风兮载云旗。[6]
悲莫悲兮生别离，乐莫乐兮新相知。

【注释】

[1]青青：是"菁菁"的假借，草木茂盛。

[2]紫茎：指秋兰紫色的花茎。

[3]美人：指参加祭祀的群巫，她们代表了人世的女性。

[4]目成：眉目传情。

[5]入：来。出：去。辞：告辞。

[6]乘回风：以旋风为车。载云旗：以云为旗。古人车上插旗。

仍然是比兴。秋天的兰草一片繁茂，碧绿的叶子长于紫色的茎秆；整个祭堂站满了前来祭祀的美人，其中有多情的眼睛在看我——灼人的目光在脸上倏然划过。但没讲一句话。

少司命来时无声无息，走时悄然而去。

她只是那么看过来一眼，这就足够了。

"且压下深深的震惊，看着你离别，乘着旋风，驾起云旗"——这时候的男灵巫才是面对了一个乘风而去的女神。但人神的分离仍然不能割断儿女情长。他唱道："悲莫悲兮生别离，乐莫乐兮新相知。"他生生记取和不能忘记的，仍然是男女私情。

这是诗人最有勇气的一笔，他将其写进了祭祀之歌。对女神的爱慕，对未来的憧憬，对结合的向往，都包括其中了。

少司命的形象和职能都让人爱恋。她虽然有神的莫大威力，然而毕竟是一位女性，心有千千结。这儿我们似乎能感知她的声息，她的眸子，她身上的饰物和乌黑的鬓发。

她的清香之气溢满人间，足以让生命陶醉。

荷衣兮蕙带，倏而来兮忽而逝。[1]
夕宿兮帝郊，[2]君谁须兮云之际？[3]
与女沐兮咸池，[4]晞女发兮阳之阿。[5]

【注释】

[1]倏：极快。

[2]帝郊:天帝的城外。

[3]君:指少司命。须:等待。

[4]咸池:传说中太阳沐浴的神池。

[5]晞(xī):晒。阳之阿:可能是指神话中日出的地方。

像诗人描述和向往的所有美人一样,少司命也穿着荷花衣裳,结着香草织成的飘带。她迈着神的脚步,"倏而来兮忽而逝"。美丽,飘忽,款款脚步,窸窣衣声。一位如此这般的神灵,不免给人间的某个角落留下诸多猜测和想象。诗人想象"夕宿兮帝郊"——她正站在云端把谁等待? 这使多情的男灵巫平添苦痛和焦灼,进而有了更大胆的表露:与女神同在天池沐浴,在日出之地晒干头发……

这里,人神的所有隔膜全部打破,所有障碍全部推倒。他们浑然一体,耳鬓厮磨,狂放亲昵。如此的祭堂之歌有些令人费解,自然是诗人的一次肆意狂想。在整个的巫术活动中,这种爱的渗透和流露时有发生,这里达到了极致。人神之爱,具体的爱,必会产生更大的打动力。

诗人在其他篇章里让灵巫扮演不同性别的神,以便引起"神神之恋"。强大的磁力在神与神之间发生,这要比简单的祭奠呼唤有力,也更可靠。诗人深知,爱才是一种伟大的吸引。但同时我们又必须看到,这不是诗人的一种方法,不是技法,而是他生命本质的自然流露。无爱就无诗,就无诗人。诗人本来就是为爱而生,为倾诉而生——他将在各种各样的情状之下倾诉,有时不免忘情,忘记场所,上天入地,君侧祭堂,一切地方都可以倾诉。这就是诗人的纯粹和率直。

在《少司命》中，他的灵魂与灵巫成为一体，是他在想象天池和旸谷。

> 望美人兮未来，[1]临风怳兮浩歌。[2]
> 孔盖兮翠旌，[3]登九天兮抚彗星。[4]
> 竦长剑兮拥幼艾，[5]荪独宜兮为民正。[6]

【注释】

[1]美人：指代表人类女性的群巫。

[2]怳：同"恍"，失意貌。浩歌：放声歌唱。

[3]孔盖：孔雀羽毛装饰的车盖。翠旌：用翠鸟的羽毛装饰的旗子。

[4]九天：天的最高处。抚：抚动。

[5]竦：高高举起。幼艾：泛指人间年轻幼小的生命。

[6]独宜：只有它最合适。正：主宰。

无论有多少盼望多少寄托，神毕竟是神——这次她姗姗来迟。

是诗人还是灵巫在临风浩歌，用大声嚎唱来压抑愁肠百结，来舒展和忘记。然而这总也做不到。色泽芬芳压迫着他，明眸压迫着他，直到永久。

在这锥心刻骨的呼唤中，我们仿佛看到灵巫泪流满面。爱的长剑已把他击中，让其面无血色，直到死亡，双唇挨上泥土。

然而就在这样的时刻，他仍然还能望到翠色的旌旗和孔雀羽装扮的车盖——少司命登上九天，正抚动彗星，护佑人间，扫除灾殃。

女神拥有一支长剑,她守护着弱小。

弱小才真正拥有未来。所以只有女神才是人的命运真正的主宰者。

就此我们可以知道,灵巫对大司命并没有这样的赞叹,反而只有敬畏和恐惧。

·东　君

　　暾将出兮东方,[1]照吾槛兮扶桑。[2]
　　抚余马兮安驱,[3]夜皎皎兮既明。[4]
　　驾龙辀兮乘雷,[5]载云旗兮委蛇。[6]
　　长太息兮将上,[7]心低徊兮顾怀。[8]
　　羌声色兮娱人,[9]观者憺兮忘归。[10]

【注释】

[1]暾:指初出的太阳。一说,温和而明盛。

[2]扶桑:东方神树,日栖其上。

[3]安驱:从容安祥的前进。

[4]皎皎:同"皎皎",明亮的样子。

[5]辀(zhōu):车辕,此指车。雷:谓车声如雷。一说,这里指用雷做车轮。

[6]委蛇(wēi yí):即"逶迤",舒卷蜿蜒的样子。

[7]上:升起。

[8]低徊：徘徊不前。顾怀：眷恋。

[9]声色：指祭神的场面载歌载舞，色彩缤纷。

[10]憺(dàn)：安然不动。这里有入迷的意思。

东君就是太阳神，出自东方旸谷。男巫扮太阳神独唱，众巫扮观望者注视和伴唱。

光芒万丈，热力四射，出自东方，红光闪烁，照亮神树——太阳神的第一步就这样迈出。所有的神都乘车驾云，借着风势而来。太阳神从容不迫地驾着龙车前进。随着车轮滚滚，黑夜变作光明。这龙车的不凡之处是以雷为轮，四周搅起一片云彩，飘浮动荡。

伴着声声惊愕的长叹，太阳神向上飞升。

大概是离开旸谷时的特异心情，他显得迟疑不决，眷恋彷徨。这就是喷薄欲出那一刻的情状。然而不可掩饰的光华，满天的彩云，组成了浩荡的声势。所有的生灵都站在那儿注视、瞻仰，忘记了回返。

这是一篇太阳的颂词，是光明之歌，是一天里最大的盛典；是苏醒之歌，欢快忙碌之歌；是万物屏息静气、倾听和忘情，欢呼雀跃的时刻。光明在这里是一个神，他有不凡的气势，惊人的威仪，巨大的排场，普照大地的目光。太阳之歌宽阔浩渺，雄性十足，洋溢着强劲的力量。

缅瑟兮交鼓，[1]箫钟兮瑶簴。[2]

鸣篪兮吹竽，[3]思灵保兮贤姱。[4]

翾飞兮翠曾,[5]展诗兮会舞。[6]

应律兮合节,[7]灵之来兮蔽日。[8]

【注释】

[1]縆(gēng):绷紧弦线。交鼓:鼓声交错。

[2]箫:敲。瑶:"摇"的假借字。簴(jù):挂钟的木架。

[3]篪(chí):古代管乐器。

[4]思:发语词。灵保:神巫,即东君。

[5]翾(xuān)飞:翾,鸟儿小飞的姿态。翾飞,指舞蹈的人轻轻飞舞。翠:翠鸟。曾:飞起。

[6]展诗:此指放声歌唱。会舞:合舞。

[7]应律:指歌曲与音律相应、和谐。

[8]灵:指众神。蔽日:形容众多。

这之后是众巫的歌唱。一场喧闹,一场浩叹,敲击、吹奏、歌舞与庆贺。真正的祭祀开始了,和弦奏响了。

诗人在这里记述的古代器乐大都不可复制,但我们可以遥想当年错杂微妙的音律,那种忙而不乱的欢乐情调。当然这种吹奏和舞蹈仍是一些装饰,是必要的仪式,是由人与歌、虔诚与热望扎制而成的一个欢迎舞台,也是一场生命的感恩,是对巨大喜乐的一次领受。

太阳神与其他形形色色的神一起,援助了人类的生活。人们依靠他,所以要祭祀他。神的性质不一样,人们采取的方式和态度,或亲近或疏远,区别甚大。太阳是普照之神,高高在上,所以才有这场吹奏和舞蹈。在这场热闹中，空中不仅有太阳，还有众神，他们一起降临。这是更大的喜庆和恩赐，也是神灵无所不在、威力巨大的一次证明。

一切都由太阳出世所引起，这是为他展开的一次庆典。

与少司命、大司命以及湘水之神的祭歌不同之处，就是这次诗人省却了与神沟通的主观曲折的思维，更多的是客观描述。这是因为太阳神太亮了，太高了，太让人依赖了。他的灼热可以熔化一切，他的光芒让人不敢凝视。

青云衣兮白霓裳，举长矢兮射天狼。[1]
操余弧兮反沦降，[2]援北斗兮酌桂浆。[3]
撰余辔兮高驰翔，[4]杳冥冥兮以东行。[5]

【注释】

[1]举长矢：这是比喻太阳光芒万丈。矢，箭。天狼：星名。

[2]弧：木弓。这里也是星名。反：指太阳反身西向。沦降：降落西方。

[3]援：举。北斗：北斗七星。

[4]撰：抓住。余辔：指龙车。

[5]杳：幽深。冥冥：黑暗。以东行：向东方运行。古人认为，太阳白天西行，夜里又要在大地背面赶回东方。

最后是太阳神的自述。太阳神穿着青云上衣，白霓裙裳。这让人想起天上，想起云雾缭绕和彩霞飞舞。他以光芒万丈的利箭，直射天狼,那是罪恶的渊薮。

就在这勇敢壮丽的搏击中,他操弓西降,走向一天的最后旅程。英勇与胜利换来了自我犒赏,太阳神举起北斗,盛满桂花酒浆一饮而尽。

接着是继续驾龙车在天上奔驰,一直沉下西方,走向茫茫黑夜。他要在夜色里奔向旸谷,开始又一次轮回,又一次再生。

此刻再没有众神合唱,没有钟磬齐鸣,舞步消失了。因为太阳神离去了,大地归于黑夜。这是倾听的时刻,也是回想与怀念的时刻。这让人想到开篇那首迎神曲,即祭祀东皇太一的歌:同样的热闹、隆重,然而那里更多喜庆,这里更多庄严。那里是醉人的芳香和荤味,而这里是庆典,是光,是威仪,是瞻仰。

一种既轻微又明显的区别,一种精致细密的情感刻度,清晰地显示出来。

·河 伯

与女游兮九河,[1]冲风起兮水横波。[2]
乘水车兮荷盖,[3]驾两龙兮骖螭。[4]

【注释】

[1]九河:传说禹治黄河时开了九条河道,此泛指黄河众支流。

[2]冲风:暴风。

[3]水车:河伯乘坐的车。荷盖:以荷叶为车盖。

[4]骖螭(cān chī)：骖，古代一辆车套四匹马，中间的两匹马叫"服"，两旁的两匹叫"骖"。这里用作动词，驾在两旁。螭，无角的蛟龙。骖螭，用两螭为边马。

河伯即黄河之神。男巫扮河伯，与女巫对唱。女巫扮谁？代表谁？颇费猜测。

河神与女子在黄河上游玩，指点气势滔滔的黄河，"冲风起兮水扬波"，雄阔而可怕。

这只有河神才能够欣赏，它代表了他的力量。他乘坐的水车由龙驾驭，水车的顶盖覆满荷叶。这时倾听的对象当然是与他同游的女子，颇有点儿炫耀意味。

权力、气度、豪华的仪式，惯常对女人是具有吸引力的，河伯在这一点上并不糊涂。他向她指出了驾车的龙，狂暴的水，华丽的车——这儿并没有谈到情感和爱，因为他料定对方无法不爱。

登昆仑兮四望，心飞扬兮浩荡。[1]
日将暮兮怅忘归，[2]惟极浦兮寤怀。[3]
鱼鳞屋兮龙堂，[4]紫贝阙兮珠宫。[5]
灵何为兮水中？[6]

【注释】

[1]浩荡：水大貌。这里形容心情开朗。

[2]怅：惆怅。

[3]惟：思念。极浦：遥远的水边。寤怀：寤，醒。寤怀，意思是从迷恋中醒过来，触景生情，思念不已。

[4]鱼鳞屋：以鱼鳞装饰的屋子。龙堂：壁上画龙的厅堂。

[5]阙：王宫前面两边高耸的望台。

[6]灵：对河伯的尊称。

  他们乘水车一直驶向黄河源头，登上昆仑山四面眺望。女子感到"心飞扬兮浩荡"——她走向了从未到达的高度，实现了一个梦想。她明白这全是受惠于河伯。女人常常觉得自己倾心的人有难以估测的力量。

  他们直玩到暮色苍茫，忘记了归去。她望向河的尽头，不免生出愁思。她显然在想自己的归宿。女子和男人不同，她常常要想起归宿。其实最好的归宿就是过程。这对于女人和男人完全一样。

  归宿是什么？是记忆，是深爱。正因为没有归宿，他们才爱；也正因为爱，才有了归宿。女子在这儿吐露了现实的费解——她望着河伯忍不住问：你住的屋子是龙鳞和鱼鳞筑成的殿堂，楼阁珍珠镶就，紫贝砌就，而且就在水的中央，这到底为什么？为什么如此神奇怪异？她在这儿忘记了对方是一位神。她差一点问出：你在水中怎么呼吸怎么睡眠？怎么淹不死？她这时一点儿都不浪漫，她很现实。

  郭沫若曾认为女巫所扮演的是洛水女神，也就是说两位水神在恋爱。从这里的女子对河伯的质疑来看，那种推论有问题。女神是不会这样发问的。

  就此倒可以看出，这是一场水陆姻缘。如此更有诗意，这场祭祀也更有诱惑力。这是人对神的犒赏，是人类对于黄河神无奈的温存。黄河的暴怒和力量，就是源于它有一位如此性格的神（河伯）。他缺少柔情。岸上的女子代表着驯化强悍和粗暴的温柔的全部。

乘白鼋兮逐文鱼，[1]与女游兮河之渚，[2]流澌纷兮将来下。[3]

【注释】

[1]鼋(yuán)：一种大鳖。文鱼：身上有花纹的鱼。

[2]女：同"汝"，指河伯的恋人。渚：水中小块陆地。

[3]流澌(sī)：当作"流澌"，融解的冰块。一说是"流水"的意思。将：随同。

河伯对这些疑问、对来自人间的费解做了很具体的回答：我们要乘白色大鳖，追逐有花纹的鱼；我们还可以在河中的岛上游戏玩耍，四周都是伴随我们流淌的河水——几句话描绘出一幅优美图画。

河中岛当然可以安居，硕大的龟背也颇具诱惑。这里的河中岛屿对应了水中殿堂，使人想到陆上女子无法在那样的殿堂里生活；而作为河神，他在岛上居住不会有什么问题。这是河神为爱做出了让步。

子交手兮东行，[1]送美人兮南浦。[2]

波滔滔兮来迎，鱼鳞鳞兮媵予。[3]

【注释】

[1]子：指河伯称其恋人。交手：执手告别。

[2]美人：指河伯的恋人。南浦：南方水滨。

[3]鳞鳞：连贯衔接，很有次序的样子。媵：本义是指陪嫁的女子。这里作动词用，伴送、陪侍的意思。予：河伯恋人自称。

他们握手话别，一路东行，难舍难分。河伯送女子直到南岸，女子最后还是叮嘱：当我站到滚滚波涛前，你要来迎接我啊，让我们像今天一样结伴而行，身边是一对对鱼儿……

至此，有趣的婚约也就完成了。

河伯称女子为"美人"，这是《楚辞》中最有魅力的一个词——最好的，最有意思的，最可爱的，最完美的，最让人抛洒情感的，可统称为"美人"。这与今天"美人"两个字所包含的内容有所区别。这里的"美人"大都指男子，他们大多都有权力和神力，有威望也有权柄，有决定力。

"美人"往往在想象和怀念中。

· 山　鬼

若有人兮山之阿，[1]被薜荔兮带女罗。[2]
既含睇兮又宜笑，[3]子慕予兮善窈窕。[4]

【注释】

　　[1]若有人:仿佛有人,指山鬼。山之阿:山丘弯曲处。

　　[2]被:同"披"。带:佩带。此作动词用,以……为带。女罗:同"女萝",蔓生植物名。

　　[3]含睇(dì):睇,微盼。含睇,含情微视。宜笑:言口齿美好,笑得很美。

　　[4]子:指山鬼所爱慕的恋人。窈窕:美好貌。

　　山鬼也是神,但可能不是一般的神。万物有灵,山鬼不是山之灵,而是活动于山脉之间的灵。这种灵像幻想一样美妙。

　　她飘忽在茂密的山岭,是一个闪闪烁烁的女性。与所处的环境相适应,她野性、热烈、渴望,有其他神灵所没有的一股泼皮劲儿。装扮山鬼的只能是女灵巫,而且要尽可能地像她一样妖冶才好。

　　这个妖冶的女子又大致和其他自然神一样,曾经有过尘世的姻缘和故事。她带着恩怨和思念,遁入另一时空。但人间并没有把她忘记,让她在想象中幻化成永生不灭的神。神秘莫测的山林是她的全部世界。她在这里主宰祸福,主宰情感,情满青山。

　　她唱道:我啊,仿佛一个人来到深山,以蔓生植物为佩带,系在腰间,而且眉目含情,微笑甜甜。山中有个男子对我如此爱慕,赞扬我的美丽娴淑。

　　钻进深山的男人,除了猎人就是采药者——或者什么也没有,只是山鬼在寂寞思念中的幻觉,是白日梦。在空旷无垠终年独处中,她相伴的只有狐狸野狼、各种各样的植物、阴晴雨晦、雷声隆隆、岩石青苔。视野里如此空旷，青青大山便成了爱的沙漠。是沙漠，就难免出现海市蜃楼。一个男子映在她的眼眸上、心界里，楚楚动人。

她在山间撩开藤蔓，躲开荆棘，日夜不息地奔走，似乎都为了追逐这个人，寻找这个人——他出现了，可是徘徊不前。他像闪电一样瞬忽即逝。

  乘赤豹兮从文狸，[1]辛夷车兮结桂旗。[2]
  被石兰兮带杜衡，[3]折芳馨兮遗所思。[4]
  余处幽篁兮终不见天，[5]路险难兮独后来。[6]
  表独立兮山之上，[7]云容容兮而在下。[8]
  杳冥冥兮羌昼晦，[9]东风飘兮神灵雨。[10]

【注释】

  [1]赤豹：毛赤而纹黑的豹。从：随行，使动用法。文狸：皮毛黄黑相杂的山猫。

  [2]辛夷：香木名。结桂旗：结桂枝为旗。

  [3]被石兰：以石兰做车盖。石兰，香草名。带杜衡：以杜衡做车上的飘带。杜衡，香草名。

  [4]遗所思：送给所思慕的人。

  [5]幽篁（huáng）：深密的竹林。

  [6]后来：迟到。

  [7]表：突出的样子。

  [8]容容：通"溶溶"，大水流动的样子，这里形容云像流水似的浮动。

[9]杳：深沉。冥冥：昏暗貌。昼晦：白天昏暗。

[10]神灵雨：雨神在降雨。

作为山鬼，她的气派和仪容也颇为可观：骑赤豹带文狸，而且还有一辆辛夷木做成的车子，用桂树枝作为旗帜；披带石兰花，腰间缠香草。她采了那么多鲜花，只等交与恋人了却心愿。她不住地叹息，说自己住在竹林深处，终不见天，由于旅途艰险，独自来迟，就这样孤独地站在高高的山巅，看云彩在脚下游来荡去。即便是白天，深山老林也非常幽暗。雨神说不定什么时候就扫下骤雨，吹起东风，这是与人间绝然不同的境界，甘苦自知。

她唯独缺少一个恋人。试想，在深山竹林野物相伴中上下求索，追逐至爱，这只有山鬼才做得到。这简直非有一种伟大的热烈和渴望不可。自然之神就像自然一样狂野。

在这里，纤细的诗人实在厌烦了世俗的纠缠，他把情感洒向野水荒渡，雾霭山峦。如果他自己化为常居山中的异性，那么他遥望和牵挂的那个人又会是谁？ 如果他是一个误闯入雾霭之中的男人，就一定会走向那个山鬼。

留灵修兮憺忘归，[1]岁既晏兮孰华予。[2]
采三秀兮於山间，[3]石磊磊兮葛蔓蔓。[4]
怨公子兮怅忘归，[5]君思我兮不得闲。[6]
山中人兮芳杜若，[7]饮石泉兮荫松柏。[8]君思我兮然疑作。[9]

雷填填兮雨冥冥，[10]猿啾啾兮狖夜鸣。[11]
风飒飒兮木萧萧，[12]思公子兮徒离忧。[13]

【注释】

[1]灵修：山鬼对恋人的尊称。憺：安心。

[2]晏：晚。孰华予：华，用作动词。孰华予，谁还把我当成年轻美丽的人呢。

[3]三秀：芝草，芝一年三次开花，故称三秀。於山：於，假借为"巫"。於山，巫山。

[4]磊磊：形容乱石耸立。

[5]公子：指恋人。

[6]不得闲：没有空闲。

[7]山中人：山鬼自称。芳杜若：像杜若般芬芳。

[8]荫松柏：以松柏为庇身之地。

[9]然疑作：然，信。然疑作，信疑参半。

[10]填填：雷声。

[11]狖(yòu)：猿类。

[12]飒飒：风声。

[13]徒：徒然。离忧：离，通"罹"。离忧，遭忧。

山鬼要让进山的男人乐而忘返，像一切情境中的女子一样。她发出哀叹，恐惧衰老。为采摘灵芝，她走遍山间。到处都是乱石和纠扯的藤蔓。她住在松柏下，饮的是山泉。所以只有她才像杜若一样芬芳，身上没有一丝浊气：这正是诗人所追求向往的品格。

她在这儿为美而独守。她只渴求一个人,并坚信他会在渴求中出现。当他一步闯入林莽,就会落入掌中。他会被自然所掌握。自然是一个温柔的女性,能够孕育一切。

　　山鬼开始怨恨那个一直不能出现的人。她甚至想象对方也像自己一样渴念,只是不得空闲;有时候又想象对方对自己的衷情将信将疑……总之,人和精灵的结合就是这样步步坎坷。

　　这种奇异飘忽的爱情,仿佛真的隐匿在大地上,山脉中,需要寻找。只要执着,就会梦想成真。

　　山中雷声隆隆,阴雨绵绵。深夜猿声悲啼,风扫落叶,思念公子,忧愁无尽。

　　在这里自然之灵渴望着人,渴望着人的走进。自然等待和需要爱的征服——这真是诗人所发掘的至美至大的哲思。每一个神都是情种,每一个精灵都会挚爱。可怕的只是世俗的罗网,是它的隔绝。千呼万唤,终不能迈出半步。这使我们想到河水泛滥,大山崩塌,暴雨飓风,一切一切的事故、凶灾,都是因为人世间没有爱,没有爱的沟通。

　　这作为一个命题,至今仍然重大和迫切。多情而伟大的洞察,就在眼前。

　　这种祭祀之歌,应该入耳入心,直到永远。

· 国　殇

　　操吴戈兮被犀甲,[1]车错毂兮短兵接。[2]

旌蔽日兮敌若云，矢交坠兮士争先。[3]

凌余阵兮躐余行，[4]左骖殪兮右刃伤。[5]

霾两轮兮絷四马，[6]援玉枹兮击鸣鼓。[7]

【注释】

[1]操：持。吴戈：吴国所产的戈，以锋利著名。犀甲：犀牛皮甲。

[2]错：交错。毂(gǔ)：轮轴。这里代指整个车轮。短兵：指刀剑。

[3]坠：落。

[4]凌：侵犯。躐(liè)：践踏。行：行列。

[5]骖：在两旁驾车的马。殪(yì)：倒地而死。右刃伤：驾在右边的骖马受了刀伤。

[6]霾：同"埋"。此处指车轮深陷于泥中。絷(zhí)：绊住。

[7]援：拿着。玉枹(fú)：玉饰的鼓槌。

追悼为国牺牲的阵亡者。

一开始就是对战场和阵地的描述：吴戈犀甲，短兵相接；旌旗蔽日，箭镞乱飞，勇士争先；敌兵如云，冲入阵地；马被砍伤，车轮深陷，战鼓咚咚。惨烈，悲怆，惊心动魄。这是《九歌》中唯一的一曲铿锵高昂之歌。这里再也没有柔弱纤细的哀男怨女，没有那种"美人"的缠绕。这种铿锵凄凉的音调，由男女灵巫口中呼出，足以泣鬼神。在整个《九歌》中，它有一种奇妙的对应和映衬关系——其他都是情思与爱意，是留恋和徘徊，是闪动的眸子和传递的心曲；唯此走入了另一面：撕裂、割伤、死亡，是黑夜，是苦难人生。由此，爱才显出了奢侈和分量，也显出了意义。

追悼人鬼，回到一种大悲悯。这些为国阵亡的青壮年本应是诸神护佑的对象，但却消亡于沙场之中。

天时怼兮威灵怒，[1]严杀尽兮弃原野。[2]
出不入兮往不反，[3]平原忽兮路超远。[4]
带长剑兮挟秦弓，[5]首身离兮心不惩。[6]
诚既勇兮又以武，[7]终刚强兮不可凌。[8]
身既死兮神以灵，[9]魂魄毅兮为鬼雄。[10]

【注释】

[1]天时：天象。怼：怨，恨。威灵怒：鬼神震怒。

[2]严杀：严，严酷。严杀，犹言鏖战痛杀。弃原野：骸骨弃在原野上。

[3]反：同"返"。

[4]忽：渺茫而萧寂。超：遥远。

[5]秦弓：秦地所产的弓。秦地以产良弓而著名。

[6]惩：戒惧。

[7]诚：诚然。勇：精神勇敢。武：武力强大。

[8]凌：侵犯。

[9]神以灵：神，指精神。神以灵，死而有知，英灵不泯。

[10]毅：威武不屈。鬼雄：鬼中雄杰。

神灵为这场天昏地暗的厮杀而震怒。但神灵没有介入。

全军将士捐躯茫野，一去不归，走向平原，走向遥远长旅。长剑强弓，身首分离，雄心固在，这就是楚国的男儿，大地的英雄。他们勇敢而又英武，最终保留了不可凌辱的刚强。

诗人说他们身既死，灵魂却不灭。他们是鬼中的英雄。

仿佛《九歌》中所有的神，只能护佑人的日常生活，而到了非常态的厮杀，神灵也就无能为力。神灵的震怒，是因为感到了沮丧。

他们是壮士，更是青年，是失去了神灵护佑的生命。

· 礼　魂

　　成礼兮会鼓，[1]传芭兮代舞。[2]
　　姱女倡兮容与。[3]
　　春兰兮秋菊，长无绝兮终古。[4]

【注释】

[1]成礼：礼成。指祭祀的结束。会鼓：疾速击鼓。

[2]芭：通"葩"，初开的花。代舞：轮番跳舞。

[3]姱女：美人。倡：通"唱"。容与：从容。一说，指唱歌的人心情愉快。

[4]长无绝：永远不断。最后两句是说，每年春秋两季，当兰花、菊花盛开的时候，都要举行祭祀，永远不断绝。

这是最后的典礼。《九歌》已尽，祭祀的尾声。放松和超越中唱出一支送神曲。互相传递鲜花，轮番舞蹈，美女忘情歌唱，兴奋到了极点。春兰秋菊，祭祀不断。

这是盛大的节日，人与神的相诉。这是人在生活中开辟的一个特殊空间，以此滋养精神，增加希望，获得勇气和信心。

在礼尽曲终之时，我们仿佛看到被祭祀的诸神带着满意的微笑飘飘离去。他们会记住这场盛筵，记住欢迎和款待，并且从此不再忘记：他们的世界与人的世界不可分割。原来人神交替，互通有无，这才组成了宇宙。

从威厉的神到多情的神，从惨死的人到悲苦的人，这就是人生万象。与神沟通，与鬼沟通，给祭祀者一个永远的警示：生活中有无处不在的鬼神大睁双目。他们在目击，在注视。你不要忘记，不要忘记修饰，不要忽略内美，山川大地，天上人间，都有眼睛。

这是一种参与，更是一种关怀和监督。失去了这一切，才真正寂寞可怕。

读《天问》

曰遂古之初,[1]谁传道之?
上下未形,[2]何由考之?
冥昭瞢闇,[3]谁能极之?[4]
冯翼惟像,[5]何以识之?
明明闇闇,惟时何为?[6]
阴阳三合,[7]何本何化?[8]
圜则九重,[9]孰营度之?[10]
惟兹何功,[11]孰初作之?

【注释】

[1]遂:通"邃",远。

[2]上下:这里指天地。形:动词,成形。

[3]冥:暗,指黑夜。昭:明,指白昼。瞢(méng)闇:瞢、闇都是昏暗的意思,极言其暗。

[4]极:穷究。

[5]冯翼:冯,通"凭",满。冯翼,天地未形成时元气充满的状态。像:天地未分之前,宇宙充满元气,没有任何物质形体的现象。

[6]时:古通"是",即今"这"。

[7]三合:指阴、阳、天三者相合。一说,参合。

[8]本:根本。化:派生。

[9]圜(huán):指天。九重:古代传说天有九层。

[10]营度:筹划。

[11]兹:此。何功:什么样的工程。

　　作为一部真正的史诗,它堆满了问号。与其说历史需要记述,还不如说历史需要质疑。最伟大的质疑从来都直指本源。比如远古开端一片混沌,天地没有形成,它的传述也就成了问题。关于开端的质疑是最大的、最彻底的。谁能够认识和辨明光明与黑暗的原因,阴、阳和元气三者结合,谁是本源谁是演化? 九层上天,谁来筹划? 伟大的工程,谁来初创?

　　关于远古的情况,诗人的认识显然不愿停留在神话上。他追究的是第一次推动。直到今天,这种质疑也仍然不能消失。也许就为了相似的设问,现代科技竭尽全力。但统一和确定的答案是没有的。这里值得注意的是,现代更多从科技的角度去提出问题和解答问题——其中的大多数却没有诗人这种形而上的追究。他们没有这种忧虑的特质和素质,更没有如此包容的胸襟。这是技术和信息时代的人类不断拓展科学技能,同时又不断萎缩精神的一个典型案例。

　　"惟兹何功,孰初作之?"这个设问其实可以说包容了古今中外一切的大问题。所有问号都从这句设问里滋生。它既通向远古,又通向了现代,直到今天。人类在探索客观世界,不断走向开阔的同时，也在走向一种局限。

　　技术往往有两面性，一面是理解，一面是遮蔽。诗人比起现代人，处于更为朴素的时代，那里当然没有技术主义的干扰。他可以使用朴素的概念，面对苍天、星辰、大地、莽野，以及与之纠缠在一起、密不可分的种种神话传说，做出自己的判断。人与客观世界之间除了间隔一层神话，再没有技与术的屏障。这反而使他看得更辽远，问得更彻底。这里是一个悖论。

　　这不仅是诗史的开端，而且是探索史的开端。精神和物质，客观与主观，两个方面的开端。这就构成了一颗人类艺术史上的皇冠明珠。不仅是深邃的主题和复杂的设问，更重要的还有这宏阔浩瀚的思维，循环往复的忧虑，瞻前顾后的回旋；迷茫和清晰，犹豫和坚定，繁杂与简化——这一切综合凸显和塑造的诗人形象，在很大程度上都超过了《离骚》。它是《楚辞》中，乃至于整个人类诗史上最伟大的创造。

斡维焉系？[1]天极焉加？[2]
八柱何当？[3]东南何亏？[4]
九天之际，[5]安放安属？[6]
隅隈多有，[7]谁知其数？
天何所沓？[8]十二焉分？[9]
日月安属？[10]列星安陈？[11]

【注释】

　　[1]斡：指构成北斗斗柄的三颗星。引申为执柄枢旋转的意思。一说，车轴承。维：指斗柄后面的三颗星。维的本义是绳，古人认为三颗星构成一根系斗柄于天极的绳子。

　　[2]天极：天的顶端。

　　[3]八柱：古说有八山擎天。一说，有八柱托地。当：承。

　　[4]亏：低陷。

　　[5]九天：这里指天的中央和八方。一说，九层天。际：间，指九野之间。

　　[6]放：依附。属：连接。

　　[7]隅（yú）：角落。隈（wēi）：弯曲处。

　　[8]沓：会合。指天地会合。

　　[9]十二：日月交会的十二个会合点，即十二辰。

　　[10]属：依附。

　　[11]列星：群星。陈：陈列。

　　既然天在转动，那么它就应该有个轴承。它的轴承如何联结，又联结在何处，天在哪里安放？既然天在上，地有传说中的八柱擎住，而与天对应的地，东南角又为什么倾塌？九重天的边缘怎么安置怎么联结？天边有数不清的角落和弯曲，怎么知道它的数目？天与地又在什么地方结合？十二时辰怎样划分？太阳和月亮怎么存在于天上？群星为何这般陈列？

　　从今天的眼光看，诗人的这些设问或许绝大部分已得到解答。但这只是从科技的意义上——或者说诗人的迷茫直到今天也没有完全驱除。比如说天边的角落和弯曲，比如说群星的罗列，现代科技也很难解答宇宙的广瀚以及类似银河系和太阳系的数目。况且，这里更多的设问远远超出了科技，有着另一种隐秘。这里表现了人性和激情，生命探求欲望的强大，它的力量，生命的奥秘——这是生命最伟大之处。诗句记录下的这些奥秘，至今仍然存在。

  出自汤谷，[1]次于蒙汜；[2]
  自明及晦，所行几里？
  夜光何德，[3]死则又育？[4]
  厥利维何，[5]而顾菟在腹？[6]
  女岐无合，[7]夫焉取九子？
  伯强何处？[8]惠气安在？[9]
  何阖而晦？[10]何开而明？
  角宿未旦，[11]曜灵安藏？[12]

【注释】

  [1]汤谷：旸谷。神话中太阳升起的地方。

  [2]次：停宿。蒙汜（sì）：神话中太阳止息的地方。

  [3]夜光：月的别名。德：通"得"。一说，德行。

  [4]死则又育：指月亮的亏盈。

  [5]厥：其，指月。

  [6]顾菟（tù）：指月中的阴影。一说，蟾蜍和兔子；一说，是月中阴影的名，即蟾蜍。

  [7]女岐：神话中的神女。无夫而生了九个孩子。合：婚配。

[8]伯强：伤人的大疠疫鬼。一说，北方的一位风神，亦名禺强、隅强。

[9]惠气：阴阳调合的祥和之气。一说，寒风，即伯强所生之风。

[10]阖：关闭。

[11]角宿：星宿名，有两颗，传说这两颗星之间就是天门。旦：明，指天亮。

[12]曜灵：对太阳的尊称。

诗人开始问得更加具体。从太阳出走之地到晚上停宿之方——它从天明走到天黑，共走了多少里？还有月亮的德性：如何死去又如何发光？它腹中甚至还蓄养了一只兔子；还有传说中的那个女神女岐，无婚无夫，九个儿子又来自何方？那可怕伤人的大疫鬼伯强住在什么地方？而祥瑞的惠气又在哪？黑暗和光明是否有个开关？当东方没亮的时候，太阳在哪里躲藏？

数不清的问号重重叠叠，甚至有些冲动和紊乱，好像随想随问，想到哪里问到哪里。这是一种急促、忘情和沉浸的结果，使全诗滋生出繁复深奥、率性纯洁之美。奇巧与条理，有时候是一种小道。伟大的史诗不取小道。

"夜光何德？"德是德行和品质。在这里，诗人把月亮视为一个生命体，追寻它的本质。的确，偌大一个天空，没有什么生命能够像月亮那样死而复生，而且还养育一只兔子。月亮、太阳，都是极为巨大的关照，可是诗人又把目光投向了一个神女，想到了她的结婚和生子：没有丈夫哪来儿子？他表示了疑惑，隐去了回答。

这里诗人并不认为太阳是唯一的光源，甚至也不认为是天地间最重要的光源。他认为，黑暗和光明是由于一种东西的关闭和打开。

而大疫鬼伯强和惠气之间的复杂关系，对于天地之间的平衡力、制约力，直到今天也仍具深邃的启示性。

> 不任汩鸿，[1]师何以尚之？[2]
> 佥曰何忧，[3]何不课而行之？[4]
> 鸱龟曳衔，[5]鲧何听焉？
> 顺欲成功，[6]帝何刑焉？[7]
> 永遏在羽山，[8]夫何三年不施？[9]

【注释】

[1]任：胜任。汩：治水。鸿：借作"洪"，洪水。

[2]师：众人。尚：推举。

[3]佥(qiān)：都。

[4]课：试。

[5]鸱(chī)龟：神话中的龟名。一说，是指猫头鹰和乌龟两种动物。曳：拖。

[6]顺欲：顺从众望。

[7]刑：动词，加刑。

[8]遏：绝，弃绝。羽山：神山名，传说在东边海滨，鲧死于此。

[9]施：当"放"讲。一说，通"弛"，毁坏；这里指鲧尸不烂。

关于洪水的记载很多，我们的历史在很大程度上是随洪水的漫溢止息而蜿蜒前行的。鲧不能胜任治理洪水的重任，可是许多人为什么还要推举他？尧帝于是让鲧治水，但没有事先试验他的本领，结果这种任用换来的是巨大的损失。还有猫头鹰和乌龟的奇怪行止，鲧的模仿和听信，这一切都包含了何种隐秘？鲧治水顺应了众望，而且意愿良好，尧帝为什么还要把他杀掉？而且在这之前还将其长期囚禁在羽山——这一切到底为了什么？

这是传说中的历史关节，谁也不能把它追究明白。历史的细部是难以展放的，任何尝试都会无功而返。但这些又必须深究，因为它关乎现在。古代帝王与他的臣民有着奇妙的关系，任用、重责，一直到今天都足以引为训诫，这成为诗人心中难以破解的案例。

诗人开始从天上、从宇宙之巨说到了人事之微。上天与万物往往有一种奇特的对应关系，天之不测，预示了人之不测。世事纠葛，言说不尽。对比中可知，尧帝比楚怀王也好不了多少，他们都有无上的权力，随意诛罚。在这里，鲧的命运实在令人怜惜——流放而后诛，这是何等的残酷。

最难解的是"鸱龟曳衔"一句。猫头鹰在天，大龟在地，如何相衔接相牵扯？它们又预示了什么？或者"鸱龟"原本就是一种动物也未可知。或许它们是某一种伟力的象征，是鲧所迷信的一种力量。

伯禹腹鲧，[1]夫何以变化？
纂就前绪，[2]遂成考功。[3]
何续初继业，而厥谋不同？[4]
洪泉极深，何以窴之？[5]
地方九则，[6]何以坟之？[7]

应龙何画？河海何历？[8]
鲧何所营？禹何所成？

【注释】

[1]伯禹：禹曾被封为夏伯，所以叫伯禹。腹鲧：从鲧腹中生出来。

[2]纂：继续。前绪：前业。

[3]考：对死去父亲的尊称。

[4]谋：方法。

[5]寘(tián)：同"填"，填塞。

[6]九则：九等。

[7]坟：当"分"讲。一说，堤。此用作动词，筑堤。

[8]应龙何画？河海何历：一本作"河海应龙，何画何历"。应龙：有翼的龙。传说大禹治水时，有应龙以尾巴画地，成为江河，导水入海。历：经过，指水流过。

大禹是鲧的儿子，却并非母亲所生，而是从父亲的肚子里直接变出。诗人对这样的变化感到惊愕。这里诗人表达了对历史细部的怀疑，自己也感到无能为力。他凭什么改写历史呢？他找不到其他的依据；所以古往今来那些蓄意改写历史的人，对于历史的刻记和烙印总是非常在意，或磨灭、擦掉，或利用纷飞的传媒让其变得混乱。诗人认为，无论如何大禹继承了前人的事业，总算继承了父亲的遗志。

使人感到费解的是，儿子为什么采取了与父亲完全不同的方法？洪水的源流多么深远，大禹竟然能够将它疏通；他还把土地分为九等,不知这样划分的依据是什么。还有应龙画地,河海流向,这些更是一些千古之谜了。在这一切成功的背后,到底包含了父辈的哪些劳作? 儿子实际上又做成了什么? 这些也都不得而知。历史的功过真是难以评说。

历史的哀伤已经无法医治。有人认为历史问题"宜粗不宜细"。可是诗人在这里却反其道而行之。他一再努力展现细部,有着强烈的道义感和理想主义情怀。既不能把一切推到命数上,又不能完全跟从成说,这就是他的痛苦。这种痛苦那样真实和陌生,今天的人已极不习惯于这种痛苦。盲从,跟从,或者故意悖谬,已变成某种当代时髦。

康回冯怒,[1]地何故以东南倾?
九州安错?[2]川谷何洿?[3]
东流不溢,孰知其故?
东西南北,其修孰多?[4]
南北顺椭,[5]其衍几何?[6]

【注释】

[1]康回:神话传说中的人物,共工的名字。冯怒:冯通"凭",满。冯怒,大怒。

[2]九州:传说禹治好洪水后把天下分为九州。错:通"措",安排。

[3]洿(wū):深。一说,挖掘。

[4]修:长度。

[5]椭：狭长。

[6]衍：余。这两句有两种理解：一说，南北狭长，比东西长多少？一说，顺南北看地形扁狭，东西距离比南北长多少？

远古的一场山河巨变，山倾地陷，大火从天而至，不知过了多久才尘埃落定。从此大地分为九州，河水改道，百川归海。这类似于今天我们所知道的陨石对地球的轰击——神话中则是共工大怒，头撞不周山，引起大地东南方的倾斜，江河土地重新安置。

时间可以抹平大地的创伤，却抹不掉心头的恐惧和疑问，它环绕千古。诗人不得不问：他深深地怀疑共工的力量。

在这里诗人并没有天真到把神话当成真实的历史，而是以审美的口吻来谈论，似乎还有一些调侃。古人尚不知道地球是圆的，他们认为东西南北四极框出了大地的面积——那么东西和南北之间的距离究竟哪个更长、更大？从南北看地形是狭长的，那么它比东西距离又长出多少？这在当时不能不说是一个大胆的质询，是极为宏阔的视角了。从现代天文地理学的意义上看是一回事，从诗人的朴素直感宏大观照上看又是一回事。他所观照的不是脚下的方寸之地，而是真正意义上的大地，是蓝色天宇下的山水河流，所谓的九州，它的总和与起源。共工头颅之硬，颈部之雄，竟然改写了当时的天文和地理。

共工作为邪恶的代表，显示了不可战胜的某种威力。恶战胜善，恶可以改写历史，主宰沉浮。至少从局部，从单位时间内看，这是一种真实。但这一切都需要存疑。因为只有挂满问号的历史才富有活力，才趋向真实，才可以借鉴，才能多少驱散一些迷信和人造的雾障。

> 昆仑县圃，[1]其尻安在？[2]
> 增城九重，[3]其高几里？
> 四方之门，[4]其谁从焉？[5]
> 西北辟启，[6]何气通焉？[7]

【注释】

[1]县圃：神话里的地名。

[2]尻(jū)：当作"冗"，臀部，这里是基础的意思。一说同"居"，地址。

[3]增城：昆仑山上的城。

[4]四方之门：昆仑山之门。一说，天之四门。

[5]从：出入。

[6]辟：开。

[7]气：风。

昆仑山是传说中的神山，居住众神，而且又是大河源头。诗人无数次谈到昆仑，谈到它的"县圃""九层增城"，它的四方大门以及来往于大门的未明之物。昆仑山的一道大门甚至是罡风的通路。在当时，由于没有能力遥测和鸟瞰，感觉上某些山脉就是重要的地理坐标。

而且昆仑山还是精神的坐标：既然聚集了众神，那么就该有巨大的主宰力。它的风云变幻，门开门启，都会影响到人类社会。

读《天问》

问天，不可不问山；问山，不可不问昆仑。昆仑山直到很久以后才变成了实指，变得具体也变得世俗。山脉世俗化的过程，也就是人类长大的过程。但这种长大，却付出了更多的代价，这就是浪漫的丧失，想象力的萎缩。有时候对于天地万物的所谓现代的科学的理解，反而留下了盲角。而这种盲角恰又是古人目光洞悉之地——感悟和想象，这在人类的文明史和探索史上是永远需要的。

诗意的触角无所不达，而技术的尺子长也有限。山的含义是历史赋予的，像泰山、峨嵋山，所有的名山都有自己的神灵。它们有精神而又有灵魂，似实而虚，似虚而实。这些隐秘是诠释不尽的，如果一直追问下去，就可以追问出一部长长的变异史，追问出一部斑斓的往昔。

每一座山都印遍了古人的指纹，留下了心灵的代码。

日安不到？烛龙何照？[1]

羲和之未扬，[2]若华何光？[3]

何所冬暖？何所夏寒？

焉有石林？何兽能言？

焉有虬龙，[4]负熊以游？

雄虺九首，[5]倏忽焉在？[6]

【注释】

[1]烛龙：古代神话中一种能照明的神物。

[2]羲和：神话中太阳的车夫。扬：扬鞭。

[3]若华：若木的花。传说中昆仑山上的神树，花发红光，照耀大地。

[4]虬龙：无角的龙。

[5]雄虺(huǐ)：传说中的毒蛇。

[6]倏：极快貌。

我们今天看上去异常生僻陌生之物，在诗人的时代倒极有可能被时常提起，所谓众所周知；但知而不问者必然居多。人们总是愿意遵照一些惯常说法，熟视无睹，化传说为客观，化神奇为平凡。而诗人却能在内心深处将其还原为固有的深奥与险峻。

太阳光照大地，烛龙的眼睛却灼灼发光；太阳还没有升起，日落之处的大树花瓣发出光芒。冬天温暖之地，夏天寒冷之所。诗人深居楚地，遥看天河，游思四极。他甚至问道：哪里有长成树林的石头？哪里有会说话的野兽？哪里有无角之龙驮着熊出游？甚至是九头雄蛇在哪里出没？一切的牵挂、费解，都奔涌而出。

这些繁琐的思绪就是如此地纠缠了一个无比纤细的诗人。有的是传说，有的是实指，有的是见闻，有的是遥感。石林在桂林等地，当代人可以有一个微笑的回答。冬暖和夏寒之地也不难相告。但对于当年的诗人而言，这些还需仔细探究。总之，这些设问中不断地透露出个人无比渺小，世界浩瀚苍茫、怪异难测的觉悟，使人隐隐感到有一些是传说和神话——但即便如此，它的形成又有几分实际依托？可见从太阳运行，日落之地的神木，到石林与雄蛇，这种罗列重叠也需要一种勇气。而从写作学的意义上看，也大有一种巨笔扫过摧枯拉朽之势。

从纤细到宏巨，只在一念一问之间。

特异而广泛的兴趣，巨大而缜密的关怀，就在这种重叠中显现。

何所不死？长人何守？
靡萍九衢，[1]枲华安居？[2]
一蛇吞象，[3]厥大何如？
黑水玄趾，[4]三危安在？[5]
延年不死，寿何所止？
鲮鱼何所？[6]鬿堆焉处？[7]
羿焉彃日？[8]乌焉解羽？[9]

【注释】

[1]萍：通"萍"。靡萍，即枝叶蔓延的萍草。九衢：这里用来形容萍草一枝多杈，或一叶多瓣。

[2]枲(xǐ)：麻的一种。也是神话中奇异的植物。华：古"花"字。

[3]蛇吞象：古代传说南方有巨蛇，能吞食象，三年才吐其骨。

[4]黑水：神话中的水名。玄趾：染黑脚趾。一说，也是神话中的地名。

[5]三危：神话中的地名。

[6]鲮(líng)鱼：神话中的一种怪鱼。

[7]鬿(qí)堆：神话中的能够吃人的怪鸟。

[8]羿：神话中的英雄。善射。彃(bì)：射。

[9]乌：金乌。传说是太阳里的三脚神鸟。解羽：羽毛脱落，指死。

诗人常常叹息：生也有涯，老之将至。于是自然而然想到寻找一个不死之国——它在何方？听说那里有一个巨人，他在看守什么？那儿有一些神奇的植物，神奇的花；还有一条巨蛇，能够吞下大象，可见这巨蛇有多么大。有些水像墨水一样，能够染黑人的手脚。传说中青鸟居住的三危山又在何方？那里的人长寿不死，难道就活得没有界限？还有人面鱼身的怪鱼，能够吃人的怪鸟。说到鸟，它们也不可轻言。比如三足金乌，竟居住在太阳中。后羿射落太阳的时候，三足金乌的羽毛都散落下来。

这一切的奥秘与其说是神界的奥秘，还不如说它们本来就藏在人间。是耳所闻目所视标画出的知觉的极限。而诗人的野心，在于要突破这些极限。

实际上这是一次伟大的延伸。人生短促，不可穷尽。巨鸟大象，蟒蛇怪树，都难以目睹。它们在远方，在遥想里，就成了永久的深奥。这深奥反衬着短促的人生，更让人气馁和焦灼。然而它们构成了一种背景，足可让人托放灵魂。诗人与一般人的不同之处，在于他能够生命不止追问不息。也正是这些追问，交织描绘出一幅幅瑰丽的图画，映现出一个个神渺的世界，给我们当代生活和未来留下一道深不可测却又斑斓闪烁的背景。我们人类将从这个背景里走上新的世纪。它是我们的出处和来路。

禹之力献功，[1]降省下土四方。[2]
焉得彼涂山女，[3]而通之于台桑？[4]
闵妃匹合，[5]厥身是继。[6]
胡维嗜不同味，[7]而快鼂饱。[8]

启代益作后，[9]卒然离蠥。[10]

何启惟忧，[11]而能拘是达？[12]

皆归射鞠，[13]而无害厥躬，[14]

何后益作革，[15]而禹播降？[16]

【注释】

[1]献：投入。功：指治水。

[2]降：从天降临。省：察看。

[3]涂山：传说中南方古国名。

[4]台桑：古地名。

[5]闵：爱怜。妃：配偶。匹合：结婚。

[6]继：继嗣。

[7]维：语助词。嗜不同味：指志趣不同。

[8]快：满足于。鼌饱：一朝饱食，比喻一时的欢愉。

[9]启：夏启。传说是禹的儿子。益：传说是禹的贤臣。后：国王。

[10]卒：通"猝"。离：通"罹"，遭到。蠥(niè)：忧患。

[11]惟：借作"罹"。

[12]达：逃脱。拘是达："达是拘"，词序倒装。

[13]归：送来，交出。射鞠：射，弓箭。鞠，箭袋。射鞠，指武器。

[14]厥躬：躬，身。厥躬，指启。

[15]作：通"祚"，王位。革：推翻。

[16]播降：播下种子，比喻子嗣繁昌。

诗人最难以遗忘的是爱，是浸渍身心的情感。一些伟大人物功勋盖世，他们的威力和他们在生活细节上的怪异以至疏漏，都同样让人惊异。

像大禹全力投入治水，还能下来视察大地，结果在涂山国遇到了一个姑娘，在台桑这个地方与之结合。这当然是出于爱恋，也为了生育，为了后继有人。其实在台桑的结合只是一时快意。使人不能理解的是，像禹这样一个人物却在追求片刻之欢，如此急于发泄自己的欲望。也就是台桑之快，生下了儿子夏启。

无论是因为肉欲还是爱恋，结果都是极大地影响了历史。这就是夏启的故事。

大禹本来把帝位禅让给益，可是儿子夏启为他守丧期满，立刻想夺取帝位。益将启拘禁，启又逃脱，寻机杀益，获得帝位。当年很可能因为夏启是大禹的儿子，所以益没有将他杀掉，结果导致了自己的失败。益作为后继者竟然失败，最终大禹的儿子倒继承了帝业，这是冥冥中的一种力量吗？他与涂山国的姑娘结合于台桑而延续了自己的血脉，又使之成为真正的继承者。

新的统治者夏启并不是一场正式、郑重婚姻的产物，但还是借助了血缘的力量。在这儿，诗人又一次表露了他对血缘的敬畏、对其中所蕴含的神秘性的迷茫。

启棘宾商，[1]九辩九歌；[2]
何勤子屠母，[3]而死分竟地？[4]
帝降夷羿，[5]革孽夏民。[6]
胡射夫河伯，[7]而妻彼洛嫔？[8]

冯珧利决，[9]封豨是射。[10]

何献蒸肉之膏[11]，而后帝不若？[12]

浞娶纯狐，[13]眩妻爰谋？[14]

何羿之射革，[15]而交吞揆之？[16]

【注释】

[1]棘：急。一说，屡次。宾：古代的一种礼制，是诸侯朝见天子之礼。此作动词用，朝见。商：当为"帝"字之误。

[2]九辩九歌：神话中的两部天乐。

[3]勤：这里是偏爱的意思。屠母：传说禹妻涂山氏孕启时，化成石头，禹高呼："归我子！"石即破裂，启从中出。屠母，是指破石的传说。

[4]死：通"尸"。竟：满。

[5]夷羿：指夏代太康时有穷国的君主。

[6]革：革除。孽：灾祸。

[7]河伯：黄河之神。

[8]洛嫔：洛水女神。

[9]冯：通"凭"。此指把弓拉满。珧（yáo）：蚌壳。此指蚌壳装饰的弓。一说是羿的宝弓名。利决：灵活地使用扳指。指善于射箭。

[10]封：大。豨（xī）：大野猪。

[11]蒸：祭祀用的肉。

[12]不若：若，顺。不若，不顺从，即不顺从羿的心愿。

[13]浞（zhuó）：寒浞，传说是羿的相。纯狐：羿的妻子。

[14]眩：惑乱，此作淫乱解。爰（yuán）：于是。谋：指纯狐与寒浞图谋杀羿。

[15]射革：传说羿能射穿七层皮革。

[16]交吞：联合吞食。传说羿打猎回来，被家众烹食。揆：揣度。此作暗算解。

历史上的恩怨纠葛，总是深深地缠住诗人。夏启为了巩固自己的统治，朝见祭祀，奏起《九辩》《九歌》。然而就是这个夏启，一说，他出生后却杀害了操劳的生母，并使她尸骨分裂。所以到后来羿的降临，正是上帝的旨意，是一种因果报应。夏朝本来应该迎来复兴，可惜羿又胆大妄为地射瞎了黄河之神河伯的眼睛，并娶了洛神为妻。这一切到底因为什么？羿凭着善射，加上一张好弓，猎取大兽，用最肥美的献祭来祭上苍，也难以讨得上苍的欢心。报应终至，羿的大臣与其妻纯狐私通，他们一起筹谋害了羿。

就是这个凶蛮不可一世的羿，尽管有着那样的良弓和威力，最后还是被家众杀而烹之。

互相剿杀追逐、鲜血淋漓的历史，让诗人惊愕。这其中的定数又在哪里？血缘的力量，上帝的旨意，个人的不义，因果的报应，一切真是让人望而生畏。这究竟取决于神力还是人力？胜者往往得到了一切，囊取了一切；然而纵观历史，有的人物是胜败交错，得失混杂。即便是夏启，也有奏起《九辩》《九歌》的时候。

阻穷西征，[1]岩何越焉？[2]
化为黄熊，[3]巫何活焉？[4]
咸播秬黍，[5]莆雚是营。[6]

何由并投，[7]而鲧疾修盈？[8]

【注释】

[1]阻穷：犹阻止禁绝。西征：一般都说是写鲧流放羽山的行程。

[2]岩：高峻的山岩。

[3]黄熊：据说鲧死后化为黄熊，入于羽山之渊。

[4]活：使之活。

[5]咸：都。秬（jù）黍：黑色的黍子。

[6]莆：通"蒲"，水生的草。雚（huán）：通"萑"，芦苇类植物。营：除草。

[7]并投：并，通"屏"。投，抛弃。并投，即摒弃。

[8]疾：恶，指恶名。修盈：修，长久。盈，满。修盈，历久不衰之意。

评判命运和历史，不能简单地套用"多行不义必自毙"的公式。比如鲧治水，当年经历了多少险阻，传说他死后还向西奔走，因为高山峻岭的阻碍，变成了黄熊，这才穿过羽山。在那里，西方的神巫又把他救治。整个过程繁琐曲折，谁能够叙说？就是在那里，鲧教会了百姓播种黍米，大兴农事，开垦荒地。这是多么伟大的事功、勤勉的政治！可是死而复生、劳作不息的鲧，还是遭到了放逐。他究竟有多大的罪行难以饶恕？

诗人历数的如果仅仅是传说，那么不可忘记的是，这传说正是在历史中形成的，而历史又来自人心。在无纸无笔的年代，一切唯有依赖口耳相传。这说明人们在内心深处不愿饶恕鲧。鲧是一个真正的失败者，尽管他生出了一个伟大的儿子。

诗人对鲧的厄运，流露出说不出的同情。于是他复述历史，罗列传闻，设问不停。这里面当然隐含着对楚国现实的联想和判断，但这些判断都赋予了往昔。从楚怀王以来，国事与人事，战争与和平，忠臣与佞子，宠爱与放纵，一切的一切都似有缘由又混乱不解。如果说鲧死后尚能够力破险阻，感动神灵，为民造福，重修政绩事功，那么身处逆境的有志之士呢？如果说鲧最后还仍然遭到放逐，那么现实的志向又有多少必要呢？最后的结果又是什么？

这些当然都不可不深长思之。人的进退得失，有时就在一念之间。

  白蜺婴茀，[1] 胡为此堂？[2]
  安得夫良药，不能固臧？[3]
  天式从横，[4] 阳离爰死。[5]
  大鸟何鸣，夫焉丧厥体？
  蓱号起雨，[6] 何以兴之？
  撰体协胁，[7] 鹿何膺之？[8]

【注释】

  [1] 蜺（ní）：同"霓"。婴：缠绕。茀（fú）：云气。

  [2] 此堂：崔文子的室中。

  [3] 臧：通"藏"。这四句引《列仙传》中崔文子向王子乔学仙的故事。王变一条云气缠绕的白霓，给崔送仙药，崔惊惧中杀死了王。崔把王尸放在室中，用破筐盖住，一会儿王的尸体变成一只大鸟飞走。

[4]天式：自然的法则。从横：纵横。指阴阳消长之道。

[5]阳：阳气。古人认为人有阴阳二气才能生存。

[6]蓱号：神话中雨师的名字。

[7]撰：具有。协胁：肋骨骈生。

[8]膺：接受。

传说上天制造了十二只"一身八足两头"的神鹿，这里即问为何鹿会接受这样的形体。人世间本来就有着各种各样的怪异，它们绝非常理可以贯通。比如《列仙传》中写了崔文子向王子乔学仙，王变为一条云气缠绕的白霓，给崔送来仙药，而崔在震惊之中挥起刀戈，击打白霓，结果不仅仙药落地，同时还有一具王子乔的尸体。崔把王的尸体用筐子盖上，只一会儿，尸体就变为一只大鸟，声声叫唤着飞走了。

王子乔死而复生的故事有些费解，因为这不符合阴阳消长的法则：阳气失去了，他本该死亡，为什么还能变成大鸟鸣叫？他原来的躯体又到了哪里？天上的雨神让那只大鸟降下雨水，那大鸟又究竟用什么办法兴起风雨？传说中的风神是十二只神鹿，模样怪异，一身八足两头，那为什么鹿会长出这样的形体？

这都是不灭的传说，然而听来言之凿凿。没有这些传说，就无以解释风雨雷鸣。

诗人疑惑的倒不是传说的真实，而是古人怪异的思路和奇妙的想象，是传说与史实的差距究竟有多远，是这些传说缘发的根柢究竟何在。诗人恍若感到：将偌大一个世界交给这些传说和想象去分解是多么危险！然而同样让诗人感到无奈的是，这一切传说早已经化为了永恒。他只能设问而不能更改。他失却了这样的权力。

  鳌戴山抃，[1]何以安之？
  释舟陵行，[2]何以迁之？[3]
  惟浇在户，[4]何求于嫂？[5]
  何少康逐犬，[6]而颠陨厥首？[7]
  女歧缝裳，[8]而馆同爰止；[9]
  何颠易厥首，[10]而亲以逢殆？[11]

【注释】

  [1]鳌：神话中的大海龟。戴：头顶。传说海中的仙山都是由巨龟顶着。抃(biàn)：拍手。这里指巨龟四足游动。

  [2]释：放弃。陵行：在陆上行走。

  [3]迁之：指神山迁移。

  [4]浇(ào)：寒浞的儿子。在户：户，门。在户，到门上去。

  [5]嫂：浇之嫂。据说是寡妇。

  [6]少康：夏代的中兴之主。逐犬：指打猎。

  [7]颠陨：坠落。

  [8]女歧：浇之嫂。

  [9]馆同：馆，房舍。馆同，即同馆。止：宿。

  [10]颠易厥首：少康派人夜袭，错杀了女歧。易，以此代彼，指杀错。

  [11]亲：亲近。殆：危险。

传说中，巨鳌顶起大山，而那座神山却始终稳定不动，连同陆地都由巨鳌负载。放弃了舟船到陆地上行走，又怎样迁移跋涉？更有甚者，那个与羿的妻子私通的佞臣，生了个儿子叫浇，浇竟然与嫂子私通；而夏朝的少康驱赶一群猎狗打猎，却顺便杀掉了纵欲妄为的浇。浇的嫂子为浇缝补衣裳，恣意骄奢，结果也掉了脑袋。

这就是从羿以来仍然没有完结的故事，仍然被流传的灾殃。它们之所以被流传，是因为不是发生在野，而是发生在朝，它们实在事关国运的兴衰。乱臣贼子妄为，必不会有好的下场。而当时的楚国，也急需少康这样的人物整饬。

至此，诗人的追问愈显得缜密细致，自然也更加繁琐曲折。掌故、流言、国运，纯粹的神话和神仙异术，囊括一体，表现了一种伟大的迷茫与洞察。紊乱琐屑之中，凸显了一种穷尽疑难、追索不止、执着顽强的性格。就在这历数疑问之中，那由于时光的漫长而显得模糊的往事关节开始显露；它们再一次在诗人的擦拭之下变得簇新发亮，暴露在世人面前。诗人让其经受阳光和现实的风雨，让其分解和风化，吹到楚国的土地上，为现实的升华和发展增加历史的养料。

汤谋易旅，[1]何以厚之？[2]
覆舟斟寻，[3]何道取之？[4]
桀伐蒙山，[5]何所得焉？[6]
妹嬉何肆，[7]汤何殛焉？[8]
舜闵在家，[9]父何以鱞？[10]

尧不姚告，[11]二女何亲？[12]

【注释】

[1]汤：疑为"浇"的误字。一说指少康。谋：筹划。易：整治。

[2]厚：增强实力。

[3]斟寻：古国名。

[4]道：方法。

[5]桀：夏朝末代君主。蒙山：古国名。

[6]何所得：得到了什么。

[7]妹嬉（mò xǐ）：夏桀的妃子。

[8]殛（jí）：诛灭。指灭夏朝。

[9]舜：古帝名。闵：忧闷。家：家室，妻子。

[10]鳏：无妻的男人。传说舜的父亲和继母虐待他，阻止他婚配。

[11]尧：古代帝王。不姚告：不告姚。不把配亲的事告诉姚家长辈。姚，舜属姚姓，这里指舜的父亲。

[12]二女：尧的两个女儿娥皇和女英。亲：依附。指尧把两个女儿嫁给舜这件事。

"汤谋易旅"一句的"汤"字有诸多争议。或理解为"佯装"，或读"浇"为"傲"。但无论如何，主语都应该是浇。他整顿队伍，究竟怎样使其壮大？他灭亡了斟寻两国，取胜的方法又是什么？浇是有穷国的君主羿手下大臣寒浞的儿子，骄奢淫逸。关于他的历史，在诗句中反复出现——或者是出于反复探讨的兴趣，或者是源于学者们经常疑惑的"错简"——竹简的错乱引起语义的含混、层次的紊乱。但这很难说影响了《天问》的总体美。从某种意义上讲，这反而加强了它的繁复之美，加强了它细琐曲折的审美倾向：或者干脆称之为"错简之美"。

与不义的浇取得胜利相似的，还有桀。他兴兵攻伐蒙山国，同样得手，但得到了什么，却不得而知。也就是伐蒙之役，夏桀得到了美女妹嬉。而一个柔弱的女子，究竟有什么恣意妄行，在后来受到了商汤的可怕惩罚？从诗句中可以看到，诗人对于女子在历史中的影响、她们所扮演的角色、她们的行为，比如宠幸、失意、受惩、婚嫁、易主，总是分外敏感，给予更多的记载和追问。

有名的贤君舜，年轻的时候曾为孤独失意而忧伤。那么主持婚姻大事的父亲为什么让他这样孤单？而尧帝却在未事先知会舜父的情况下，让两位女儿嫁给了舜。从这儿可以看出，与其说诗人对历史入迷，还不如说对人性入迷。因为人性决定了历史，改写了天道。儿女情长的力量胜过了军旅和刀剑。

诗人洞悉人性的奥秘，注意到了女子柔弱似水的性情，怎样改写和改变了强大的国运。他意识到在阴与阳、柔与刚的奇妙组合中，历史和战争的棋盘就常常紊乱并改变了。这些富有色彩、难于咀嚼的人情细节，使《天问》诸般重大的问题、宽阔的视角没有变得中空和失度，没有显得旷敞和大而无当；使宏大的追问变得柔和，富有人情味，具有了人性的温暖；同时也使千古谣传未止于虚幻，他几乎不经意地指出了它的爱恨悲欢，它是一段欲望交织的历史编年。暴君与狂人，贤帝与巨腕，有着相似的欲望与失意、亲幸和背弃，一切都留下了不灭的痕迹。

这使人想到诗人在其他诗章中，比如《九歌》之中所反复咏唱的神的爱恋，以及神与人的情感交流。天上人间，原来无一不是情感的世界，欲望的世界。正是它们，使整个世界变得轰轰烈烈，生气勃勃。茫茫大地，浩浩夜空，充溢其间的只是情爱与欲望。是它们促进了造化，筹划了生长，维持了延续，强化了旋转。一切再造之功都归于它们。

厥萌在初，[1]何所意焉？[2]
璜台十成，[3]谁所极焉？[4]
登立为帝，[5]孰道尚之？[6]
女娲有体，[7]孰制匠之？[8]
舜服厥弟，[9]终然为害。[10]
何肆犬体，[11]而厥身不危败？[12]
吴获迄古，[13]南岳是止。[14]
孰期去斯，[15]得两男子？[16]

【注释】

[1]萌：指贪欲初萌。

[2]意：通"臆"，预料。

[3]璜：美玉。十成：十层。

[4]极：至，尽。

[5]立：通"位"。

[6]道：即"导"，开始。尚：推崇。

[7]女娲：中国神话中一位造人补天的女神。人面蛇身，一日中七十变。

[8]匠：这里用作动词，造。

[9]服：顺从。弟：指舜弟象。

[10]终然：最终。为害：指象加害舜。舜娶尧帝二女，象很嫉妒，就千方百计地陷害舜。

[11]犬体：形容象如恶狗一样坏。

[12]厥：指象。

[13]吴：古国名。获：得。迄古：久远。

[14]南岳：指南方。一说指衡山。止：止境。这里是立国的意思。

[15]期：料想。去斯：去，一本作"夫"，夫斯，这样。

[16]两男子：指太伯和仲雍，吴国的两位开国君主。

诗人问：一切事物，当它刚刚萌芽时怎样做出预料？比如商纣建造了十层玉台，谁又能看透他的最终目的？他高高在上成为皇帝，人们推举他又有什么理由？作为历史上有名的暴君，纵观他们兴盛的历史，类似的感叹我们并不陌生。这究竟是因为天意，还是因为人世的糊涂蒙昧？是忽略了事情的萌芽，还是活该如此？如果一切都要追问一个因果和根柢，那将是难而又难。

再比如人面蛇身的女娲，这种怪异的形体到底是怎么造出来的，难道这不是天生的吗？是人力所能够改变的吗？诗人在这里又回忆起贤帝舜。当年他对异母兄弟象亲切和蔼，一腔手足之情，但最终象还是要加害于他。象像恶狗一样疯狂咬人，舜却没有招致危败。这是伦理的强大，是道德的力量吗？这里面就没有天命吗？我们隐隐听到诗人这样询问。

有一些成功和失败，其因果缘由都隐而不彰。比喻说吴国能够获得长存，屹立于江南，很重要的一点就是吴国获得了两位大贤大才。这里诗人又极大地肯定了人力，肯定了人道胜过天道。国家的长治久安与国君获取贤才忠良有着重要的因果关系。

在此，诗人不能不想到自己的命运——他对楚国而言是否是大贤大才？而今天的楚王被宵小围绕，楚国能够长治久安吗？自远古以来的体制变迁既如此浑茫，又如此清晰。诗人指认、追忆、佐证，还有长长的惊叹，连同费解，都记录下来，以证明不废的人心和天道。

> 缘鹄饰玉，[1]后帝是飨。[2]
> 何承谋夏桀，[3]终以灭丧？[4]
> 帝乃降观，[5]下逢伊挚。[6]
> 何条放致罚，[7]而黎服大说？[8]
> 简狄在台，[9]誉何宜？[10]
> 玄鸟致贻，[11]女何喜？[12]
> 该秉季德，[13]厥父是臧。[14]
> 胡终弊于有扈，[15]牧夫牛羊？

【注释】

[1]缘：衣服的边饰，引申为装饰。鹄（hú）：天鹅。鹄和玉都是鼎上的饰物。

[2]飨（xiǎng）：祭献。

[3]承谋：承受祖宗的德庇。

[4]灭丧：主语是夏桀。

[5]观：了解下情。

[6]伊挚：即伊尹。

[7]条放：从鸣条放逐。条，鸣条，地名。商汤在这里大败夏桀。致罚：致天之罚。"条放"，是传致上帝对桀的惩罚。

[8]黎服：黎，黎民。服，九服，即各方诸侯。黎服，黎民百姓和各方诸侯。说：通"悦"。

[9]简狄：传说中有娀（sōng）氏的美女。后成为帝喾（kù）的妃子，生契，契是商族的始祖。台：传说中简狄和她的妹妹住在九层高的玉台上。

[10]喾：传说中的古帝王。宜：同"仪"。此作动词，求偶。

[11]玄鸟：凤凰。一说燕子。致：送去。贻：赠。此作名词，礼物，指聘礼。

[12]喜：一本作"嘉"，吉祥得子之意。

[13]该："亥"字之误。亥是殷人祖先，契的八世孙。秉：通"禀"，承受。季：亥之父。

[14]臧：善，此作榜样解。

[15]弊：通"毙"。有扈：扈，"易"之误。有易，古代的一个部落。亥到有易放牧，被有易人杀死。

所有谋取天下的人，都无不对上帝表示敬畏，用最好的祭器，最精美的肉肴供献，结局却大不一样。

暴君夏桀同样接受了上帝和祖上的庇护，但最终还不是"灭丧"？剿灭暴桀的是商汤，暴桀的灭亡让民众大悦。他们究竟为什么喜悦？

这等于问为什么顺乎人心？看起来这个问号再简单不过，实际上又真的如此吗？历史常常被简化，因而也就被误解。一些细节因为缺乏目击者，或者因为目击者失去了记录的权力，我们也就丧失了历史的书记官。那么这种喜悦中到底埋藏了什么危机？包含了什么误解？也就不得而知了。人们只习惯于喊一声"暴桀"，随即省略了一切。众口一词，往往具有排山倒海的力量。

"暴桀"之"暴"，其根本缘故恐怕还是因为未得善终。而未得善终的缘故又相当复杂。只有胜者才不受谴责，因为谴责胜者所冒的风险往往要大得多。而胜者一切的得意和美事，似乎都是顺理成章。

在此，诗人又问到了那个有名的美女简狄。她曾住在九层瑶台之上，由一个叫做"喾"的古帝王把她娶走。"喾帝"必酷，且极为狡猾。他用凤凰给美女送去聘礼，当时那个美女真的就那么欢心？再比如殷朝的君主亥，一直秉承了父亲的美德，为人善良，最终却败走他国，放起了牛羊。这一切如果愿意追究，也就无有尽头，无有终结，会是永恒的悬案。

一个人即便有强大的悟性，其感悟的生发还是需要根据。流逝的时光宛如一条莽河，人们从哪里寻索这种根据呢？

干协时舞，[1]何以怀之？[2]
平胁曼肤，[3]何以肥之？[4]
有扈牧竖，[5]云何而逢？[6]
击床先出，[7]其命何从？[8]
恒秉季德，[9]焉得夫朴牛？[10]

何往营班禄，[11]不但还来？[12]

【注释】

　　[1]干：盾。协："干"一类的兵器。时：古同"是"，此作"其"解。舞：执盾起舞。

　　[2]怀：诱惑。

　　[3]平胁：肌肉丰满，使肋骨不显露。曼肤：肤色润美。

　　[4]肥：丰硕。古人以肥为美。

　　[5]牧竖：牧人。

　　[6]逢：指牧人碰上王亥正干淫乱的勾当。

　　[7]击床：指牧竖袭击王亥于床笫之间。

　　[8]命：命令。

　　[9]恒：王恒，王亥之弟。

　　[10]朴牛：仆牛，即服牛，驾车服役之牛。

　　[11]班禄：颁布爵禄。

　　[12]但：疑当作"得"。

　　同样是那个失败的王亥，他走向了末路之后，却像变了一个人一样。他败走有易国，沉迷女色，走入淫乱。这想必是一种绝望的表现。一个人绝望之后，常常寻求性的止痛药，然而往往也无济于事。

　　一个民族，一个人，当开始选择这一剂止痛药的时候，也就意味着真正的末路了。王亥最终丧命有易国。他的兄弟恒在亥死后显然有一场奔波，但也未见得建立什么大的事功。总之亥、恒二兄弟在有易国的磨难悲欢难以言说，有得有失。得势时勤躬，失意时淫乱，在两极徘徊。亡走有易国之后，他们并没有砥砺意志，卧薪尝胆。

"平胁曼肤，何以肥之"，这两句的主语，有的释为姑娘，有的释为牛羊。因为亥的淫乱并不产生疑问，所以主语应是姑娘——她们的身体如此丰满，肌肤润泽，而且肥硕漂亮。

那里适合放牧，显然水草丰饶。在这样一个国度里，亥、恒二兄弟也就很容易荒废事业。他们的选择合乎情欲，却有悖于理想。在这里，嗜好和理想发生了冲突。究竟是嗜好重要，还是理想重要？

昏微遵迹，[1]有狄不宁。[2]
何繁鸟萃棘，[3]负子肆情？[4]
眩弟并淫，[5]危害厥兄。
何变化以作诈，[6]后嗣而逢长？[7]
成汤东巡，有莘爰极。[8]
何乞彼小臣，[9]而吉妃是得？[10]
水滨之木，[11]得彼小子。[12]
夫何恶之，媵有莘之妇？[13]
汤出重泉，[14]夫何辠尤？[15]
不胜心伐帝，[16]夫谁使挑之？[17]

【注释】

　　[1]昏微：上甲微，亥之子。遵迹：遵循祖宗的行迹。

　　[2]有狄：即有易。

[3]繁鸟萃棘：很多鸟集中在荆棘上。这是一个古代典故，表示两性关系的隐语。用此典故，比喻众目睽睽，丑行难饰。萃，集中。

[4]负：背弃。肆情：放纵情欲。

[5]眩：眼花，引申为糊涂、昏乱。

[6]诈：奸诈。

[7]逢长：兴旺而久长。

[8]有莘：古国名。爰极：乃至。

[9]小臣：指伊尹。

[10]吉：美好。

[11]水滨之木：传说伊尹的母亲住在伊水边上，怀孕时伊水泛滥，母溺死，化为空心桑树。水退后，人们听到婴儿哭声，就从空桑中抱出伊尹，献给国君。

[12]小子：指伊尹。

[13]媵：陪嫁的奴婢。这里作动词，指当作奴隶陪嫁。

[14]重泉：地名。

[15]皋：通"罪"。尤：罪名。

[16]胜心：使人心顺服。一说，胜心，指好胜心。伐：讨伐。一说，称功，夸耀。帝：夏桀。一说，指上帝。

[17]挑之：挑，激怒。之，代夏桀。传说汤欲讨伐夏桀，但未得到众人的顺服。于是伊尹献计激怒夏桀，使其失去人心，然后加以讨伐。一说，"挑之"是"挑起汤灭夏之念"的意思。

到了亥的儿子上甲微这一代，其行为就活像当年的亥了。正因为他，有易国的人民再也无法安宁。但这里上甲微必有事功在先，即他用某种办法征服了有易国，于是才有能力危害有易国的人民。这个胜利者纵欲忘情，很像他的先辈，一塌糊涂不得善报。而就是这样乖戾奸诈的人，他们的后代却如此兴旺长久。

这里，诗人非常重视得意与失意者对女人的态度，并不视其为生活小事。他联想到成汤到东部地区的一次视察：他一直走到有莘，本来在这个地方有求于一个小臣，结果却得到了一个高贵的姑娘。按照《吕氏春秋》的记载，这个小臣叫伊尹，是在水边的一棵空心桑树中被一个姑娘捡到的。如今，他成了这个女子的陪嫁物。

当年暴桀把成汤拘押在重泉，他又犯了什么罪过？汤与桀之间就这样结下了怨仇。汤要起兵讨伐暴桀，就必须挑起事端，那么这个过程又是怎样？旧事萦回，林林总总，琐屑不已。

从空心桑树到小孩的抚养，暴桀与汤王的结怨，全部纠合在一起。只有深通事物奥妙的人，才能采取如此视角。因为事物的真相原本就是这样参差错落，互为因果。也只有这样理解历史，理解转折的变故，才会接近真相。也就是这样的设问和不厌其烦的重述纠葛，才能显出历史的丰腴。诗人谈论众说纷纭的商朝，却重述了一个又一个小故事。这些小故事环在一起，不能分解；而弄通这些小故事，需要花费无穷的工夫，既得治史，又得治神话，还要焕发极大的想象力。更早的一些古人，他们的嗜好、偏执、狂暴，惊人的鲁莽和惊人的智慧，以及耸人听闻的淫乱，都交织在这一个个小故事里。

这就是商朝，承前启后的商朝。

从这儿，可以看出王朝和帝国之间的反射投影，它们似曾相识。尽管它们改变了年号、法度，甚至是语言和服饰，但有些最基本的东西却没有改变。

> 会鼌争盟，[1]何践吾期？[2]
> 苍鸟群飞，[3]孰使萃之？[4]
> 列击纣躬，[5]叔旦不嘉。[6]
> 何亲揆发足，[7]周之命以咨嗟？[8]
> 授殷天下，其位安施？[9]
> 反成乃亡，[10]其罪伊何？

【注释】

[1]会鼌（zhāo）：鼌，通"朝"。会鼌，史称甲子之朝，各路诸侯在殷郊牧野盟誓，当天攻下殷都。

[2]吾：指周，以周的语气说话。一说，疑是"晤"字之残。

[3]苍鸟：鹰，喻各路诸侯。

[4]萃：聚集。

[5]列：分解。一说，通"烈"，猛烈。躬：身体。

[6]叔旦：周公旦。嘉：称赞。

[7]揆：猜度。发：武王名。足：完成。

[8]咨：叹息。此疑代指怀柔政策。

[9]位：王位。

[10]反：当从一本作"及"，等到。成：促成。乃：副词，却。

在历史上周武王伐纣，八百诸侯到盟津与武王会师，在甲子日这一天，各路诸侯攻下了殷都。这当然是一个历史性的大事件，被后来的史书谈论不休。可是任何大事件都隐去了一些细节和微妙关节，比如各路诸侯怎样履行武王的约期？在当年，那些将士凶猛如群鹰，飞翔搏击，桀骜不驯，又是谁、是什么力量使其能够在这一历史的机会中凝聚一起？还有，纣王已死，武王却去砍击他的遗体，他这样做周公就不赞许。从这里，可见周公与武王的区别。周公心存内在的尺度。

整个的过程，周公一直帮武王谋划。纣的灭亡本来是顺应天命，而完成天命的时候，周公却又发出了叹息。此处甚为微妙。这等于一个人发现了为之奋斗半生乃至终生的事业，却正在走向理想的反面！巨大的遗憾和内伤裹在其中，这种痛苦是难以言明的。

在这里，武王砍击失败者的遗体之举就流露出胜者的偏狭、阴鸷和争夺者的恶习。而周公对此举的不赞许，就显出了他的明净。对于武王而言，周公有着绝对的道德优势，二者胸襟和气度区别甚大。这里有诗人伟大的洞察，同时又反映出写作学上细节的力量。由一个微小的局部，迅乎转向谋国与天命、胜利与叹息这样一些至大至远的问题。

接着又是最后的总结和追溯。上帝把天下授给了殷王朝，其根据是什么？又为什么殷王朝建成了，而上帝又听任它灭亡？殷朝的罪过，其主要的方面又在哪里？

这里，诗人并没有把一个王朝灭亡的原因简单化。而我们更多地看到后人在总结失败者的时候，使用的是既肯定又逻辑凿凿的语气——既然那样，就必然如此；并且例举事件，寻觅主客观原因，然后一言以蔽之——事物的真相往往并非那样简单，多行不义也未必自毙，昏聩小人也难保就不长久。各种力量可以纵横交织，矛盾的双方可以彼此胶着。有相持，有敌对，有合作，还有在某一时期的和谐统一。罪恶在一定的情势下可以覆盖，甚至会以相当完美的形式表现出来；而暴虐有时候又可以遮蔽善行。善与恶在哪里分界，在哪里汇合，又在哪里抵消？

在诗人的设问中，我们隐隐感到他渴求着辩证。只有辩证，才能排除片面。而片面是无处不在的，正是片面造成了误识。

> 争遣伐器，[1]何以行之？
> 并驱击翼，[2]何以将之？[3]
> 昭后成游，[4]南土爰底。[5]
> 厥利惟何？[6]逢彼白雉？[7]
> 穆王巧梅，[8]夫何周流？[9]
> 环理天下，[10]夫何索求？
> 妖夫曳衒，[11]何号于市？[12]
> 周幽谁诛？[13]焉得夫褒姒？[14]

【注释】

[1]伐器：作战的武器，指部队。

[2]翼：两侧的部队。

[3]将：统率。

[4]昭后：周昭王。

[5]南土：指楚国。爰：乃，于是。底：至。昭王南游，据说淹死于汉江。

[6]利：贪求。

[7]逢：迎取。白雉：白色的野鸡。

[8]穆王：西周第五代国王。巧梅：谓善于驾驭。梅与"枚"通，马鞭。

[9]周流：周游。

[10]环理：理，借作"履"，行。环理，即周游。

[11]妖夫：夫，是夫妇的省略，指收养褒姒的夫妇。曳衒（xuàn）：携带着东西到处夸耀。衒，同"炫"。

[12]号：叫卖。

[13]周幽：周幽王，西周最后一位君主。

[14]褒姒：周幽王的王后。

还是具体到讨伐纣王的那场战争。当年八百诸侯都争着派遣部队，这些力量究竟如何调集？这种空前的积极性，协调一致的步伐，令人快慰也令人生疑。大势已成，何等快之。这就是所谓的墙倒众人推。不过追究这场战争的一些细节也颇有趣，可以设想：当时的部队并驾齐驱，形成两翼夹击之势，那么各自部队的统帅又是怎样运作？

到了西周第四代的周昭王，统领重兵，南巡到了楚国的境地，那一次他却丝毫没有讨到便宜。当年的周昭王征伐楚国，作战于汉水，突然天色阴沉，鸟兔四窜，结果周昭王的军队大败。这一次南方征讨满足了什么贪求？据说当时的楚人曾经欺骗他，说要向他献上一只白色的野鸡。难道堂堂一个周昭王，真的就为一只白色的野鸡走向了失败的南方吗？

一只鸡毁了一个帝王，这里面却没有调侃。

到了第五代君主周穆王，却是一个驾马驱车的好手，喜欢游览。他四方游走，到底在寻觅什么？这些君主帝王，他们的脾性和爱好竟是如此不同。到了西周最后一代君主周幽王，得到了一个惊世骇俗的美女褒姒，结果贪恋美色，不理朝政，最后莫名其妙地被诛杀。

从"会鼋争盟"，到最末一代君主"周幽谁诛"，从"苍鸟群飞"到"美女褒姒"，这其中经历了多少兴衰变故，耗去了多少流光逝水。这里面有风驰电掣的骑兵队伍，又有妖人夫妇当市的叫卖——传说伟大的周朝一旦遇到"桑木弓"和"箕木袋"就会灭亡，恰巧这对妖人夫妇当时叫卖的就是"桑木弓"和"箕木袋"。于是后来有了美女褒姒，美女褒姒又使西周朝灭亡。

当一个美女是多么不幸，当一个惊天动地的美女也就更加不幸。一般红颜尚且薄命，像褒姒这样的美女又该怎样？她带着永世的非议，无人为她正名，只有诗人在这儿写下了她的名字，并对她的归宿和过程提出了疑问。传说宠爱褒姒的周幽王为博得美女一笑，不惜连连点燃烽火台，于是造成了后来的西周灭亡。如此看来，这是一个昏聩的国王面对一个美丽的女人。昏聩如此，美丽如此。怪罪美丽还不如斥责昏君，如此昏君统治的帝国又有什么意义？褒姒的美是永存的，而帝王社稷都是一些似曾相识的东西，它们的建立、延续，说到底都非常概念化，从兴盛到衰败的轮回，很难有什么新意。而褒姒却不是一个概念，不是一个庸常。褒姒的美可以征服帝国，可见当时的帝国是丑的。丑陋帝国的消亡，原不足惜。

　　天命反侧，[1]何罚何佑？[2]

齐桓九会，[3]卒然身杀。[4]

彼王纣之躬，[5]孰使乱惑？

何恶辅弼，[6]谗谄是服？[7]

比干何逆，[8]而抑沉之？[9]

雷开阿顺，[10]而赐封之？

【注释】

[1]反侧：反复无常。

[2]佑：神的福佑。

[3]齐桓："春秋五霸"的第一个霸主齐桓公。九会：九次会盟诸侯。

[4]卒然：终于。身杀：犹言身亡。

[5]之躬：之，这。之躬，这个人。

[6]辅弼：弼，义同"辅"。辅弼，能起辅佐作用的贤臣。

[7]服：任用。

[8]比干：纣的大臣，因谏纣王而被杀。逆：触犯。

[9]抑沉：压制埋没。

[10]雷开：纣王时的奸臣。阿：当作"何"。顺：顺从。

诗人反复地叹息天命，不明白它究竟护佑谁惩罚谁。在这里诗人例举齐桓公，指出他曾经九次会盟诸侯：这有点儿像周朝的那次会盟；但同样的会盟，而且是九次，最后齐桓公还是落了个"卒然身杀"的结局。再说殷纣王，他的性情残暴，糊涂和昏庸竟达到了这样的程度——是谁，是什么因素使他变成了这样？当年他厌恶疏远辅佐他的贤臣，却重用那些佞臣小人，这到底是为什么？有名的忠臣比干到底怎样触犯了他，遭到他的压制和埋没？那个大奸臣雷开倒是俯首帖耳，结果就受到了纣王的赏赐和拜封。

有时候因果并不难寻，难寻的是为什么会形成这些因果。

在后来显而易见的一些事情，在当年却混乱得难以置信。特定的时空有着特定的逻辑，所以理解往事才变得如此困难。心障形成了眼障，在眼障的情况下，人要清晰地看待事物是极为困难的。每个人都生活在情与境的综合制约之中，人要清晰明达，就必须既借助于情境，又能够超然于情境。

诗人在写到"比干何逆"一句时，不能不想到自己的命运。比干的"而抑沈之"，与自己目下的境况是何等相似。楚怀王时期也有"雷开"和"比干"，难道他们的命运也将完全相同吗？这真是让人不寒而栗的预想。但是诗人拿来警策楚怀王之流的是殷纣。

殷纣的结局又是什么？是被胜利者砍击遗体，是"会鼌争盟"之后的灭亡。

> 何圣人之一德，[1]卒其异方？[2]
> 梅伯受醢，[3]箕子详狂。[4]
> 稷维元子，[5]帝何竺之？[6]
> 投之于冰上，鸟何燠之？[7]
> 何冯弓挟矢，殊能将之？[8]
> 既惊帝切激，[9]何逢长之？[10]
> 伯昌号衰，[11]秉鞭作牧。[12]

何令彻彼岐社，[13]命有殷国？[14]
迁藏就岐，[15]何能依？[16]

【注释】

[1]圣人：指纣王的贤臣。一德：共同的道德品质。

[2]卒：结局。异方：不同的方式。

[3]梅伯：纣王的大臣，忠直不阿。醢："菹醢"的省文。菹醢是古代的一种酷刑，把人剁成肉酱。

[4]箕子：纣王的叔父，忠谏纣王不被接纳，而披发装疯。详狂：同"佯狂"。

[5]稷：后稷，名弃，传说是周的始祖。元子：长子。

[6]帝：帝喾（kù）。竺：通"毒"，憎恶。传说帝喾正妃姜嫄因踩着巨人的脚印而怀孕生稷，喾以为不祥，一再抛弃他。

[7]燠（yù）：暖。

[8]殊：特异。能：才能。将：统率。后稷在尧时曾任司马。

[9]惊帝：惊动上帝，即使"上帝不宁"。切激：深切激烈。

[10]逢长：壮大兴盛。

[11]伯昌：周文王。号衰：号令于衰微之世。

[12]秉鞭作牧：比喻执政，为国事操劳。一说即执鞭放牧，史称文王亲自参加劳动。

[13]彻：毁坏。岐社：周族建在岐山的宗庙。

[14]命：受天命。

[15]藏：财物。

[16]依：归。

诗人认为圣人都有相同的美德，而结局却不相似。敢于直谏纣王的梅伯，大概算是一位圣人了，结果却被纣王剁成了肉酱。据《史记》记载，箕子算是纣王的亲戚，也因梅伯之祸吓得装疯卖傻。诗人在这里对谏死敏感，他本人就多次受到直谏之害。梅伯的例子是极端的，所以在这里被特意提出，具有非同寻常的意味。既然有了最残酷的例子，对于诗人而言，直谏楚怀王的现实，也就并不可怕了。

君与臣之间的奇特关系不太好理解，因为这里面往往含有对人性最大程度的考验和展现。箕子是纣王的亲戚，尚且那样恐惧而拘谨。更有甚者，当年的后稷是帝喾的儿子，而喾却厌恶他，以为不祥，一再地抛弃，好不容易才活了下来。其原因不过是喾的妃子姜嫄，当年一次行走的时候踩着巨人的脚印而心动——这时候怀孕生下了稷。这是《诗经》中的记载。

因为配偶踩着巨人的脚印而怀孕，就这样恐惧忌恨。如果真的是史实，这该是多么深刻。一个帝王怎么会允许自己的女人踏着巨人的脚印，这似乎意味着她在复制巨人。即便只是一种象征，也过分刺激。至于巨人的脚印让女人心动，这个女人也必定不凡。崇尚巨人，从巨人的身躯到精神；她接受了强烈震撼，而给予对照的，恰是她身边的世俗帝王。在这样的情绪下生出的儿子，就不由得让帝王疑惧和忌恨。所以后稷一生下来就被抛在冰上，幸亏有群鸟给予温暖和保护。

这个后稷成长起来，持弓打仗，并获得了指挥大权。令诗人费解的是，就是这样的一个人，最终却为帝王容忍下来而且兴盛长久。

后稷的命运引起诗人的深长思索——从出生到作为,似乎都有些耐人寻味。他尽管最初使帝王惊惧并被抛弃,但毕竟还是帝王的血脉嫡生,所以活了下来,并且建立了自己的功业,得以发挥自己的才能。如果换了其他人呢?那么即便有此殊能,依然前途未卜,遭到更大的厄运,也不会让人感到奇怪。

在此,不能不使人想起楚怀王以及他的继承者与诗人的特殊关系。那种特别的情感和友谊还不足以确保诗人远离灾殃,因为诗人有迷人的"内美",直谏的勇气,那种绝对不同凡俗的纯洁——鲜花一样美丽、兰草一样芳香的气质。是这些,使他显得形单影只,这真是俗雅有别。好像命运在人一出生的时候就各自确定了,连上天都不能更改。

当年的周文王号令天下,正逢殷商衰败之时。那时的周文王执掌大权,真有一扫腐朽之势。他驾驭局势就像手持鞭子放牧一样,毁了宗庙,取代了殷商,带着多年的财产积累迁居岐山,而百姓一直跟随。这是一种何等的力量,不仅有武功,而且还有文治,有道德——是这些加在一起的力量。他的力量之大,使诗人感到迷惑。

这样的盛况,也许诗人相信不会再出现了,特别是在他所置身的楚国。今非昔比,道德不同,功业也不同。

此时的诗人,以他的荒凉心情,还能够回忆什么?他只能咀嚼历史,从中寻一些重大发现和细枝末节。

河流从一张痛苦而痉挛的思维之网里流过,滤出了万千滋味,大小事件。而且这些事件和细节还在不断地堆积。

殷有惑妇，何所讥？[1]

受赐兹醢，[2]西伯上告。[3]

何亲就上帝罚，[4]殷之命以不救？[5]

师望在肆，[6]昌何识？[7]

鼓刀扬声，[8]后何喜？

武发杀殷，[9]何所悒？[10]

载尸集战，[11]何所急？

伯林雉经，[12]维其何故？[13]

何感天抑地，夫谁畏惧？

【注释】

[1]惑妇：指妲己。讥：谏。"何所讥"犹言"不可谏"。

[2]受：纣王名。

[3]西伯：周文王。

[4]亲就：亲受。纣王灭绝人性，等于自讨上帝的惩罚。

[5]以：同"用"，因而。

[6]师望：吕望，姜太公，吕望曾为太师，所以称师望。肆：店铺。

[7]昌：姬昌，周文王。

[8]鼓刀：敲刀。鼓，鸣。

[9]武发：周武王。

[10]悒（yì）：忧郁，这里是愤恨的意思。

[11]尸：木主，即灵牌。据说文王死后，武王把文王的灵牌载于兵车，

去征讨纣王。

[12]伯林：谓晋太子申生自杀之事。雉经：缢死。

[13]维：语助词。

一再从诗人脑际划过的，是那个纣王超出想象的残暴。纣的帝位和权力，以及可怕的结局，引起诗人的分外警醒。纣王有迷人的宠妃妲己，传说她是狐狸所变，这当然是因为她过于可爱和美丽，就像当年的褒姒一样。担当恶名的，只有美丽的女人。只要她们的美丽伴随着一个王朝的衰亡，那么美丽不但不被人纪念，反而一定会被人诅咒。仿佛一切都毁在这美丽上了。正因为美丽遮住了一切，满足了一切，纣王对所有的直谏和规劝都听不进去了。文王在当年接受纣王分赐的肉酱时，也必定向其做过劝阻——但既有如此暴君，王朝的命运已然注定，谁也无法挽救了。

懂得如何任用贤才、能够从善如流的周文王，特别打动了诗人。当年的姜太公沦落市井，文王还是找到了这个非凡人物。姜曾摆弄屠刀大声呼叫，文王听后还是同样喜欢。就是这样一个文王，后来的武王讨伐纣王时，还用车子拉着他的灵牌以激励自己，强化自己的决心。

诗人激切的思路纵横驰骋，由文王而武王，然后又是晋献公太子申生的自杀。他追索其中的原因：太子之死感天动地，那么对他的死，有谁感到了畏惧？

诗人在设问中存疑，畏惧者必定与自杀者的死因紧密相连。朝代更迭，相伴君侧竟是如此恐怖。在这儿很容易就身败名裂，留下千古奇冤。诗人在这里或许埋下了一个叹息，即自己离帝王太近，又处于一个急遽变革的时代，难免招致杀身之祸。这时他的思维充满了矛盾，在各种对比参照和纵横罗列中，竟一时不知如何是好。

各种问号奔突而至，它们有时不免衔接突兀。历史跨度既大，事件反复跳动——每逢这时，研究者就以为"错简"。实际上，诗人如此命运，如此情态，在心中翻阅千年历史，打发寂寥愤懑，刻下无尽悲欢，想得太多太远，时有恍惚错乱也远不足为奇。如果说是"错简"，那么原本在诗人脑海中就已经错乱了，而不需经历地下千年的沤制。

这种错乱反而造成一种浑茫和纠缠交错的风格。这恰恰是《天问》一个了不起的美学特征。

皇天集命，[1]惟何戒之？
受礼天下，[2]又使至代之。
初汤臣挚，[3]后兹承辅。[4]
何卒官汤，[5]尊食宗绪？[6]
勋阖梦生，[7]少离散亡；[8]
何壮武厉，[9]能流厥严？[10]
彭铿斟雉，[11]帝何飨？[12]
受寿永多，夫何久长？

【注释】

　　[1]集命：集禄命而授之，即授予天下。

　　[2]礼：通"理"，治理。

[3]汤：商汤。挚：伊尹。

[4]兹：进而。

[5]官汤：在汤处做官。

[6]食：指享受祭祀。宗绪：宗族，这里指祭汤的宗庙。

[7]勋：功勋显赫。阖（hé）：吴王阖闾。梦：吴王寿梦。生：古"姓"字，指长孙。阖闾是寿梦的孙子。

[8]少：少年。离：通"罹"，遭遇。

[9]武厉：勇武猛厉。

[10]流：流播。严：原作"庄"，杀伐，这里指战功。

[11]彭铿：彭祖。斟：用勺子舀水，引申为调和，此指烹调。

[12]飨：享食。

当时的人都有一些神秘的想象，而这些想象长久以来又形成了固定格式，难以改变。他们固执地认为：帝王的权力是上天赐予的，那么帝王的所作所为，兴衰变异，都应该由上天来定。既然如此，上天在赐予帝王权力的时候就要告诫在先。既然他们是受命治理天下，上天为什么又常常更换和取代他们？

这种对于神灵的极端敬畏，在诗章中比比皆是。这是诗人理解政治和社会生活的一个重要前提和根本依据。这种依据在诗人看来绝不会错，尽管也时常质疑。

这种质疑，在今天变成全然不信。但是今天对于上帝的完全漠视以至于抹煞，也未必就是好兆。现代人完全漠视冥冥中的力量，把一切无知和费解之物一概斥之为迷信。如果上帝作为一个概念，理解为未知的制约之力笼罩之力、强大的客观力量、神秘的能源——理解为这一切，以作为现代技术时代的巨大参照，也许更好。如今在世界各地数不胜数的飞碟事件、史前文明的发现，已完全不是现代物理学所能解释的东西。作为现代人，我们也许不应止于《天问》的一百七十多个问号，而应思考更多。

一些幸运的小臣引起了诗人的思忖。比如当初的伊尹，起初只是一个不起眼的人物，后来却成为汤王的重要辅佐。他最终为王朝效劳，以至于在宗庙中世世代代享受祭祀。这是何等的荣耀。还有吴国寿梦子孙，从小遭受排挤流亡，到了壮年却英武奋发，声名赫赫。那个有名的长寿的彭祖，曾献出鸡汤，帝尧为什么乐于享用？他到底能活多久？还要一直活下去吗？

一个人的命运就是如此难料。从不得志的臣僚到长寿的彭祖，难道都要取决于天命吗？如果真是这样，诗人也就无计可施了，只好安于命运。在这儿，长寿的彭祖和鸡汤连在一起，让人神往。像这样一个善于熬制鸡汤的人，最终活到了八百岁；而那些争夺权力显赫一时者，却没有几个颐养天年。命运多舛的诗人对于长寿的彭祖而言，只是短短一瞬；可见长寿对于诗人也充满了诱惑。

这些质疑和设问中埋藏着多种选择——彭祖一途只是一闪而过，它与精神至上、浪漫气十足的诗人格格不入。

中央共牧，[1]后何怒？[2]
蜂蛾微命，[3]力何固？[4]
惊女采薇，[5]鹿何祐？[6]
北至回水，[7]萃何喜？[8]

兄有噬犬，[9]弟何欲？

易之以百两，[10]卒无禄。[11]

【注释】

[1]中央共牧：传说中原有两头蛇争食牧草，相互撕咬。一说是指一些诸侯共同治理周王朝。

[2]后：泛指君主。一说是指周厉王。

[3]蛾：当作"蚁"。

[4]固：巩固，这里是指生存下去。

[5]惊女采薇：应是"采薇惊女"。伯夷、叔齐隐居首阳山，采薇充饥。有位妇女对他们说："这薇也是周的草木啊！"从此，他们连薇也不吃，最后饿死。

[6]鹿何祐：传说有白鹿给伯夷、叔齐哺乳。

[7]回水：指河曲之水。

[8]萃：聚集。指兄弟相聚隐居。一说，"萃"是"停歇"之意。

[9]兄：指秦景公。噬犬：咬人的狗。

[10]百两：指百辆战车。

[11]卒：终于。无禄：失去禄位。

有一些小动物、小事件，也许会引起大的启示。比如传说中有两头蛇在中原争咬一种草，周厉王看了却感到震怒。像蜜蜂和蚂蚁一类那么微小，却具有顽强的韧性。像伯夷兄弟当年采薇，受到了女人讥讽，正在绝望之时，神鹿却保佑了他们。神鹿为什么来到了首阳山？又为什么喜欢在这里停留？这似乎也充满了奥秘和偶然。

还有当年的秦景公有一条咬人的恶狗,他的弟弟为什么偏要得到,甚至用一百辆战车去交换,最后却弄得连爵位也丢失?

蛇、蜜蜂、蚂蚁、鹿和狗,这些动物连接着一些有名的事件,所以不能被人忽视。动物在这儿变得神秘,富有魅力,它们已经融合在周朝的演变之中。救了伯夷兄弟的神鹿是白鹿。而秦景公和弟弟一心要搞到手的那条恶狗,也想必不凡。狗与人的关系自古以来就格外密切,它们已成为经典性动物。

"中央共牧"一句,有人理解为在当时的历史条件下共同治理周王朝之类,但联系下面的蜂蚁鹿狗,还是理解为传说中的两蛇争食更为贴切。

薄暮雷电,[1]归何忧?
厥严不奉,[2]帝何求?
伏匿穴处,[3]爰何云?
荆勋作师,[4]夫何长?[5]
悟过改更,[6]我又何言?
吴光争国,[7]久余是胜。[8]
何环穿自闾社丘陵,[9]爰出子文?[10]
吾告堵敖以不长,[11]何试上自予,[12]忠名弥彰?[13]

【注释】

[1]薄:迫近。

[2]厥严:指楚国的威严。奉:奉持,保持。

[3]伏匿穴处：隐居山洞。此说自己遭到排斥，退居山野。

[4]荆：楚国。勋：功勋。作师：兴兵。

[5]长：指国运久长。

[6]更：改。

[7]吴光争国：吴光，即吴王阖闾。这里指吴王阖闾曾于楚昭王时攻破郢都，打了五次胜仗。

[8]久余是胜：屡次战胜我们楚国。

[9]环穿自闾社丘陵：指男女幽会的经过和地点。闾和社，都指村子。

[10]爰：乃。出：生出。子文：楚成王的令尹，由其母与表兄私通而生。

[11]堵敖：楚文王之子，曾继承王位五年。

[12]试：通"弑"。上：指堵敖。自予：自己取代君位。这里是指成王杀兄自立。

[13]忠名弥彰：指成王杀兄自立后，向周天子进献物品，得到周天子的礼遇。

《天问》接近尾声，质询逼近诗人自己。"薄暮雷电，归何忧？"诗人正为自己对归来生出如此的忧愁而感到疑惑。既然楚国的威严已无法保持，对上天也就不必苛求。遭到放逐，隐居山洞，也就不必再说什么了。诗人对楚国的命运并不看好，但对楚怀王在某一天的觉悟和改过却仍抱有期望。吴楚长期争战，吴国却多有获胜，在诗人看来这都是非正常事件。

就在这样的设问之中，却又忽然想起楚令尹贤人子文是一对淫乱男女所生——他们穿墙幽会，在村头丘陵野合生了孩子。这样苟且的行为却有这样的好结果，诗人也感到费解。楚文王死后，堵敖继承了君位，其弟成王杀他而自立，却得到了一个忠信的名声。

至此，一百七十多个设问戛然而止，言犹未尽，让读者不知所之。宏文巨制，竟能如此结束，若非错简，也是特意手笔。

仔细想来，交错设问，原本就没有终点。举重若轻的落定，反而是最好的招数。这里没有刻意求工的痕迹，与它开篇的工整、隆盛和郑重相比，结尾倒显得特别草率。而这种草率却强化了一种悲凉无望、喃喃自语以至无声的感觉，强化了对命运、国运、功业、人事等天地人神万般事物的不确定性和浑然苍茫无解的那种感觉。

就此，诗人塑造了一个伟大迷惘者的形象。

伟大的关怀才有伟大的迷惘，无穷的追问才导致了迷惘。然而这迷惘，比起墨写的历史却显得更为睿智和清晰，而且光华四溢，美不胜收，天地万象都囊括一体。

读《九章》

·惜　诵

惜诵以致愍兮,[1]发愤以抒情。
所非忠而言之兮,[2]指苍天以为正。[3]
令五帝以折中兮,[4]戒六神与向服。[5]
俾山川以备御兮,[6]命咎繇使听直。[7]

【注释】

[1]致:表达。愍(mǐn):内心忧苦。

[2]所:如果。

[3]正:通"证",证明,作证。

[4]折中:判断。

[5]向服:对证事实。

[6]俾:使。备御:备,陪伴。御,侍。备御,相当于陪审的意思。

[7]咎繇:皋陶,舜时的立法官。听直:听取是非曲直。

这是诗人最痛苦的时刻,郁愤在胸中积累,难于容纳,即将崩溃。为了自拔，为了阻止那个结局，他唯有倾诉。然而，又没有倾听者。

尽管诗人一开始就使用了确凿的口吻，但仍能让人感到他在以怀疑的口气说服自己。诗人需要平衡，以对付充满劫难和跌宕的命运。这种追溯和诉说充满了忧思、愤懑。由于关系到生存和死亡，所以在陈述之初，诗人就"指苍天以为正"，甚至请五帝来公平判断，请六神来对质澄清，让山川之神陪审，让最贤明的君主舜的法官辨明是非。

如此隆重、严厉、审慎，完全称得上是一场审判。当然，这首先是对自我的审判。怪不得有人将"诵"视为"诉讼"的"讼"。但这里的"诵"实在只是"陈述"的意思，是吟味的意思。自我吟味，声音低沉，却是发愤以抒情。诗人只有冲破心狱，方可生存。这一场陈述，的确是性命攸关之举。

他惨遭流放之后，不仅失去了物质上的依托，更重要的是失去了精神上的依托。他的境地不仅尴尬、危厄，而且是绝对孤单。无人倾听，无处申辩，却仍在一种情结里不能自拔。最可怕的是，他完全清楚这会造成怎样的伤害，但又无力自救。于是，"惜诵"就成了一种求助手段。

> 竭忠诚以事君兮，[1]反离群而赘肬。[2]
> 忘儇媚以背众兮，[3]待明君其知之。
> 言与行其可迹兮，情与貌其不变。
> 故相臣莫若君兮，[4]所以证之不远。[5]

吾谊先君而后身兮，[6]羌众人之所仇也。
专惟君而无他兮，[7]又众兆之所雠也。[8]
壹心而不豫兮，羌不可保也。[9]
疾亲君而无他兮，[10]有招祸之道也。

【注释】

[1]竭：尽力。

[2]赘肬（yóu）：多余的肉瘤。比喻为众人所不容，被看成累赘而受排挤。

[3]忘：通"亡"，无。儇（xuān）：轻佻。媚：谄媚。

[4]相：观察。

[5]证：验证。不远：指君臣朝夕相处。

[6]谊：同"义"，正当高尚的行为，这里作动词用，即主张的意思。

[7]惟：思念。

[8]众兆：指朝廷上的群小。雠：同"仇"。

[9]保：自保。

[10]疾：急切。

与《离骚》反复宣称和强调的一样，这儿仍是对国君的竭尽忠诚。国君当然还是指楚怀王，诗人心中不灭的"美人"。千头万绪的怨楚，实际上简明如一，即"美人"对自己的误解、因忠诚而招致的忌恨。诗人从不轻佻取宠，以至于引起群小围攻，谗言致祸。

在这里，忠君成为判断是非曲直的最重要的前提。

众人所仇视的无非是他总是先君而后己，总是一味忠诚。忠君成了诗人生命中最重要的内容。诗人在这里不无觉悟地提到，他只思念国君而不管别的，所以与众人把仇恨结下。为了忠君，一切都不在话下，都不管不问。既然如此，结局应是有所意料的。而且他还想到，因为他的心志专一毫不犹豫，所以也就不能保全自己，这样一来国君就成了唯一的护佑。一旦失去了这个护佑，那么他就一无所有。

他悲叹："疾亲君而无他兮，有招祸之道也。""疾亲君"，即急切地亲近国君。这是一种彻底的依附。诗人之所以对这种依附并不觉得难堪，是因为他信奉一个从未怀疑过的原则。

> 思君其莫我忠兮，忽忘身之贱贫。[1]
> 事君而不贰兮，迷不知宠之门。
> 忠何罪以遇罚兮，亦非余之所志也。[2]
> 行不群以巅越兮，[3]又众兆之所咍也。[4]
> 纷逢尤以离谤兮，[5]謇不可释也。[6]
> 情沉抑而不达兮，又蔽而莫之白也。[7]
> 心郁邑余侘傺兮，[8]又莫察余之中情。
> 固烦言不可结而诒兮，[9]愿陈志而无路。[10]
> 退静默而莫余知兮，进号呼又莫吾闻。
> 申侘傺之烦惑兮，[11]中闷瞀之忳忳。[12]

【注释】

[1]贱贫：身份低微。屈原出身王族，但非宗支，较疏远，或已没落。

[2]志：预料。

[3]行不群：行为与群小不同。巅越：跌倒，指失败。

[4]咍(hāi)：讥笑。

[5]纷：多貌。尤：责怪。

[6]謇：言辞。释：申辩。

[7]蔽：遮蔽。这里是阻碍压抑的意思。

[8]侘傺(chà chì)：失意貌。

[9]烦：多。结：缚。古人信写在竹简上，用绳线缚结。诒：通"贻"，赠送。

[10]陈：陈述。

[11]申：重复，一再。

[12]中：内心。闷瞀(mào)：郁闷烦乱。忳忳(tún tún)：忧闷的样子。

诗人坦言，对于楚怀王，没有人比他更忠，并且使他忘记贫贱。一心侍奉国君毫无贰心，却对邀宠的旁门左道迷惑不解。这就与一般的跟从权贵有了区别。不为邀宠，不计贫贱，从而赋予"忠"特殊而固定的内容。这里的忠君等于事国。可以说明的，有当年诗人顺乎大势和国家根本利益的一些主张；而邀宠的佞臣，也并非不想跟随国君，他们与诗人的区别就是不择手段，是置国家的根本利益于不顾，直取宠爱。

最糟糕的事情果然发生了，忠诚受到了惩罚和围剿。诗人没能意料，众人嗤笑。责怪和诽谤已是家常便饭，有一百张嘴也说不清楚。郁闷的感情难以抒发，压抑的思想不能表达。没人与之沟通，文字无以表达。这真是进退两难，愈是不说，愈是无人理解，处境愈糟，误解愈深；申诉已找不到对象。这时的国君完全不屑于倾听。

诗人的人生进入最糟的一种窘况。

> 昔余梦登天兮，魂中道而无杭。[1]
> 吾使厉神占之兮，[2]曰有志极而无旁。[3]
> 终危独以离异兮，[4]曰君可思而不可恃。[5]
> 故众口其铄金兮，[6]初若是而逢殆。
> 惩于羹者而吹齑兮，[7]何不变此志也？
> 欲释阶而登天兮，[8]犹有曩之态也。[9]
> 众骇遽以离心兮，[10]又何以为此伴也？[11]
> 同极而异路兮，[12]又何以为此援也？
> 晋申生之孝子兮，父信谗而不好。
> 行婞直而不豫兮，[13]鲧功用而不就。[14]

【注释】

[1]中道：中途。杭：通"航"，渡船。

[2]厉神：大神。这里指附在占梦者身上的神。

[3]志极：极，终极，顶点。志极，志向高远。旁：辅助。

[4]危独：孤独。离异：这里指被疏远。

[5]不可恃：不能依仗。

[6]铄：熔化。

[7]惩：警诫。羹：热汤。齑(jī)：切细的菜，指冷食。被热汤烫过嘴的人，吃冷食也先吹口气。

[8]释：放弃。

[9]曩(nǎng)：从前。

[10]骇遽：惊惶。

[11]伴：同伴。

[12]同极：指与群小共同事君。异路：所走的路不同。

[13]婞(xìng)：刚直。

[14]功：功业，指治水。用：因。就：成。

诗人曾让神巫占卜过一个梦。当时诗人梦见自己登天，魂到中途却失去了渡船。梦的象征性何等彰显——但不可以理解为"一步登天"的梦想，因为诗人在其他诗章里常常提到天上的神游——只可看作一种浪漫而远大的情怀。神巫的见解道尽世态炎凉。当然这是诗人借神巫的嘴，从另一个方面表明了他的人情练达。可见诗人并非不懂，而是不为。在他看来，只要有悖于原则，一切也就不足取。

诗人似乎早就明白众口铄金的道理，指出登天不能抛弃梯子。他人的话的确重要，比如晋国太子申生有多么孝顺，父亲却听信谗言而不再喜欢他；鲧当年治水，功败垂成，可能也是因为过于耿直。这都是一些简易直接的道理，胸藏丘壑的诗人不至于糊涂到一窍不通的地步。

他是一个纯粹的忠君者，所以他更多地毁于纯粹，而不是毁于忠君。诗人所要辩明和审视的，其实只是自己的"纯粹"二字。他没有办法怀疑这种纯粹，当然也就无法放弃和否定往昔的行为。"释阶而登天"的"阶"，即是步骤，是周旋，失去了周旋，欲速则不达。而一切的周旋，都不是纯粹者的强项。像诗人这种浪漫心性，纵有再彻底的洞察也无济于事。

读《九章》

吾闻作忠以造怨兮,[1]忽谓之过言。[2]

九折臂而成医兮,[3]吾至今而知其信然。

赠弋机而在上兮,[4]蔚罗张而在下。[5]

设张辟以娱君兮,[6]愿侧身而无所。[7]

欲儃佪以干傺兮,[8]恐重患而离尤。

欲高飞而远集兮,[9]君罔谓汝何之。[10]

欲横奔而失路兮,[11]志坚而不忍。

【注释】

[1]造怨:造成怨恨。

[2]忽:不介意,漫不经心。过言:过分的话,言过其实。

[3]九折臂而成医:这是引用古谚语。比喻失败多了,经验也就多了。

[4]赠弋(zēng yì):系着丝绳的短箭。机:这里作动词,发射的意思。

[5]蔚(wèi)罗:捕鸟的网。

[6]张:与弧相似的弓。辟:这里指捕鸟的工具。

[7]侧身:因忧惧而无法安身,引申为躲藏。

[8]儃佪(chán huái):徘徊不去。干傺:干,寻求。傺,机遇。干傺,寻求进取的机会。

[9]集:鸟息在树上。这里作"止"解。

[10]罔:表示揣测,这里是会不会的意思。

[11]横奔:乱跑。失路:不遵循正路。

诗人借灵巫之口说出了另一面的道理后，开始长叹。这等于自问自答。他认为自己原来也听说过类似的道理，只觉得言重，并不在意，时至今日才全都明白——"要九次折断臂膀才能成为好的医生"，真是吃一堑长一智，恍然大悟。然而这种觉悟来得太晚；还有，对于诗人的改弦更张而言，也不是觉悟与否的问题，而是品质问题。生命的独特决定了道路的独特，即便重新设计自己的生活，又能怎样？心理障碍，理想冲突，还有其他——这一切无法脱身，无法断离。

世道险恶，上藏弓箭，下设罗网。如果徘徊等待，寻找新的时机，诗人又担心再遭祸殃。如果打算远走高飞，君王又会追问去处。一个人要走邪路是很容易的，避重就轻也非常简单，唯一不能够违背的还是自己的良心。

他在设想各种可能。与曾经的迷茫紊乱不同，这里倒是分外清晰明智。可见诗人并非是深陷困境，胶着于某种僵直偏激的思路，而是在陈述处境、分析出路。他这时格外率直。这种率直恰恰是一种清纯的人格写照。

背膺牉以交痛兮，[1]心郁结而纡轸。[2]
擣木兰以矫蕙兮，[3]糳申椒以为粮。[4]
播江离与滋菊兮，愿春日以为糗芳。[5]
恐情质之不信兮，[6]故重著以自明。[7]
矫兹媚以私处兮，[8]愿曾思而远身。[9]

【注释】

[1]膺:胸。牉(pàn):分裂。交痛:指胸背像分裂一样的疼痛。

[2]纡轸(yū zhěn):内心绞痛。

[3]捣(dǎo):同"捣",捣烂。矫:揉碎。

[4]凿(zuò):舂。

[5]糗(qiǔ):干粮。

[6]情质:指自己的真情、本质。不信:指不能取信于君王。

[7]著:表明。

[8]矫:举起。引申为拥有。兹媚:指木兰、蕙等香草,引申为这些美德。私处:隐居独处。

[9]曾(céng)思:反复地思考。远身:抽身远离。

心中郁结,走投无路,胸背像开裂一样疼痛,接近崩溃的边缘。对于命运的揣测回顾,对于往昔的陈述和吟味,沉重如泰山。纵然有诗人一样丰富阔大的内心世界,也难于容纳。

他阴柔内向的性情帮助消化愁楚。他必得寻找新的寄托,在旷阔和宽容的自然中消融自己,润化并改造自己。这是他逃避毁灭和死亡的唯一途径。

像过去一样,他把心情转向鲜花和香草,把木兰捣碎,把蕙草揉细,舂好申椒,作为自己的食物;既栽种江离又培养秋菊。他希望在春天让它们做自己的干粮。

这实际上是精神的自我饲喂。古往今来,这正是许多洁身自好者百试不爽的方法,甚至是唯一的方法。

他们在这种精神的自我饲喂中变得强大,生命得到延续,不仅没有干瘪枯萎,而且还渐渐变得丰腴。

诗人说他一再地追索,一再地念想,其实只为了一种自我申明,为了独守,为了在一种深思熟虑的状态下洁身自爱。

·涉 江

余幼好此奇服兮,[1]年既老而不衰。[2]
带长铗之陆离兮,[3]冠切云之崔嵬,[4]被明月兮佩宝璐。[5]
世混浊而莫余知兮,吾方高驰而不顾。[6]

【注释】

[1]奇服:奇伟的服饰。比喻志行高洁,不与众同。

[2]不衰:不改变,不懈怠。

[3]长铗(jiá):长剑。陆离:长长的样子。

[4]冠:帽。此作动词用,戴。切云:高冠名,取高摩青云的意思。一说,形容冠很高,夸张上触云霄。崔嵬:高耸的样子。

[5]明月:指夜光珠。璐:美玉。

[6]高驰:远远地离去。

再次向南,即将渡江,此行既远。这条江成了人生的刻度。在南行前夕,或者是刚刚涉江之后,诗人再次用自语和吟唱来宣泄和安慰。他必须从这个过程中吸取力量,以支持生命,以锤炼信念。

在异常险恶和日常的消磨中，这越来越成为一种必需。一个灵魂在客观世界里的冲撞、困窘，有时会引起主观世界双倍的倔强和执拗。诗人必须自我肯定，自我说服，必须把美好的记忆擦得雪亮。

所以，他在一开始就指出晚年所爱的绮丽服饰是从小就开始的；身悬长剑，头戴高冠，身佩美玉，灿亮华丽，一如诗人内心。然而社会污浊，流放开始。

那就走吧，向远方高驰，新的生命开始，神奇的旅途展开。我背弃的是人间，我奔往的是天上。

驾青虬兮骖白螭，[1]吾与重华游兮瑶之圃。[2]
登昆仑兮食玉英，[3]与天地兮同寿，与日月兮齐光。
哀南夷之莫吾知兮，[4]旦余济乎江湘。[5]
乘鄂渚而反顾兮，[6]欸秋冬之绪风。[7]
步余马兮山皋，[8]邸余车兮方林。[9]
乘舲船余上沅兮，[10]齐吴榜以击汰。[11]
船容与而不进兮，[12]淹回水而疑滞。[13]
朝发枉渚兮，[14]夕宿辰阳。[15]
苟余心其端直兮，[16]虽僻远之何伤。[17]

【注释】

[1]虬、螭：都是传说中无角的龙。骖：在两边驾车的马。这里作动词用，驾在两旁。

[2]重华：舜的名。瑶之圃：玉树的园圃。传说昆仑山上产玉，是上帝

253

的园圃所在。

[3]玉英：玉树的花。

[4]南夷：对郢都党人的鄙称。一说指楚国南部的少数民族。

[5]旦：早晨。江湘：长江和湘水。

[6]乘：登。鄂渚：地名。

[7]欸：哀叹。绪风：余风。

[8]山皋：依山傍水的高地。

[9]邸：停止。方林：地名。一说，方有旁边的意思，方林，森林的旁边。

[10]舲（ling）：有门窗的小船。上：溯流而上。沅：沅水。

[11]齐：同时举起。吴榜：大桨。一说，是指吴地制造的船桨。汰：水波。

[12]容与：徘徊犹豫的意思。

[13]淹：淹留，停滞。回水：漩涡。疑滞：凝滞，停留不前的意思。

[14]枉渚：地名。

[15]辰阳：地名。

[16]端直：正直。

[17]僻远：指身处偏僻边远的地方。

我的飞车由青龙白龙驾起，与贤明帝王舜一起游览美玉园圃；我在众神聚集的昆仑山上，以美玉和花瓣做食物，永生不死，寿命宛如天地一样，光辉如同日月一样：就是这样清纯美好的生命。

"南方的蛮夷同样不会知晓，我一大早就将渡过长江和湘水。"在这里他并没有"高驰不顾"，所以当回头眺望时，仍在寒风里发出叹息。马行山湾，车停方林，小船逆水，波浪拍桨。这是怎样迂回曲折的道路。湍流漩涡，必有一场拼搏；长长旅途，必然险象环生。

读《九章》

在具体的描述中,再不见美玉花瓣做成的食物和结伴的贤帝,也没有了寿比天地、辉同日月的豪情。

极不平静的心情,恍恍惚惚的心态,一会儿抱有绮丽的畅想,一会儿又跌入现实的低谷。这都预示了诗人在急剧的痛苦和激烈思索之后进入了一种超常状态:愤懑、危险而又紧张。当他在旅途中稍稍平息的时候,只能发出一再重复的自我宣示 —— 只要心地正直,放逐再远于我何伤?

入溆浦余儃佪兮,[1]迷不知吾所如。[2]
深林杳以冥冥兮,[3]乃猿狖之所居。[4]
山峻高以蔽日兮,[5]下幽晦以多雨。[6]
霰雪纷其无垠兮,[7]云霏霏而承宇。[8]
哀吾生之无乐兮,幽独处乎山中。
吾不能变心而从俗兮,固将愁苦而终穷。[9]

【注释】

[1]溆浦:溆水的沿岸。儃佪:无所适从而徘徊的样子。

[2]如:往。

[3]杳:深远。冥冥:昏暗貌。

[4]狖(yòu):猿类。

[5]蔽日:遮蔽太阳,极言山高。

[6]晦:幽暗。

[7]霰(xiàn):雪珠。垠:边。

[8]霏霏：云涌起的样子。承：连接。

[9]固：本来。这里有宁肯的意思。终穷：穷困到底。

尽管不断砥砺意志，疲惫的折磨仍让诗人慨叹不已。这儿的困苦非常具体，前景和心路同样迷茫。山林幽暗，密不过人，高山蔽日，雨笼山谷，这是猿猴的世界。他一个人住在山中，生活毫无乐趣。

往日与"美人"相伴，遭到群小围攻，但毕竟不是猿啼深山雪困高丘。过去是流言飞溅，现在是莽林孤单。刚刚逃脱沸水，又猛然投入寒冰。他只好再次自我叮嘱：心志不改，宁肯一直愁苦穷困。

接舆髡首兮，[1]桑扈臝行。[2]
忠不必用兮，贤不必以。[3]
伍子逢殃兮，[4]比干菹醢。[5]
与前世而皆然兮，[6]吾又何怨乎今之人。
余将董道而不豫兮，[7]固将重昏而终身。[8]

【注释】

[1]接舆：春秋时楚国狂士。髡（kūn）：剃去头发，古代刑罚之一。相传接舆曾自髡其发，避世不仕。

[2]桑扈：古代隐士。臝（luǒ）：同"裸"。裸体而行同自髡一样，都是故意违抗世俗的表现。

[3]以：也是用的意思。

[4]伍子：伍子胥。

[5]比干:殷纣时的贤臣。菹醢(zū hǎi):古代酷刑,把人剁成肉酱。

[6]与:通作"举",整个的意思。

[7]董道:守正道。

[8]重昏:犹言处于重重黑暗之中。一说,一再地陷于黑暗的环境之中。

在这种贫穷潦倒、懊丧到极点的独处中,吟味和安慰的方法已经用尽,时日却漫漫无边。他仍然像以往反复做过的那样,去设想和回顾,寻找比自己更不幸的人物。与其说他们是作为榜样,还不如说作了不幸的参照,以在对照中获得稍许安慰——试想自己毕竟没有像残暴的纣王手下的比干那样被剁成肉酱;不像那些不得志的贤人一样,装疯卖傻剃去头发,出行时衣不蔽体。对比之下,又显出了处境的差强人意。

诗人只对比了境遇的差别,而没有对比品质。后一种对比是极为敏感的,因为诗人对自己的清纯、忠信、唯美等诸种最美好的品质是绝不怀疑的。

正是这种强大的自爱给予力量。这种强大的自爱甚至在很大程度上牵引了向上的精神。诗人对于美的玩味、欣赏和依赖,对于自己心灵与躯体的抚摸、辨析和亲近,也许真的世无匹敌。他作为一个独特的生命标本,可以存放万世,使人类在对比和观照的同时,发掘和认识生命奇迹。

诗人在苦难跌宕的人生路上贡献给世界的,恰是一种个性的魅力。人们如果不愿放弃领受奇迹的机会,那么首先要在诗人面前驻足。神奇斑斓的楚地孕育了这样一个精灵,他与山河同在,甚至更为永恒。因为久远的时光已经把斑斓的楚地在很大程度上改造得面目全非，只有周身缀满兰草和鲜花的诗人永生不变地矗立在那里。

乱曰：[1]鸾鸟凤皇，日以远兮。[2]
燕雀乌鹊，巢堂坛兮。[3]
露申辛夷，死林薄兮。[4]
腥臊并御，[5]芳不得薄兮。[6]
阴阳易位，[7]时不当兮。[8]
怀信侘傺，[9]忽乎吾将行兮。[10]

【注释】

[1]乱：古代乐歌的"尾声"。

[2]日：一天天地。

[3]堂坛：代朝廷。

[4]露申：芳香的植物。薄：草木交错的地方。

[5]腥臊：指恶臭的东西。比喻谗佞小人。

[6]薄：靠近。

[7]阴阳易位：比喻反常。

[8]时不当：自伤生不逢时。

[9]怀信：怀抱忠信。

[10]忽：飘忽。形容心中没有着落的样子。

尾声冠以"乱曰"两字，让人想到齐声合唱。一种超越于独声吟味和自诵的外部声音，一种具有一定客观性的和声。但实际上这只是诗人心壁所发出的回响,是诗人最后的肯定和申明;是强化理念,是对自我的总结和点评。

高贵的鸾鸟和凤凰,一天比一天飞向遥远,如同诗人的这次放逐南行;只有燕雀才巢筑堂前。与此同时,在那个地方,在"美人"四周,却围满了恶臭,芳洁无法近前。昼夜错乱,时节反常,一切全都变了。

就这样,一个孤苦顽强的灵魂,在僻地他乡飘忽。

这种毫不含糊的肯定和归结,这种绝不谦虚绝不掩饰,恰是一种精神高高在上的自我标榜。它因着一种直畅和淳朴,而得到了升华和谅解。

·哀　郢

皇天之不纯命兮,[1]何百姓之震愆。[2]
民离散而相失兮,[3]方仲春而东迁。[4]
去故乡而就远兮,遵江夏以流亡。[5]
出国门而轸怀兮,[6]甲之鼂吾以行。[7]
发郢都而去闾兮,[8]怊荒忽其焉极?[9]

【注释】

[1]纯:正,常。不纯命:天命失常。

[2]震愆:震,震动。愆,罪过。震愆,指百姓心怀震惧,恐获罪过。

[3]相失:彼此离散。

[4]仲春:阴历二月。

[5]遵:循着。江夏:长江和夏水。

[6]国门:指郢都城门。轸(zhěn)怀:轸,痛。轸怀,言内心痛苦。

[7]甲:指甲日。鼌:通"朝",早晨。

[8]闾:里门,此指故乡郢都。

[9]怊(chāo):惆怅。荒忽:通"恍惚",心神不定。焉极:焉,何。极,尽头。焉极,犹言哪有尽头。

公元前278年,秦国攻破楚国首都郢。失郢之哀,痛断心肠。

诗人像过去一样畏惧上帝,认为是上天的昏聩无常才使老百姓遭此厄难。战争年代兵荒马乱,百姓苦难没有尽头,妻离子散,呼号逃亡。其实,诗人自己早就流离失所了。他当年走出郢都城门时是何等悲伤凄凉——此一去不再复返,没有尽头,一片迷茫……这里仿佛能听到诗人的抽泣和哀叹。

民族的危难,这次以国都失守崩溃的形式显现出来。祖国到了最危急的时刻,一切真是触目惊心,不堪回首。国运的险恶先以诗人的放逐作为开端,又以失郢达到顶点。

事实上天道运行会遵循固有的循环,它并不以某个人的意志为转移。但某些个体却常常把这个过程推向了极端个人化和情感化。秦国的破楚以及平定六国,强大和统一的力量,在当时或许不能改变——我们这里只从审美的角度,从生命个体的魅力,从这期间所传递出的永恒诗意方面,去理解其意义。

此刻的郢都已和帝王的形象联系在一起,更让诗人想起与之不同寻常的过往。一切都成了往事,繁华、恩怨、叹息、无数的故事,勤恳而舒畅地服侍"美人"的岁月，还有误解和中伤的无边忧虑，都在这次灭亡中得到了清算。

然而内心的清算是无头无尾无边无际的，它们恰像刚刚开始。

> 楫齐扬以容与兮，[1]哀见君而不再得。
> 望长楸而太息兮，[2]涕淫淫其若霰。[3]
> 过夏首而西浮兮，[4]顾龙门而不见。[5]
> 心婵媛而伤怀兮，[6]眇不知其所蹠。[7]
> 顺风波以从流兮，[8]焉洋洋而为客。[9]
> 凌阳侯之泛滥兮，[10]忽翱翔之焉薄。[11]
> 心絓结而不解兮，[12]思蹇产而不释。[13]
> 将运舟而下浮兮，[14]上洞庭而下江。
> 去终古之所居兮，[15]今逍遥而来东。[16]

【注释】

[1]楫：船桨。齐扬：并举。容与：船行进缓慢的样子。

[2]楸：一种干直高耸的落叶乔木。

[3]淫淫：泪流不止貌。霰：雪珠。

[4]夏首：夏水与长江合流处，在郢都东南。西浮：本篇所述路程，是由西向东行。这里说西浮，当是舟行至水流曲折的地方，路有向西者。一说，诗人是逆水行舟，一旦容与徘徊，船就向西漂浮。这种情况表明了诗人不愿离开郢都的思想。

[5]龙门：郢都的东城门。

[6]婵媛：情思绵绵，依依难舍的样子。

[7]眇：通"渺"，前程渺茫。蹠（zhí）：践踏，即不知所止的意思。

[8]从流：顺流而进。

[9]焉：乃。洋洋：没有归宿的样子。

[10]凌：乘，渡过。阳侯：大波之神。传说本是陵阳国侯，因溺死而成神。此指大波。

[11]翱翔：形容船的忽上忽下，并借此表达自己无目的漂泊的心情。焉薄：止于何处。

[12]絓（guà）结：絓，悬挂。絓结，悬挂郁结。

[13]蹇产：曲折纠缠，委屈忧抑。

[14]运舟：掉转船头。下浮：沿长江顺流而下。

[15]终古之所居：世代所居处，指郢都。

[16]逍遥：这里取孤身飘荡之意。

继续向南。在流浪之途，在郢都陷落时节，诗人仍为自己不能再见君王而哀怜。奇怪的是无论是楚怀王还是顷襄王，在这儿都没有受到诗人过多的指责和抱怨。

君王是帝国的代表，他总是一再显示其神秘性。皇权无论隐含了多少残暴和污浊，仍能时常构成极大的想象力和吸引力。这是弱小莫测的个人命运在潜意识中的运作结果。个体的软弱、依附等行为，都是在不自觉中悄悄发生的。这对于一个倔强的诗人而言，也不例外。

王朝和权威有时是靠奇怪的东西支撑的。这种东西甚至在王朝崩溃之后很长时间还会存在。诗人为首都的沦陷而大哭不止，珠泪滚滚，边哭边行。他感到失却了真正的家园，心灵的坐标也随之失去。从现在开始，才算是真正的漂泊和流浪。故地、乡土、君王、社稷，它们在诗人心中掺杂在一起，成了奇怪的混合物。与其说艰难困苦、贫穷无告最终使诗人走上轻生之路，还不如说是这种混合物的蛊毒，是它们左右他，让他痛不欲生。

流浪之舟向东，过洞庭入长江，远离世代居住之地。每个时期有每个时期的地理观，当年的诗人不仅抵达地理意义上的生僻和蛮荒之地，而且还落到了精神的荒园。心灵上没有了依偎，整个人都在恍惚。诗人在哀伤痛苦的质询中，人生的小角度不断变换，大角度却从未有过变更。这才是诗人之哀，生命之哀。他的埋怨、愤慨、怒斥、哀恸，复杂而单调。一再重复的声音，一再强调的理念，绝少出现新的意绪。

这样的循环往复和重叠，反而产生了一种拙讷纯稚之美。机灵的现代主义当然远离了这种美；十九世纪的写实主义也远离了这种美。那是一个既浪漫又纯朴，既依附又自为的时代。那个时代，诗人更多的是被一种自然精神所指示和引导，连悲悯都带上了端午节的粽子味。

> 羌灵魂之欲归兮，[1]何须臾而忘反。[2]
> 背夏浦而西思兮，[3]哀故都之日远。
> 登大坟以远望兮，[4]聊以舒吾忧心。
> 哀州土之平乐兮，[5]悲江介之遗风。[6]
> 当陵阳之焉至兮，[7]淼南渡之焉如？[8]

曾不知夏之为丘兮，[9]孰两东门之可芜？[10]

心不怡之长久兮，[11]忧与愁其相接。

惟郢路之辽远兮，江与夏之不可涉。

忽若不信兮，[12]至今九年而不复。

【注释】

[1]归：指回郢都。

[2]须臾：片刻。

[3]夏浦：夏水之滨。

[4]坟：水边高地。

[5]州土：指所经江汉之地。平乐：指土地宽平富饶。

[6]江介：江畔。遗风：古代遗留的风俗。

[7]当：面对。陵阳：地名。一说，同上文的"阳侯"，指大波。

[8]淼：大水望不到边际的样子。如：往。

[9]曾不知：简直不能料到。夏：借作"厦"，指郢都的王宫。为丘：荒废为丘墟。

[10]芜：荒芜。

[11]怡：快乐。

[12]忽：迅速。不信：谓令人难以置信。

离郢都愈远，愈是另一种境界。诗人到了夏浦，不断登上水边高地回望。郢都的危难，战争的龌龊，说不清的污垢和恐惧，他不仅没有畏缩，反而时刻都想飞回。郢都与"美人"的力量结合在一起，构成了巨大的磁力。在这儿，他不仅是个游子，而且还是一个亡臣，甚至更像一个失恋者。他的半个生命，或者是一多半的生命都留在了故地。

而夏浦这个地方由于远离战乱，州土平乐，反令诗人悲哀。这里淳朴的风气不仅没有安慰不宁的灵魂，反而徒添伤痛。

这里的人都问：你乘着波涛从何而来？渡过长江又要到哪去？

这些人竟然不知都城变为荒丘，真是闭塞糊涂得可以。无知的隔膜加重了他的痛苦，构成了新忧旧愁。诗人感叹时间快得令人难以置信，一转眼离郢已经九年。而且长江夏水，旅途遥遥。

实际上既可涉来，就可涉去。不是不可涉，而是放逐之令并未因郢都失守而取消。君的威严，臣的忠诚，是这些构成了长江夏水。

诗人哀君哀郢，却很少自哀。真正让人哀叹的还是诗人自己——不仅是他的命运，他的蒙冤，还有一颗难以舒展的、跟从与驯服的灵魂。

惨郁郁而不通兮，[1]蹇侘傺而含慼。[2]
外承欢之汋约兮，[3]谌荏弱而难持。[4]
忠湛湛而愿进兮，[5]妒被离而鄣之。[6]
尧舜之抗行兮，[7]瞭杳杳而薄天。[8]
众谗人之嫉妒兮，[9]被以不慈之伪名。[10]
憎愠惀之修美兮，[11]好夫人之忼慨。[12]
众踥蹀而日进兮，[13]美超远而逾迈。[14]

【注释】

[1]惨郁郁：指心中愁惨郁闷。

[2]蹇：困顿。慼：同"戚"，忧伤。

[3]外：外表。承欢：讨欢喜。汋约：犹"绰约"，姿态柔美貌。

[4]谌（chén）：的确。荏（rěn）弱：软弱。以上两句言众小人表面上讨人欢喜，实不可靠。

[5]湛湛：厚实貌。愿进：愿意进用，为国效力。

[6]被离：被，通"披"。被离，纷纷地。鄣（zhāng）：同"障"，遮蔽。

[7]抗：借作"亢"，高。

[8]瞭（liào）：眼明。一说，通"辽"，远，高远。杳杳：高远貌。薄：迫近。

[9]谗人：专门说人坏话，拨弄是非的人。

[10]被：加上。不慈：传说尧与舜没把位子传给自己的儿子，有人指责他们对自己的儿子不慈爱。伪名：捏造的恶名。

[11]愠惀（yùn lǔn）：心有所蕴积而不善表达，忠心耿耿的样子。

[12]夫：那些。人：指佞臣。忼慨：此指表面积极，假意慷慨。

[13]踥蹀（qiè dié）：小步疾走，此形容竞相钻营。

[14]超远：很远。逾迈：远行。

这哀歌到了最后，仍未超越往昔的牢骚。已经是无数次絮叨、忌恨；不被理解的忠心，小人的善于奉承、内心的险恶；并且再次例举往昔贤君尧舜高尚的行为怎样遭到众谗嫉妒。在君王那里，诚实的美德受到憎恶，言辞的贿赂欣然接受。蝇营狗苟者连连升迁，真正的贤良俊才只能远远躲开。

这样的牢骚比附以及浮浅道理，既难以打动别人也难以打动自己。这只是此时此地心灵的微弱回声——然而必须有声。这是最后的诅咒。这诅咒只是隐隐指向君王,指向那个人所代表的崩溃的命运;它强烈弥散出的,却是诗人对于郢都的挚爱,对于故土的留恋:永远向往岁月的芬芳。

乱曰:曼余目以流观兮,[1]冀壹反之何时?[2]
鸟飞反故乡兮,狐死必首丘。[3]
信非吾罪而弃逐兮,[4]何日夜而忘之。[5]

【注释】

[1]曼:本义"长",这里是伸展的意思。流观:四望。

[2]冀:希望。

[3]首丘:头向山丘。

[4]信:确实。弃逐:被抛弃、放逐。

[5]忘之:指忘掉故乡。

最后又是尾声,是略为超然的歌声,是主题和归结。这时的歌声好像是诗人长长的自吟背后的绵绵回声,像诗人沿江游走的画面之后的背景音乐。

放眼四下观望,盼望何时返回故乡。鸟飞再远也要回巢,狐狸至死头朝山冈。我确是无罪而遭流放,这一点真是依然难忘。

歌声多么悲凉凄怆。然而谁也听不到,谁也不理解。这声音洒落莽野,异地他乡,连点回响都没有。这哀伤之声并非独立之声,这哀伤只可以杀死自己,使他脉动愈来愈细,最后直到没有。

・抽 思

心郁郁之忧思兮,[1]独永叹乎增伤。[2]
思蹇产之不释兮,[3]曼遭夜之方长。[4]
悲秋风之动容兮,[5]何回极之浮浮。[6]
数惟荪之多怒兮,[7]伤余心之忧忧。[8]
愿摇起而横奔兮,[9]览民尤以自镇。[10]
结微情以陈词兮,[11]矫以遗夫美人。[12]

【注释】

[1]郁郁:忧思郁结的样子。

[2]永:不停地。一说,同"咏"。增伤:加倍地悲伤。

[3]蹇产:曲折纠缠。

[4]曼:长貌。这里形容夜的长。

[5]动容:此指秋风使草木变色。

[6]回极:是以北极星泛指天之中心。一说,认为"回"是"四"之误,四极是四方的极边,此指四极之内,犹天下。浮浮:流动不定。

[7]惟:思。荪:香草名,喻楚怀王。

[8]忧忧:忧伤、悲痛的样子。

[9]摇起:疾速而起。横奔:乱跑。

[10]览:看。尤:苦难。自镇:强自镇静。

[11]微情:指隐藏在内心深处的感情。一说,指微不足道的心意。

[12]矫:举。遗:赠。美人:指楚怀王。

诗人仍在末路上挂念君王。

想到那个容易发怒的人,伤心而又愁苦——来日无多,穷途将尽,却不忘用这样的言辞表达一片深情,敬献给"美人"。这儿的国君不是顷襄王,而可能仍是楚怀王——他们有着更深的情感渊源,也使诗人最不能忘怀。情感之复杂,超出了想象。

敬畏、爱戴,灵魂与肉体加在一起的总和,都找到了归宿。楚怀王不仅是他政治理想的寄托者,还是其他。诗人的无数长叹、诉说、奔走呼告,都以楚怀王作为中心。他肉体在流浪,精神却并没走远。

诗人实际上只是楚怀王一颗痛苦的卫星。

他在天宇里环绕和旋转,在即将销毁的时刻,还仍然向着那个中心;当他焚毁、化为灰烬时,还要投向那个中心。急遽的旋转,微弱的光焰,在宇宙中只是那么一闪。

昔君与我诚言兮,[1]曰黄昏以为期。[2]
羌中道而回畔兮,[3]反既有此他志。[4]
憍吾以其美好兮,[5]览余以其修姱。[6]
与余言而不信兮,盖为余而造怒。[7]
愿承间而自察兮,[8]心震悼而不敢。[9]
悲夷犹而冀进兮,[10]心怛伤之憺憺。[11]

兹历情以陈辞兮，[12]荪详聋而不闻。[13]

【注释】

[1]诚言：双方约定的话。诚，一作"成"。

[2]黄昏：喻年老。一说，指结婚的时辰，古代婚礼在黄昏举行。此以男女婚约喻君臣关系。

[3]回畔：畔，通"叛"。回畔，背叛，翻悔。

[4]他志：指贰心，不忠实。

[5]憍（jiāo）：同"骄"，骄矜，炫耀。

[6]览：炫示。修姱：美好。

[7]造怒：寻衅生怒。

[8]承间：找机会。承，一作"乘"。间，间隙。自察：自我表白。

[9]震悼：战栗，畏惧。

[10]夷犹：犹豫。冀：希望。进：进言。

[11]怛（dá）：悲痛。憺憺（dàn dàn）：心绪不宁的样子。

[12]兹：此。历：列举。

[13]荪：香草，指楚怀王。详：同"佯"，假装。

在所有的长吟悲叹中，这是一段最能引人注目的怀念。

他回顾过去的"美人"，即国君与他曾经有过的一个约定：两人到了黄昏岁月还要相依为命。

这是怎样的一个约定，已稍稍超越了君臣的情愫和期望。也正是因为这种非同一般的情感，后来的冷落也就格外残酷。它带来的后果是何等可怕，简直是翻江倒海，是不可遏止的思念之火，这火足以焚毁他的肉躯和灵魂。

诗人叹道：那个约定是多么靠不住，你只在半路上就反悔了，生出了贰心。想法变了，约定毁了，"他一再夸耀的只是自己的长处，总向我显示自己有多么美好"。"现在才明白这些话全不可信，并且常常迁怒于我。多想找个机会表白，但又害怕不敢。当把全部想法向他陈述的时候，他却装聋作哑。"

这些入木三分的诉说，令人垂泪。相信诗人在那个美好的时刻忘记了一切，既忘记了君臣之礼，又忘记了二者的其他区别。看上去君与臣脉脉含情，携手而行；实际上伴君如伴虎，这个"美人"反悔起来是很容易让人闻到血腥味的。因为对方拥有绝对的权力，也就可以发泄绝对的兽性。这里的情感难以约束人性，因为人性由更复杂的因素组成。

此刻回顾这样的交往过程，简直是一种情感自戕。诗人感到"美人"不仅是因为拥有重权而显得高大和强悍，还因为具有一种阳刚之力而让人依附——阴阳失去了平衡，和谐的世界就毁掉了。

固切人之不媚兮，[1]众果以我为患。[2]
初吾所陈之耿著兮，[3]岂至今其庸亡？[4]
何独乐斯之謇謇兮，[5]愿荪美之可光。[6]
望三五以为像兮，[7]指彭咸以为仪。[8]
夫何极而不至兮，[9]故远闻而难亏。[10]
善不由外来兮，名不可以虚作。
孰无施而有报兮，[11]孰不实而有获？[12]

【注释】

[1]切人:恳切的人。

[2]果:果然。

[3]耿著:耿,明亮。耿著,明白而显著。

[4]庸:乃,就。亡:通"忘"。一本作"止"。

[5]斯:这样。謇(jiǎn)謇:耿直、直言敢说的样子。

[6]美:美德。光:发扬光大。

[7]三五:指"三王五伯"。"三王",即夏禹、商汤、周文王。"五伯",即"春秋五霸"。像:榜样。

[8]彭咸:传说是殷代的贤臣。仪:模范。

[9]极:目标。

[10]远闻:闻,名声。远闻,声名远播。

[11]施:施舍,付出。

[12]实:果实。此作动词,结出果实。

诗人认为自己是"切人"——可以理解为"恳切老实者"——正因此才不会讨好,众人才把他看作眼中钉。

这与刚才的回顾多少有些矛盾:臣与君有过那样炽热的情感,还说不会讨好。难道那仅仅是一种自然滋生的关系吗? 大概这种好也非讨得,而是顺理成章地产生。众人的怨恨更可理解:因为他遮去了一片光阴。他还回忆:自己当初讲话耿直明了,劝告何等明白,"美人"即便采纳一点儿也不会落到这个地步。"只有我讲这么多这么恳切,我是希望'美人'更美!"

实际上，当时的诗人除了维系他们之间的情感以及发言的权力，其他一无所有。他因为忘记了一切而播下灾难。讲的话太多就成了噪音，拥有绝对权力者是不喜欢耳边嘈杂的。这时候他已经带不来愉悦，而只令"美人"厌烦。

他例举三王五霸，以殷代的圣贤彭咸作为效法。他为"美人"寻找榜样的同时，也为自己觅到了另一个榜样，以为只要双方如此效法，就不愁得不到不朽的名声，这名声会传遍四方。

多么迂腐执着，仅是一厢情愿的设计。一般而言，诗人在当年逾越了一个臣子应该遵守的界限，所以多少有点咎由自取；但从另一个方面看，他们毕竟有过情意绵绵的约定，那么国君也多少逾越了君臣界限。所以他们几乎是在相同的情境中，各自朝前稍稍迈出了一步。这就是悲剧的根源。

结束这悲剧的唯一办法，对诗人而言就是能够稍稍超越。然而这似乎是不可能的。

这种超越会毁掉千古绝唱，毁掉灿烂诗章。

少歌曰：[1]与美人抽思兮，[2]并日夜而无正。[3]
憍吾以其美好兮，敖朕辞而不听。[4]

【注释】

　　[1]少歌：乐章音节的名称。从音乐表现形式上看，是乐歌中间穿插的小合唱。从内容上看，又是某一部分的小结。

　　[2]抽：抒写，抒发。

[3]正：通"证"，判断是非。

[4]敖：同"傲"，傲慢。

有一段"少歌"，相当于和声或终结，或低吟浅唱。这是一种综述和归结，即"总而言之"。

"倾听心情，从早到晚；炫耀美好，傲慢不听。"倾诉的主语是我，炫耀和傲慢的主语是那个"美人"。实际上使用各种言辞、变换各种角度的表达和呼告，其意旨非常简单。由于情感在不同时期的波动，对"美人"会有一些特殊的理解和要求，比如说指责国君对那个约定的反悔……这中间隐隐透露君臣之间的情感关系有了某种复杂性和不确定性。二者之间的平等和亲近，在这归结和低吟中得到了进一步的肯定。这种肯定流露着一种解放感：从一种权威的恐惧中解放出来，即从权利和义务走向了情感和人性。而这之前，权利和义务与深切的情感不仅纠缠不清掺杂一起，而且常常是前者压过后者。

倡曰：[1]有鸟自南兮，[2]来集汉北。[3]
好姱佳丽兮，胖独处此异域。[4]
既惸独而不群兮，[5]又无良媒在其侧。
道卓远而日忘兮，[6]愿自申而不得。[7]
望北山而流涕兮，[8]临流水而太息。[9]

【注释】

[1]倡：同"唱"。古代乐歌的表现形式之一，这里是另外唱起的意思。

[2]鸟：作者自喻。

[3]集:鸟栖树上。

[4]牉:这里作"分离"解。

[5]惸(qióng):同"茕",孤独。

[6]卓:与"远"同义。

[7]申:表白。

[8]北山:一本作"南山"。一说,郢都北十里的纪山。

[9]太息:叹息。

诗人将自己比喻成一只鸟,从南方飞来,飞到汉水之北暂且栖息。这是怎样的一只鸟?羽毛如此丰满美丽,却离群独处于异地他乡,没有伴侣,没有知交,也没有任何沟通者。它在这儿望远山涕泪交流,对流水声声悲叹。

类似的意象和情绪在诗中比比皆是。这是美遭到了遗弃,在悲境中的不能自拔,是思绪上的重叠紊乱,是悲愤孤苦、绝望之后的一种非正常状态。因为一种情感已经走到了极端,所以再无其他顾忌,于是放弃世俗的本能遮掩,走向彻底的敞开。因为诗人失掉的是最重要的东西,等于失掉了一切。

他可以尽情孤芳自赏,尽情自怜自爱,尽情表达失意和思念、窘境、呼唤,以至于诅咒。

望孟夏之短夜兮,[1]何晦明之若岁。[2]
惟郢路之辽远兮,[3]魂一夕而九逝。
曾不知路之曲直兮,[4]南指月与列星。

愿径逝而不得兮，[5]魂识路之营营。[6]
何灵魂之信直兮，[7]人之心不与吾心同。
理弱而媒不通兮，[8]尚不知余之从容。[9]

【注释】

[1]孟夏：夏历四月。

[2]晦明：从天黑到天亮，即一夜。

[3]惟：发语词。一说作"思念"解。郢路：回归郢都的路。

[4]曾不知：不曾知。一说"曾"作"竟然"解。

[5]径逝：径直而去。

[6]营营：指魂魄找路往来忙碌的样子。

[7]信直：老实正直。

[8]理：使者。

[9]从容：这里指行动举止舒缓的样子，心地磊落，胸怀宽舒。

诗人埋怨初夏夜长得简直像一年。这儿离郢都太远了，他在梦中竟然让自己的灵魂一夜回返九遍，连自己都吃惊，惊叹与众人是如此地不同。

在这里诗人又一次提到了媒质，即沟通者、说和者。

这使我们想到在整个的放逐中，诗人或许请人在楚怀王或顷襄王面前做过一些解释的工作：或没有成功，或根本就没有把意思转达到。正因为这样，那个"美人"竟然不知道"余之从容"。这里的"从容"理解为举止状态尚可；如理解为"风度从容"也未为不可。因为被遗弃者是极愿意向另一方显示自己的所谓"从容"的。如此不堪，这种"从容"的违心表达，则愈显出一种悲苦和潦倒，也反映出维系生的欲望之堤即将坍塌。这道堤坝将随着郢都的陷落而崩溃。

大势已去，思念无以附着，于是真正变成一个孤魂，在茫路上游荡。这个灵魂可以一夜回返九遍，说明实际归路之不通。这时他当然找不到"美人"，而且找到了也没有用。那只是一种精神上的狂想和安慰。这一点，诗人总还是清楚的。

乱曰：长濑湍流，[1]泝江潭兮。[2]

狂顾南行，[3]聊以娱心兮。

轸石崴嵬，[4]蹇吾愿兮。[5]

超回志度，[6]行隐进兮。[7]

低徊夷犹，[8]宿北姑兮。[9]

烦冤瞀容，[10]实沛徂兮。[11]

愁叹苦神，[12]灵遥思兮。

路远处幽，又无行媒兮。

道思作颂，[13]聊以自救兮。[14]

忡心不遂，斯言谁告兮。

【注释】

[1]濑：浅滩上流水。

[2]泝：逆流而上。

[3]狂顾：急切地回头张望。

[4]轸：弯曲。崴嵬：高耸貌。

[5]蹇：阻碍。

[6]超：超越。回：指回汉北。一说，作曲折的路解。志度：一说，"志"作"记住"解；"度"与"回"相对成文，应作"直路"解。一说，"志度"犹"考虑"，即考虑南下还是北回。

[7]行隐进：前进和后退两难。

[8]低佪：徘徊。夷犹：犹豫。

[9]北姑：地名。

[10]瞀（mào）容：瞀，心绪烦乱。瞀容，犹愁容苦貌。

[11]沛徂：犹颠沛流离。

[12]苦神：心神劳苦。

[13]道思：道，述。道思，义同"抽思"。颂：诗歌，指本篇。

[14]救：解脱。

又是"乱曰"，是全诗的归结，全曲的余音，即"最后的话"，回答"最后又能怎样"。

无非是逆流而上，急切回顾，"聊以娱心"。从政治的角度讲，过去诗人是重要的，而今已成"赘疣"。这种"赘疣"的感觉和描述，出自诗人之口，说明了一种清醒。

但更多的时候，他不能这样确定自己。在这种时刻，一个被遗弃者仍然用"美人"来指代国君，可见已无可救药。直到最后，他还为没有"行媒"而忧虑，仍然构想与君王的联系，幻想靠解释破除误解。

他似乎不能明白，来自另一方的遗弃和厌恶，早已不可逆转。忧愤与绝望连同肉体上的痛苦，僻地他乡的孤单无告，一起磨损脆弱敏感的神经，让他像一个痴人那样日复一日地重复无边的呓语。这些呓语尽管由于诗人独特的才能、因为一些奇妙的想象和比喻而多少冲淡了它的繁琐，但毕竟是词语的河流凭惯性冲刷而下。它的延续只起到强化状态的作用，而失去了真正的深意。

另一方面，又因为这是自我挽救和自我安慰的声音，是一个生命用精神漫游的方式所做的最后挣扎，几乎是声声血泪，所以又难以当成一般的痴人呓语。

·怀　沙

滔滔孟夏兮，[1]草木莽莽。[2]

伤怀永哀兮，汩徂南土。[3]

眴兮杳杳，[4]孔静幽默。[5]

郁结纡轸兮，[6]离慜而长鞠。[7]

抚情效志兮，[8]冤屈而自抑。

【注释】

[1]滔滔：和暖，阳气充沛。一说是悠悠的意思，形容夏季昼长。

[2]莽莽：茂盛貌。

[3]汩（yù）：水流迅疾貌。

[4]眴（shùn）：同"瞬"，看。一说，眴即"泂"，遥远的意思。

[5]孔：很。一说，同"空"。幽默：静寂无声。

[6]纡：委屈。轸：哀痛。

[7] 离:借作"罹",遭遇。愍(mǐn):同"愍",忧患。鞠:窘困。

[8] 抚:依循,检查。效(xiào)志:察核心志。这句是扪心自问的意思。

不知这个孟夏是否与写作《抽思》的那个孟夏是同一个夏天,但境遇和情绪完全相似。仍旧是忧愁悲哀,是急切奔向南方。在反复咏叹同一种事件和主题的来回咀嚼中,诗人的思绪呈现出一种时而错乱时而极为清晰的奇怪状态。仅就怨恨悲苦、失意怨尤的状态和情境的表达而言,这已经是空前绝后。

滔滔孟夏,草木莽莽。类似的哀伤,类似的宏阔与简洁,在诗章中随处可觅。诗人伟大的洞察力和创造力,由国事转向了内心,转向自我和自然,就马上变得神奇,文势汹涌一泻千里。

但这些诗章如果稍稍脱离了审美,就会让人产生厌恶的情绪。

汨罗之畔,长发披肩,诗人长哭当歌,愁肠百结。这种苍白痛苦的面孔,踉跄奔走的身影,仍多少显出了丰富中的单调;作为人生的一种尾声,也就不仅单调,而且显得过于漫长了。

这种漫长当然同时也显示了一种生命的顽强,是珍爱自身,做出无数次挽救的努力过程。

他的追索与辩解首先是使自己厌烦,然后停止。这种停止也将意味着走到了生命的尽头。

刓方以为圜兮,[1]常度未替。[2]

易初本迪兮,[3]君子所鄙。

章画志墨兮,[4]前图未改。[5]

内厚质正兮,[6]大人所盛。[7]
巧倕不斫兮,[8]孰察其拨正?[9]

【注释】

[1]刓(wán):削。圜:同"圆"。

[2]度:法度。替:废弃。

[3]易初:改变初志。本迪:本,可能是"卞"的误字。"卞"通"变"。迪,通"道"。卞迪,改变常道。

[4]章:明确。画:规划。志:牢记。墨:绳墨,喻法度。

[5]前图:前人的法度。一说,作"初志"解。

[6]内厚:内心敦厚。

[7]大人:指圣贤。

[8]倕(chuí):传说尧时的巧匠。斫(zhuó):砍。

[9]拨正:拨,弯曲。拨正,即"扶拨以为正",使弯曲的东西变直。此可理解为巧匠倕的本领。

诗人一次次进入无序的自语。比喻,辩解,反复阐明失意的原因和道理。不过稍有不同的是,诗人在讲自己的"常度未替""前图未改",反映的不仅是一个坚定和固守的形象,而且还是一个保守的形象。

他在遵守一种前人的法度。在此,为了讨君王欢心而乖巧善变,还是坚持原则、固守正常的法度而不变;顽固反对变革,并不以君王的喜好而随意迁就——这二者之间该有明确的界限。可惜,这些界限没有着力彰明。

可以得知，诗人的不幸在很大程度上来自固守原则。这里强调的是政治原因，而在别的地方，更多的却是围绕情感因素。当然有时这二者又难以区分。作为一个钟情的诗人，他更多的时候不愿从政治角度去阐述问题，但后人通过文字给予的解释，却又过分地政治化，没有充分给予人性和情感的观照。这同样是一种失误。

楚怀王对于诗人的厌恶可能有多方原因。但厌恶和疏远是一种情感，情感有时候是抗拒分析的。诗人的痛苦和悲哀有时也源于对"美人"的这种执拗分析：分析一种不可分析之物，所以只能走入进一步的迷茫和痛苦；在厌恶与喜欢的问题上，大多是不可争论的——正像嗜好不可争论一样。

玄文处幽兮，[1]矇瞍谓之不章。[2]
离娄微睇兮，[3]瞽以为无明。[4]
变白以为黑兮，倒上以为下。
凤皇在笯兮，[5]鸡鹜翔舞。[6]
同糅玉石兮，[7]一概而相量。[8]
夫惟党人鄙固兮，[9]羌不知余之所臧。[10]
任重载盛兮，[11]陷滞而不济。[12]
怀瑾握瑜兮，[13]穷不得所示。[14]

【注释】

[1]玄文：玄，黑色。文，同"纹"。玄文，黑色的花纹。

[2]矇瞍(sǒu)：瞎子。有眼珠而看不见叫"矇"，没有眼珠叫"瞍"。章：

色彩。

[3]离娄：传说是黄帝时的人，能于百步之外见秋毫之末。睇：斜视，楚方言。

[4]瞽（gǔ）：瞎子。

[5]筻（nú）：竹笼。

[6]鹜（wù）：鸭子。

[7]糅：混合。玉石：玉和石头。

[8]概：平斗斛的横木。这里是标准的意思。

[9]鄙固：鄙陋，顽固。一本作"鄙妒"。

[10]臧：善。一说，臧同"藏"，抱负，理想。

[11]载盛：担子很重的意思。

[12]陷：陷没。滞：沉滞。济：成功。

[13]瑾、瑜：二者指美玉。比喻美德和才能。

[14]穷不得：穷，尽，形容"不得"。穷不得，完全不知道。示：显示。

诗人对于庸常和平俗的傲视随处而见。他并不怜悯它们。因为庸常和平俗往往是对杰出的遮蔽，是对真理的歪曲，它们往往是阴谋和欺骗的最好合作者。邪恶总是接近它们，与之联手大行其道。由于对事物的认识发生了致命的错误，有时虽非蓄意，也会造成极大的危害。上下不分，颠倒黑白，这会是经常发生的。这样的结果就常常是"凤凰入笼，鸡鸭自由，美玉和顽石混而为一"。

这是智者常有的悲叹。

诗人对自己的强烈肯定，对"党人"的不屑和愤恨，在此又往前推进一步。他不止一次得出结论：自己的厄运有一多半或全部，正是因为自己过于杰出,即所谓"怀瑾握瑜"。在此他有难得的觉悟,即认为自己好比一辆车子,负担和装载得太多,所以也就陷入困顿,寸步难行。他太能用情,也就陷入自我煎熬。入世太深,思虑正道太重。这对于诗人孱弱的臂膀而言,必然不堪其重。

伟大和杰出是一种存在,可惜不会长久。它完全不适应混浊的现世,这就是诗人的觉悟,也是诗人在决定结束自己性命之前的一个可怕的结论。它真实得可怕,而且毫无反诘余地,这在自我鉴定方面简直是空前绝后。这也是勇者最后的行为。

邑犬之群吠兮,吠所怪也。
非俊疑杰兮,固庸态也。
文质疏内兮,[1]众不知余之异采。
材朴委积兮,[2]莫知余之所有。
重仁袭义兮,[3]谨厚以为丰。[4]
重华不可遻兮,[5]孰知余之从容?
古固有不并兮,[6]岂知其故也?
汤禹久远兮,邈不可慕也。[7]

【注释】

[1]文:指外表。质:指内心。疏:朴素。内:通"讷",木讷,不善辞令。

[2]材:有用的木料。朴:未加工的木料。材朴:这里用来比喻才能和德行。委积:堆积。

[3]重、袭:都是重复积累的意思。

[4]谨厚：谨慎忠厚。丰：充实。

[5]遌(è)：遇。

[6]古固有：自古就有。不并：指明君和贤臣生不同时。

[7]邈：远。

离乱途中，诗人贫困潦倒的形象可能更易受到群狗围攻。他写到的"吠所怪也"，既是一种真实的写照，也是一种贴切的比喻：否定英雄和怀疑豪杰本是庸人的常态。这样的群吠围攻，很快让他想到放逐之前的遭遇。

里里外外的美好，人所未知的潜能，仁义道德累集一身，谨慎而忠厚，这一切都白白生在了一个混浊险恶的时代。像尧舜那样的贤君已经不能再遇。圣贤生不同时，商汤夏禹离我们太远，远得甚至无法思慕。

对于自己才德和品质的认识，一次又一次推向极端，给予失败者以最热烈的颂扬。英雄末路，邑犬群吠。他企盼尧舜和夏禹，从而对那个"美人"做出了一次最大的否定。那个"美人"是群犬的豢养者，起码是怂恿者。

在谴责和怨恨的发泄中，凡是涉及"美人"之处，诗人都小心翼翼；但在肯定自我的时候，却总是一次次达到了迷乱的热度。

惩违改忿兮，[1]抑心而自强。[2]
离愍而不迁兮，[3]愿志之有像。[4]
进路北次兮，[5]日昧昧其将暮。[6]

舒忧娱哀兮，[7]限之以大故。[8]

【注释】

　　[1]惩：戒。违：恨的意思。改忿：克制自己的愤恨。

　　[2]抑：抑制。

　　[3]慜(mǐn)：同"愍"，忧伤。迁：改变。

　　[4]像：榜样。

　　[5]次：停息。

　　[6]昧昧：昏暗的样子。

　　[7]舒忧娱哀：排解忧愁悲哀的心情。

　　[8]限：受……限制。大故：死亡。这两句的意思是要死得从容，不把生前的哀忧带到身后。

　　既然如此，就要及早做出今后的打算。诗人稍加冷静，开始认为不必再怨恨愤怒，而要克制内心，自强不息；既然历尽忧患也不能改变，那也只有在心中立起一个榜样。

　　诗人本来一直向南，这儿又写到"进路北次"，看来是道路弯曲。本来要尽可能地想得开一些，舒展一下愁眉，可惜总是面临着秦兵压境、战事危急的时刻。

　　诗人的个人困厄与国难连在一起，公敌与私敌纠缠不清。无论是遭逢的时世还是个人的处境，都糟到了极点。就世俗意义和个人生存艺术而言，诗人所思所想所行都一塌糊涂；但由于一意孤行而激发和造就的毁灭之舞，它的炽亮耀眼的光环，却会高悬于历史的星空之上。

乱曰：浩浩沅湘，分流汨兮。

修路幽蔽，道远忽兮。[1]

怀质抱情，[2]独无匹兮。[3]

伯乐既没，[4]骥焉程兮。[5]

民生禀命，[6]各有所错兮。[7]

定心广志，[8]余何畏惧兮？

曾伤爰哀，[9]永叹喟兮。[10]

世溷浊莫吾知，心不可谓兮。[11]

知死不可让，愿勿爱兮。[12]

明告君子，[13]吾将以为类兮。[14]

【注释】

[1]忽：渺茫的意思。

[2]质：品德质朴忠信。

[3]匹：伴侣。一说，是"正"之误字，通"证"。

[4]伯乐：人名，即孙阳，春秋时人，以善相马闻名于世。

[5]骥：千里马。程：衡量。

[6]禀命：领受天命。

[7]错：通"措"，安排。

[8]定心：坚定心愿。

[9]曾：通"增"。爰哀：爰，哀泣不止。爰哀，不尽的哀伤。

[10]喟：长声叹息。

［11］谓：说。

［12］勿爱：爱，吝惜。勿爱，指为了成仁取义，不吝惜自己的生命。

［13］明告：公开告诉。一说，"明告"当为"明皓"，乃"君子"之形容词，光明磊落。

［14］类：榜样。一说，是"类别"之类，指与"君子"同类。

尾声是"浩浩沅湘，分流汩兮"。舒阔的大象，气度非凡。于人生于世道，波澜不测，前途遥渺。就在这样的历史长流之侧，诗人怀着美好的品质和激情，彳亍独行。伯乐已死，骏马何用？诗人只好消极地安于天命，等待那个未知。如此倒也能够"定心广志"，再无惧怕。

每一种情绪的涌起和失落，都像波涛一样层层叠浪，无穷无尽。永久的叹息伴着无边的黑夜，诗人终于呼出："死亡已是不可避免！"

对生命不再怜惜，在这最后的时刻，诗人再次明告君子圣贤：他将以他们作为自己的榜样。

《怀沙》可以视为诗人的绝唱，因为这里不仅有激烈的言辞，还有决绝的言辞。除了强化和重复以往诗章的意绪，再就是宣告了死亡。

· 思美人

思美人兮，［1］揽涕而伫眙。［2］

媒绝路阻兮，言不可结而诒。[3]
蹇蹇之烦冤兮，[4]陷滞而不发。[5]
申旦以舒中情兮，[6]志沉菀而莫达。[7]
愿寄言于浮云兮，遇丰隆而不将。[8]
因归鸟而致辞兮，[9]羌迅高而难当。[10]
高辛之灵盛兮，[11]遭玄鸟而致诒。[12]

【注释】

[1]美人：指楚怀王。

[2]揽：收。竚：久站。眙(chì)：瞪着眼直视前方。

[3]结而诒(yí)：结，缚。古人信写在竹简上，用线绳缚结。诒，通"贻"，送。结而诒，犹今封寄。

[4]蹇蹇：通"謇謇"，直言貌。

[5]发：指发轫(rèn)，开车前进。

[6]申旦：申，重复，一次次。申旦，天天。一说，"申旦"是再三表白。

[7]沉菀(yù)：菀，原是草木茂盛的意思，引申为郁结。沉菀，沉闷郁结。达：通。

[8]丰隆：云神名。将：送。

[9]因：依，凭。

[10]迅：快。一本"迅"作"宿"。当：值，遇。

[11]高辛：帝喾。灵盛：神灵美盛，这里指美好的德行很多。

[12]诒：通"贻"，此作名词用，聘物。

此篇可能是诗人作《怀沙》之前，心情与处境尚好些时的作品。

289

《楚辞》笔记

尽管也是涕泪不干,身在放逐之中,但言辞较《怀沙》温和,思绪也平缓流畅。这同样是一篇独语,独语时凝视的只有一个"美人"——楚怀王——终其一生不能忘却、直到最后在情感上仍然相依相伴,连自己都说不清是亲近、惧怕,还是忌恨才好的人。尽管他的全部不幸都起因于这个"美人"的震怒和遗弃。他为这种友谊和机缘的丧失而愁肠百结。

但这里看不到多少对于权力的向往,对于优越生活环境的留恋,更多的却是其他。

像过去一样,即便最沮丧无望的时刻,诗人也能触发奇异的想象,随手拈来极妙的比喻:想让浮云在自己与"美人"之间传话,让鸟儿捎信;只是担心在厄运降临的当下,云神不肯讲情,鸟儿又飞得过快过高。

> 欲变节以从俗兮,媿易初而屈志。[1]
> 独历年而离愍兮,[2]羌冯心犹未化。[3]
> 宁隐闵而寿考兮,[4]何变易之可为?
> 知前辙之不遂兮,[5]未改此度。
> 车既覆而马颠兮,蹇独怀此异路。[6]

【注释】

[1]媿(kuì):同"愧"。易初:改变初衷。屈志:委屈心志。

[2]离愍:遭受忧患。

[3]冯心:愤懑的心情。化:消。

[4]隐:忍。闵:忧。寿考:寿终,老死。

[5]前辙:比喻从前的政治主张。遂:顺利。

[6]异路:指与群小不同的道路。

在这无法沟通、命运难测的围困中,他一次又一次宣告永不变节,永不屈志,宁可忍受终身的失意,也要忠于往昔的一切,忠于"美人"——这条道路令他车翻马颠,但心中仍只有这条道路。

在历史上,也许很难找到这样的怀念和这样的忠诚。这使人不禁想到:昏聩的楚怀王也许有难以估量和猜测的魅力——个性的魅力。像诗人这样缜密特异的思路,集天地之才于一身的人物,竟最终都不能将其摆脱。

对于一个统治者,任何简单化的贬抑都很容易,但回到具体情境里的考量和分析却又复杂困难。在这里,个人功业和统治策略固然重要,但一些因时间而湮灭的感性记录呢?比如说他的眉目、气息、举止、神态以至于服饰——作为一个生命的形体韵律,这一切所综合表达的那种不可再造的迷人之光呢?想象斑斓的一个浪漫诗人,不可能简单地陷入愚忠。具有最活泼思维的还是诗人,他会极端化地追求完美。他一生远离污浊、崇尚清洁,大概不会念念不忘一位浑身浊臭的昏君。治国不力,王朝塌陷,这与个人魅力大抵无关。

勒骐骥而更驾兮,造父为我操之。[1]
迁逡次而勿驱兮,[2]聊假日以须时。[3]
指嶓冢之西隈兮,[4]与纁黄以为期。[5]

开春发岁兮,[6]白日出之悠悠。[7]

吾将荡志而愉乐兮,[8]遵江夏以娱忧。[9]

【注释】

[1]造父:周穆王时的善御者。操之:驾驭马车。

[2]迁逡次:迁,前进。逡次,徘徊游移。迁逡次,缓行。勿驱:不要快跑。

[3]假日:借些日子,费些日子。须:等待。

[4]嶓冢(bō zhǒng):山名。西隈(wēi):西边。

[5]纁(xūn)黄:黄昏。纁,借作"曛"。

[6]开:开始。发:发端。

[7]悠悠:迟缓貌。初春夜长,太阳迟出。

[8]荡志:荡涤胸怀。

[9]江夏:长江和夏水。

失意中仍然让那些无头无绪、奇奇怪怪的想象来充填自己,是因为太过空虚。想象中他重新驾起千里马,赶车的竟是周穆王时期最善于驾御的造父 —— 他真使用得起。这和以前用龙驾车,让雷司和云神伴随左右一样,全是一些狂意放情,是虚幻的止痛药。诗人任何时候都来得及浪漫。

悠悠驱车,任它慢行。车子一直走到汉水源头之西,走到黄昏。这大概是一段舒缓的旅程,诗人说他"吾将荡志而愉乐",沿江夏向前,把放逐当成了旅游,努力排遣忧思。

看来那个"美人"带给他的没有多少欢愉和宽慰,而只有大地河流才能让他真正舒畅。如果这个"美人"不是楚怀王,而是一个具体又真实的女子该有多好！如果在放逐中有这样一位异性相伴多好！看不到这样的痕迹，看不到这样的思恋；而如此情爱在诗人身边却是一种真正的和谐美——配以香草、鲜花、流水。然而没有。这里，一个男性的孤单竟类似于女性的幽怨——思念一个权高位重的男人。

揽大薄之芳茞兮，[1]搴长洲之宿莽。[2]
惜吾不及古人兮，吾谁与玩此芳草？
解萹薄与杂菜兮，[3]备以为交佩。[4]
佩缤纷以缭转兮，[5]遂萎绝而离异。[6]
吾且儃佪以娱忧兮，[7]观南人之变态。[8]
窃快在其中心兮，[9]扬厥凭而不竢。[10]
芳与泽其杂糅兮，[11]羌芳华自中出。[12]
纷郁郁其远蒸兮，[13]满内而外扬。
情与质信可保兮，[14]羌居蔽而闻章。[15]

【注释】

[1]揽：采摘。薄：草木丛。茞：香草名，即白芷。

[2]搴：拔取，楚方言。

[3]解：采。萹（biān）薄：丛生的萹。萹，一种野生植物。

[4]备以：聊以，暂且。交佩：左右佩带。

[5]缭转：互相缠绕。

[6]萎绝：枯败。离异：分离散乱。

[7]儃佪：徘徊。

[8]南人：指郢都党人。一说，指长江夏水沿岸的人。

[9]窃快：暗喜。中心：心中。

[10]扬：外露。一说，作"丢开"解。厥冯：那些愤慨的情绪。竢（si）：同"俟"，待。

[11]糅：混合。

[12]芳华：芳香与光泽。

[13]郁郁：香气浓烈。远蒸：远远地散发。

[14]可保：可靠。保，一说作"保持"讲。

[15]居蔽：指被逐处于偏远的地方。闻：名声。章：同"彰"，显著。

诗人作为一个爱花者，已是人人皆知。他在放逐之路上又开始采集草木，甚至到长洲上去摘取宿莽。像往昔一样，他拔取一些好看的植物左右佩带。他是如此爱好披挂香草鲜花，无论是得意还是悲伤，无论是权倾一时的朝内重臣还是荒郊僻地的流浪野汉。悠长含蓄的性情，委婉多思的秉性，这一切绝对应该远避苦风凄雨。但可叹的是恰恰相反——再也没有这样的人生温室。

这个生命将和他佩带的鲜花一块儿枯亡。他佩带、徘徊、思念，尽可能地消除忧愁，而且有心写出这样的句子："观南人之变态。"——可以设想无论是南方人还是北方人，朝中人还是乡下人，他们眼里的诗人都会是真正的"变态"。

也就在这种观赏之间，诗人心中暗暗洋溢喜悦，愤懑得到宣泄。然而这种缓解何其短暂。他仍然想到了香花和污垢，想到了花香的散发，想到了外表与本质的美好，想到了恶劣处境中的声名远播——这条格外沉重的思路开始破坏安闲舒适的旅程。

对"美人"的思念带给他的感想是复杂的,揆情度理,这时候他更多惆怅而很少怨恨。美好的时光占据了主要思路,他在心中发出呼唤,同时手摘鲜花,手握芳草。

令薜荔以为理兮,[1]惮举趾而缘木。[2]
因芙蓉以为媒兮,[3]惮褰裳而濡足。[4]
登高吾不说兮,[5]入下吾不能。
固朕形之不服兮,[6]然容与而狐疑。[7]
广遂前画兮,[8]未改此度也。
命则处幽吾将罢兮,[9]愿及白日之未暮也。[10]
独茕茕而南行兮,[11]思彭咸之故也。

【注释】

[1]理:使者。

[2]惮(dàn):害怕。缘木:顺着树木往上爬。

[3]因:依靠。芙蓉:莲花。

[4]褰裳:褰,通"搴",把下身的衣服提起来。濡:沾湿。

[5]说:通"悦"。

[6]朕形:犹今"我这个人"。一说,"朕形"应作"朕性",即我的本性。

[7]然:乃。

[8]广遂:完全实现。前画:从前的计划。

[9]命则处幽:生命已处在将暮阶段。

[10]及:趁着。

[11]茕茕：孤单无依的样子。

他想让薜荔做自己的媒介和使者去献球果，但又不愿上树采摘；想去采下荷花帮自己说合，又怕下水湿脚。这些果与花，显然都是献给一个人的。过于殷勤，心生不快，诗人开始犹豫不决。

他在旅途上一看到美好的植物就想到了一个人，想到了采摘和奉献。这只是触景生情，真要去做，当然又不现实。

诗人在任何时候都难以背叛固有的理念。这不仅让人想到往昔，想到那段时间里"美人"对他有过多么深刻的征服。

·惜往日

惜往日之曾信兮，[1]受命诏以昭时。[2]
奉先功以照下兮，[3]明法度之嫌疑。[4]
国富强而法立兮，属贞臣而日娭。[5]
秘密事之载心兮，[6]虽过失犹弗治。[7]

【注释】

[1]惜：忆。曾信：曾经获得信任。

[2]命诏：诏令。昭时：使时政清明。昭，明。时，一本作"诗"。

[3]奉：遵奉，承继。先功：先王的功业。下：后世。

[4]嫌疑：指法度中模糊难解之处。

[5]属：通"嘱"，托付。贞臣：指忠于职守的大臣。一说，作者自称。

娱(xī):同"嬉",指君王可以放心游玩。

[6]载心:放在我的心里。

[7]弗治:不治罪。

在诗人所有诗章中,此篇最为明确和具体地写到了政治行为和政治理念。而且一开始就没有像过去那样纠缠于个人恩怨情感,而是谈深受国君信赖,领受诏令清明时世;遵奉先王功业,法度严明,依法治国;将政务托付给忠诚的大臣,心中装满国家机密。诗人把一些最重要的事项历数一番,进一步确认自己在国家政治生活中的地位,即历史的地位。

这儿的记载较以往郑重,有录以备考的意味。值得注意的是,诗人第一次承认自己有过失,即"虽过失犹弗治":由于有功于国,所以深受信任,君王对他的过失并不惩处。

心纯厖而不泄兮,[1]遭谗人而嫉之。
君含怒而待臣兮,不清澂其然否。[2]
蔽晦君之聪明兮,[3]虚惑误又以欺。[4]
弗参验以考实兮,[5]远迁臣而弗思。[6]
信谗谀之溷浊兮,[7]盛气志而过之。[8]
何贞臣之无罪兮,被离谤而见尤。[9]

【注释】

[1]纯厖(máng):淳朴忠厚。厖,厚实。不泄:忠于职守,不泄露机密。

[2]清澈：用作动词，澄清察明。澈，一本作"澄"。然否：是非。

[3]聪明：聪，指听觉好。明，指视觉好。聪明，比喻耳聪目明。

[4]虚：捏造事实。惑：颠倒是非。误：陷害误人。

[5]参验：比较，验证。

[6]迁：放逐。

[7]溷浊：污浊丑恶。

[8]盛气志：指盛怒。过：罪过。这里作动词用，责罚。

[9]被离：遭受。被，一本疑此字为"反"字之讹。

可惜这种重权在握、不受君王惩处的岁月未能持久。遭到厄运的原因，诗人自以为是心地纯正忠厚以及格外严谨，即"不泄"。"不泄"是独守和掌握，有大权独揽的意味。这就排斥了其他臣僚的参与，所以嫉恨和谗言也就接踵而至。要害是君王听信了这些谗言，含怒带嗔，不愿过细分析——结果是群起而攻，形成了一种合力，进一步左右君王的视听。君王将诗人远远放逐，全不顾往日情谊。

当年楚怀王何等愤怒，从"盛气志而过之"一句可以想象。这种暴怒对于诗人是致命一击。他直到最后的时刻，还在回想那个可怕的场景。

从语气上看，它较《涉江》，特别是《思美人》，显得沉郁而镇定——仿佛到了最后的诉说，先是低沉地重复，然后是无声无迹地告别。

惭光景之诚信兮，[1]身幽隐而备之。[2]

临沅湘之玄渊兮,[3]遂自忍而沉流。[4]
卒没身而绝名兮,惜壅君之不昭。[5]
君无度而弗察兮,[6]使芳草为薮幽。[7]
焉舒情而抽信兮,[8]恬死亡而不聊。[9]
独障壅而蔽隐兮,[10]使贞臣而无由。[11]

【注释】

[1]光景诚信:景,光的意思。光景,指太阳的光辉。诚信,真诚可信。这句可以理解为阳光对万物都一视同仁,普照天下。一说,"光景"指日月的运行;"诚信"指日月的运行守时如守约。

[2]幽隐:深居僻远之地。备:疑当为"避",声之误。一说,作"防备"讲。

[3]玄渊:深渊。

[4]遂:于是。沈:沉。

[5]壅(yōng)君:受蒙蔽的君王。昭:明。

[6]度:这里指原则,衡量事物的标准。

[7]为:处于。薮幽:草泽深处。薮,草泽。

[8]焉:何处。抽:抒发。信:真情。

[9]恬:安然。不聊:不苟活在世。

[10]障壅:与"蔽隐"同义,谓障碍重重。

[11]由:缘由,指报国的机会。

最后的自语,含着血泪。他觉得阳光无所不照,唯有他永远遮在阴影之中。站在沅湘的深渊旁,马上就要忍住一切跳下去,身死名绝。可惜那个昏君一切都不明白。在这里,诗人第一次把心中的

"美人"视为昏君,可见抱定了死的决心。

他开始有了以往所没有的勇气。他认定那个"美人"失去了任何准则和判断,让一棵芳草在荒芜中湮没。如今,表达情感和陈述心情的机会已经失去,所以他唯有一死。他牵挂的是君王身侧再不可能拥有忠臣,那里已被小人围拢。

这是诗人最后一次牵挂。

闻百里之为虏兮,[1]伊尹烹于庖厨。[2]
吕望屠于朝歌兮,[3]宁戚歌而饭牛。[4]
不逢汤武与桓缪兮,[5]世孰云而知之。[6]
吴信谗而弗味兮,[7]子胥死而后忧。[8]
介子忠而立枯兮,[9]文君寤而追求。[10]
封介山而为之禁兮,[11]报大德之优游。[12]
思久故之亲身兮,[13]因缟素而哭之。[14]
或忠信而死节兮,或訑谩而不疑。[15]
弗省察而按实兮,[16]听谗人之虚辞。

【注释】

[1]百里:人名,即百里奚,春秋时虞国大夫。

[2]伊尹:商汤的辅佐大臣,出身于奴隶,做过厨子。

[3]吕望:吕尚,俗称姜太公。未发迹时,曾在朝歌(故城在今河南省淇县北)卖肉。

[4]宁戚:春秋时卫国人。喂牛时唱歌抒怀,被齐桓公听到,得以赏识

重用。

[5]汤：商汤。武：周武王。桓：齐桓公。缪：秦穆公。

[6]之：指百里、伊尹、吕望、宁戚等人。

[7]味：体味，辨别。

[8]子胥：伍子胥，春秋末期吴国大将，屡劝吴王夫差灭越和暂缓伐齐，夫差听信谗言，赐剑命子胥自尽。忧：指亡国之忧。

[9]介子：介子推，春秋时晋国贤者。他随晋文公流亡十九年，回国后不争功，隐居绵山。后来文公想请他出来，就放火烧山逼他出山。介子推坚持不出，抱树烧死。立枯：指抱树站着被烧焦。

[10]文君：指晋文公。寤：醒悟。

[11]封介山而为之禁：晋文公为了纪念介子推，封赐绵山为"介山"，禁止上山采樵。

[12]大德：指介子推追随晋文公流亡的功劳。优游：宽广貌。形容介子推德行伟大。

[13]久故：多年的故旧，老朋友。亲身：身边亲近的人。

[14]缟素：白色的丧服。

[15]訑(yí)谩：欺诈。

[16]省察：思考考察。按实：考察实情。

即便是这个时刻，诗人脑海里仍然充斥着古代贤人遭遇明君的故事，并一次次从头历数；除此而外，还有那些君王听信谗言不辨是非的最后追悔，因此而遭受的忧患和危乱——更有一些知恩图报的君主，在恩人死后穿上丧服前去哭祭。

最后的情节使诗人不可能不想到身后事。那个"美人"会为他穿上丧服来到江边吗？真是连想也不敢想。

诗人直到死亡的边缘，也未能把自己的思维推进一步，仍旧是知遇明君，感恩图报，忠诚守节。他心中萦回的仍是一系列明君和忠臣的形象。如果他能从这个行列里迈出半步，那么也就得以生还。可惜这已断不可能。他所做的一切，回忆、诉说，只有一个作用，就是一步一步把自己推向深渊。

然而就是这种至死不悟，才有几千年文史典籍中的备受推崇。

诗人究竟是个伟大的爱国者，还是一个杰出的浪漫天才？

实际上他的依附和忠君，怀念"美人"的声泪俱下，反复申明的怀才不遇，岂是"爱国"两字所能搪塞敷衍？作为一个放逐的贵族，失意的臣僚，他的独自哀戚并没有什么美感。

他的不朽，是作为一个浪漫天才的那种无边的铺陈和幻想，是那种纵横与驰骋，是那种浑洒自如和情感的饱满，是冲决一切形式堤坝的酣畅与勇气，是用令人眼花缭乱的斑斓镶嵌和改写中华诗史的伟大功绩。

作为那个"美人"的盟友和忠臣，他的死原不足惜；而作为一个民间和大地的歌手，他的死让江河垂泪，高山垂首。

芳与泽其杂糅兮，孰申旦而别之？[1]
何芳草之早殀兮，[2]微霜降而下戒。[3]
谅聪不明而蔽壅兮，[4]使谗谀而日得。[5]
自前世之嫉贤兮，谓蕙若其不可佩。[6]
妒佳冶之芬芳兮，[7]嫫母姣而自好。[8]

虽有西施之美容兮，谗妒入以自代。[9]

【注释】

[1]申旦：天天。

[2]殀：同"夭"，早死，这里指过早凋零。

[3]戒：戒备。

[4]谅：料想，想必。聪不明：听觉不明。

[5]日得：日益得逞。

[6]若：杜若，香草。

[7]佳冶：美的姿态，这里指美女。

[8]嫫（mó）母：传说是黄帝的次妃，貌极丑。这里代丑人。姣：妖媚。自好：自以为美好。

[9]自代：自我取代。

迷乱的低语在延续：芳草污垢的混杂，贤人遭受的嫉恨，美人芬芳所招来的嫉妒；君王深受蒙蔽，阿谀者天天称心。以香草自娱，以美女自况。

这种呢喃无力、重复、繁琐，是生命的尾声。

愿陈情以白行兮，[1]得罪过之不意。
情冤见之日明兮，如列宿之错置。[2]
乘骐骥而驰骋兮，无辔衔而自载。[3]
乘泛泭以下流兮，[4]无舟楫而自备。[5]

背法度而心治兮,[6]辟与此其无异。[7]
宁溘死而流亡兮,[8]恐祸殃之有再。[9]
不毕辞而赴渊兮,[10]惜壅君之不识。[11]

【注释】

[1]白行:表白、说明自己的行为。

[2]宿:星宿。错置:罗列散布。

[3]辔:缰绳。衔:马嚼子。自载:没有工具,依靠自己的身手驾驭。

[4]泭(fú):木筏。

[5]楫:船桨。

[6]心治:不要法度,随心所欲地治理国家。

[7]辟:通"譬",比喻。此:指乘马无辔,泛泭无楫,譬如治国无法,任凭"心治"。

[8]溘:忽然。流亡:指魂魄离散。

[9]有再:出现第二次。

[10]毕:完结。

[11]识:知道,了解。

"愿陈情以白行兮,得罪过之不意",这流露出诗人以往的辩白曾招致了进一步的惩罚。这些辩白可能在放逐之后,也可能在放逐之前。这样,申辩本身就令人恐惧。

而到了最后,到了时下,诗人对于继续辩白,既不敢又不必,因为他认为自己的冤情一天天分明,它们清清楚楚简直就像天上的星星一样罗列,一仰脸就可以看得见。这种自信,这种自我清醒,是多次的痛诉造成的。而对于他人，对于他心中时刻不忘的"美人"而言，很可能早就成为往年陈迹，被遗忘和淡漠了。

他即将告别人世，已经抱定必死决心。但这个时刻，他担心未来楚国的命运就像失去了控制的奔马或无人划桨的竹排，必将充满危难，后果不堪设想。

在这历史关头，人生路口，他因恐惧祸殃而宁可死去。这祸殃既指自己，也指心爱的祖国——这二者有时是完全一样的。但诗人常常把楚国的兴衰灭亡看得高于一切。尽管他在《哀郢》和《涉江》以及一系列的诗篇中更多地申诉自己的怨情和委屈，但也的确留下了"长太息以掩涕兮，哀民生之多艰"这样感人至深的诗句。

伟大的牵挂，不灭的遗憾，有目共睹。这些牵挂，这些诉说和呼告没有尽头。所以诗人说："不毕辞而赴渊兮。"——走向深渊，话还远未说完。只可惜那个昏君什么也不懂。

诗人并不期望以死来换得君王的悔悟。最后，就是纵身一跳。

·橘　颂

后皇嘉树，[1]橘徕服兮。[2]
受命不迁，[3]生南国兮。
深固难徙，[4]更壹志兮。[5]

【注释】

[1]后皇：对天地的尊称。后，后土。皇，皇天。嘉：美好。

[2]徕：同"来"。服：适应，习惯。

[3]受命：领受天命。

[4]深固：根深柢固。徙：迁移。

[5]壹志：心志专一。

这也许是诗人所有诗章中最完美、最独立的一首。轻灵飘逸而又不失厚重，尽管没有后来的巨幅长吟所拥有的更为开阔的意象，以及无所羁绊的铺陈和幻想。

但《橘颂》拥有前所未有的清新、真挚和饱满。

诗人一开始就说橘树是天地所生的好树，说它来到南方生长是一种命运。它想固守这种命运。它根深蒂固，是因为领悟了天命，意志专一。

诗人面对一棵橘树而有所领悟，怦然心动：自己宛若这样的一棵树。想必诗人在树前多有徘徊，情真意切，目光所及，满是情意。抚摸、亲近，寄托心志，一腔热忱和依恋。由具体爱橘树，到多次移情。这儿没有流于简单的比喻，而是爱得仔细和真实。

绿叶素荣，[1]纷其可喜兮。[2]

曾枝剡棘，[3]圆果抟兮。[4]

青黄杂糅，[5]文章烂兮。[6]

精色内白，[7]类任道兮。[8]

纷缊宜修，[9]姱而不丑兮。[10]

【注释】

[1]素荣:白花。

[2]纷:形容花叶茂盛的样子。

[3]曾(céng):通"层",重叠。剡(yǎn):尖利。棘:刺。

[4]抟:同"团",圆圆的。

[5]糅:杂错。

[6]文章:指橘皮的花纹色彩。烂:很有光彩的样子。

[7]精色:鲜明的皮色。内白:内瓤清白净洁。

[8]类:好像。任道:任,抱。道,道德。任道,坚持操守原则的意思。

[9]纷缊(yūn):繁茂。一说,纷,同"芬";缊,通"氲",指香气;纷缊,香气浓郁。宜修:修饰得体。

[10]姱:美。

上帝对它的缔造完美无缺,比如其叶片、花朵、枝条和果实。在诗人看来,其色泽、其内瓤,一切都值得新奇喜悦。这不是一种玩味,而是一个人在英姿勃发的年纪,对于一棵植物的由衷赞叹。

橘树一切的美,都来自对南国的固守,来自对使命和来路的领悟。失去了这些,它将一无所成。由于它吸收了南国的阳光雨露,才变得"文章烂兮",变得"精色内白"。

嗟尔幼志,[1]有以异兮。
独立不迁,岂不可喜兮。
深固难徙,廓其无求兮。[2]

苏世独立，[3]横而不流兮。[4]

闭心自慎，[5]终不失过兮。

秉德无私，[6]参天地兮。[7]

【注释】

[1]嗟：赞叹词。尔：你。这里指橘树。

[2]廓：这里指胸怀旷达。

[3]苏世：对混浊的世俗保持清醒的头脑。苏，醒。一说，苏世即"疏世"，远离世俗的意思。

[4]横而不流：这句以驾舟横渡不随流而下，比喻为人处世能特立独行。

[5]闭心：指坚持自己内心的原则，不受外界干扰。自慎：自我谨慎。

[6]秉：持。私：偏阿，不公正。

[7]参天地：与天地相合。参，合，这里是匹配的意思。作者说橘也公正"无私"，其德可比天地。

诗人赞美橘树幼时的志向与众不同：独立不迁，绝不随意改变自己的立场，坚立于一个广大的世界。这是一种远离世俗喧嚣的独守，是凛然自为不从流俗——何等珍藏自守和谨慎，永远也不犯过失，保持美好的品德而无私心，简直和天地共长共生，协同一致。

诗人围绕橘树有了极为深刻宏远的觉悟。橘树之所以茂盛，是因为坚守了自尊，因为清醒独具的品格和谨慎自知的蕴藏，因为美好无私的内质，与天地气韵和谐一致的气度。

至此，另一个形象，诗人所期待的形象，已经呼之欲出。

愿岁并谢，[1]与长友兮。[2]
淑离不淫，[3]梗其有理兮。[4]
年岁虽少，可师长兮。[5]
行比伯夷，[6]置以为像兮。[7]

【注释】

[1]岁：年寿。谢：凋谢，这里指时光流逝。这句是说要与橘树共同生长。

[2]长友：长久为友。

[3]淑：善。离：通"丽"。淫：邪。

[4]梗：正直。理：纹理。

[5]师长：以之为师长。

[6]伯夷：殷末义士，周灭殷后，耻食周粟，饿死于首阳山。

[7]置：种植。像：榜样。

果然，诗人开始发出浩叹，希望自己和橘树共同成长，与橘树的友谊地久天长。而且对橘树进一步赞美："美德丽容"。异常端庄，笔直挺立，纹理美好——作为一棵幼树，你简直是我的师长，你的品行可以比得上殷代的义士贤人伯夷，你永远是我的榜样。

由此可以推论，这是诗人早年的咏唱。那时候他的心情还没有变得恶劣，目光还没有被阴云遮蔽。哀怨无踪，忧愤无形，只愿以树为友，自我砥砺。整个诗章都散发着一种橘树的清新气，一种可人的芬芳；它的整个气韵像年轻向上的诗人一样，清新、爽利，孕育无限生机。

- 悲回风

悲回风之摇蕙兮,心冤结而内伤。
物有微而陨性兮,[1]声有隐而先倡。[2]
夫何彭咸之造思兮,[3]暨志介而不忘。[4]
万变其情岂可盖兮,孰虚伪之可长?[5]
鸟兽鸣以号群兮,[6]草苴比而不芳。[7]
鱼葺鳞以自别兮,[8]蛟龙隐其文章。[9]
故荼荠不同亩兮,[10]兰茞幽而独芳。[11]
惟佳人之永都兮,[12]更统世以自贶。[13]

【注释】

[1]陨:损。性:古通"生",生命。

[2]声:指秋风。倡:先导,带头。

[3]造思:追思。

[4]暨:以及。一说,"暨"借作"冀",希望。志介:志气节操。

[5]长:长久。

[6]号群:呼号同类群集的意思。

[7]苴(chá):枯草。比:并列,挨在一起。

[8]葺:累积排列。自别:自炫以立异。

[9]文章:指光彩夺目的龙鳞。

[10]荼:苦菜。荠:荠菜,味甘。

[11]茝：香草。幽：偏僻的地方。

[12]佳人：喻前贤。都：美好。

[13]更：经历。统世：世代。统，古称一个朝代为一统。自贶(kuàng)：自我嘉许。贶，古通"况"，善。自贶，犹"独芳"。

旋风乍起，摇撼芳草，让诗人愁肠百结。他担心它的生命被损伤。那微小的风声是肃杀之秋的先导，使诗人想起往昔。谗言宛如回风，所以自己的命运到了晚秋。这种独处和孤苦既是一种命运，更显示了一种区别。因为芳草和枯草堆积一起就没了芬芳；只有鱼类才炫耀鳞甲，蛟龙总是隐藏。不同的草不会长于一地，香草只在深山僻地发出幽香。

比起诗人已有的悲怆和痛悼、沾血带泪的追究，这些词句显得繁复和直白。所以，有人认为此是汉人借诗人之口抒写寄托。

眇远志之所及兮，[1]怜浮云之相羊。[2]
介眇志之所惑兮，[3]窃赋诗之所明。
惟佳人之独怀兮，[4]折若椒以自处。[5]
曾歔欷之嗟嗟兮，[6]独隐伏而思虑。
涕泣交而凄凄兮，思不眠以至曙。
终长夜之曼曼兮，掩此哀而不去。[7]
寤从容以周流兮，[8]聊逍遥以自恃。[9]
伤太息之愍怜兮，[10]气於邑而不可止。[11]

【注释】

[1] 眇:高远貌。一说审视。

[2] 相羊:同"徜徉",自在地徘徊。

[3] 介眇志:高远或远大的心志。介,孤高。惑:疑惑。

[4] 惟:发语词。一说,作"思"解。

[5] 若:杜若,一种香草。椒:申椒,一种芳香的植物。

[6] 曾(céng):通"层",屡次。歔欷:哭泣声。

[7] 掩:同"淹",留。一说,抑制的意思。

[8] 周流:游荡。

[9] 自恃:精神上的自我支撑。

[10] 愍:哀伤。

[11] 於(wū)邑:同"呜唈",郁结,哽咽。

　　长期颠沛流离之中,诗人时而激越时而安静,时而清醒时而迷茫。他明白未来时日只靠私下表白,自己咀嚼自己安慰。以前的远大志向宛若浮云,安慰自己的最好办法就是不断地、无休止地怀念古代圣贤,折取芬芳的植物。他在荒僻之地徘徊叹息,流泪不止。失眠之夜显得格外漫长,整个人被悲伤压抑,醒来后也还是游荡。

　　这是令人惊心的孤独! 这种焦愤足以把一个最顽强的人击败,因为他抵挡孤独的武器少得可怜。他的全部思路只能把他引向进一步的孤独,引向精神的荒原。

　　诗人多次尝试"逍遥",但始终逍遥不起来。更多的是满腔悲悯,是长叹,是急促憋闷。醒来后的从容和周游总是无济于事。诗人已是满目悲秋。

纠思心以为纕兮，[1]编愁苦以为膺。[2]
折若木以蔽光兮，随飘风之所仍。[3]
存仿佛而不见兮，[4]心踊跃其若汤。[5]
抚佩衽以案志兮，[6]超惘惘而遂行。[7]
岁曶曶其若颓兮，[8]时亦冉冉而将至。[9]
薠蘅槁而节离兮，[10]芳以歇而不比。[11]
怜思心之不可惩兮，证此言之不可聊。[12]
宁溘死而流亡兮，不忍此心之常愁。
孤子吟而抆泪兮，[13]放子出而不还。[14]

【注释】

[1]纠(jiū)：同"纠"，缠结。思心：思绪。纕(xiāng)：佩带。

[2]膺：胸。这里指胸前的饰物。

[3]仍：因，循。此处义同"随"。

[4]存：客观存在的事物。仿佛：模糊不清。

[5]汤：开水。

[6]佩：玉佩。衽：衣襟。案：通"按"，按捺，抑制。

[7]超惘惘：失意而迷惘的样子。

[8]曶(hū)曶：岁月流逝迅速的样子。颓：落，衰败。

[9]冉冉：渐渐。

[10]薠(fán)、蘅：都是香草。节离：枝节枯折。

[11]不比：枝叶飘零离散。比，聚合。

[12]聊：依靠，寄托。

[13]抆(wěn)：擦拭。

[14]放子：弃儿。孤子、放子，都是作者自喻。

这里有一个极为生动和概括的比喻，即诗人把无数的忧虑搓成了佩带，把无限的愁苦编成了胸前的饰物。他折下神树的枝条挡住阳光——害怕阳光，希望荫蔽。孤独总是和幽暗连在一起，光明属于他人，灿烂属于他人。

自寻幽暗和悲苦，听任狂风吹抚，一切视而不见，只有一颗心激如沸水。

秋风萧瑟，又是一年。一年的结束，诗人却想到了自己的一生。香草枯萎，树叶飘零，花朵凋谢，香气散尽。这就是生命的终结和轮回。诗人在这儿想到了突然死去——他已不堪重负。他泣哭、徘徊，寻找出路，像莽野上的一个弃子。

郢都才是他的家。家长是君王，是思念的中心。

孰能思而不隐兮，[1]昭彭咸之所闻。[2]
登石峦以远望兮，路眇眇之默默。[3]
入景响之无应兮，[4]闻省想而不可得。[5]
愁郁郁之无快兮，居戚戚而不可解。[6]
心鞿羁而不开兮，[7]气缭转而自缔。[8]
穆眇眇之无垠兮，[9]莽芒芒之无仪。[10]
声有隐而相感兮，[11]物有纯而不可为。[12]

邈漫漫之不可量兮,[13]缥绵绵之不可纡。[14]
愁悄悄之常悲兮,[15]翩冥冥之不可娱。[16]
凌大波而流风兮,[17]托彭咸之所居。

【注释】

[1]隐:心痛。

[2]昭:明白。一本"昭"作"照"。

[3]眇眇:远而不清。

[4]景响之无应:极言处境孤寂。景,同"影"。

[5]闻:耳听。一说,此"闻"字也当作"闲"。省:目视。想:心想。

[6]居:疑作"思"。戚戚:忧虑的样子。

[7]轨(jī)羁:本指控制车马的缰绳,这里比喻心情被约束。

[8]缭转:缠绕在一起的样子。

[9]穆眇眇:天地混茫广阔的样子。

[10]莽芒芒:野色苍茫一片的样子。无仪:没有形状的样子。仪,形,象。一说,无仪作"无比"讲;仪,匹配的意思。

[11]相感:相互感应。

[12]纯:纯朴的本性。一说,"有纯"作"看不见"解。

[13]邈漫漫:道路漫长的样子。

[14]缥:缥缈。绵绵:隐约不绝,若有若无的样子。纡:系结。

[15]悄(qiǎo)悄:忧愁的样子。

[16]翩冥冥:指精神的飞逝。翩,飞。

[17]流风:顺风飘流。

他为自己的难以解脱而痛苦，寄希望于效仿古代圣贤彭咸的处世风度。他不止一次提到这个名字，可见吸引之强烈。为了摆脱，登高远望，看不到其他，只有渺茫静寂。在这无形无声之境，没有思念是不可能的，但思念只能加强悲寂。

对于一个曾经身居要职的楚之栋梁而言，如此的人生跌宕所带来的悔痛真是难熬。恐惧和悲凉相加，狭促的思路和忧闷的心绪相应，"穆眇眇之无垠兮，莽芒芒之无仪。声有隐而相感兮，物有纯而不可为"。

宇宙之渺，天地之阔，无声而感，无形而造，这是个体对于大千世界的感悟和把握。然而即便有这种思维的力量和无上的本领，仍不能驱赶绵长忧思。入世既深，回返也难。

一个与君王相伴的臣子，曾经备受恩泽，那么如今的痛苦也只有死亡才能遏止。

上高岩之峭岸兮，处雌蜺之标颠。[1]
据青冥而摅虹兮，[2]遂儵忽而扪天。[3]
吸湛露之浮凉兮，[4]漱凝霜之雰雰。[5]
依风穴以自息兮，[6]忽倾寤以婵媛。[7]
冯昆仑以瞰雾兮，[8]隐岷山以清江。[9]
惮涌湍之磕磕兮，[10]听波声之汹汹。[11]
纷容容之无经兮，[12]罔芒芒之无纪。[13]
轧洋洋之无从兮，[14]驰委移之焉止。[15]
漂翻翻其上下兮，[16]翼遥遥其左右。[17]

泛潏潏其前后兮,[18]伴张弛之信期。[19]

观炎气之相仍兮,[20]窥烟液之所积。[21]

悲霜雪之俱下兮,听潮水之相击。

借光景以往来兮,施黄棘之枉策。[22]

求介子之所存兮,见伯夷之放迹。[23]

心调度而弗去兮,[24]刻著志之无适。[25]

【注释】

[1]蜺:通"霓"。雌蜺:也称副虹。古人把虹分内外两层,内层为虹,外层为霓。虹色鲜明,为雄;霓色暗淡,为雌。标颠:指虹的顶点。标,梢。

[2]青冥:青天。摅(shū):舒展。

[3]扪:抚摸。

[4]湛:露水很重。浮凉:一本作"浮源",飞泉。一说,"浮凉"或"浮源"皆疑作"浮浮",状露水之浓重。

[5]凝霜:浓霜。雰(fēn)雰:霜散落的样子。

[6]风穴:神话中飘风居住的地方。

[7]倾寤:转身醒来。婵媛:内心痛恻的样子。

[8]冯:同"凭",依傍。

[9]隐:依。岐:同"岷",岷山。

[10]涌湍:指迅速奔涌的云雾。一说,作"急流"解。磕磕:水石相击声。

[11]汹汹:水势汹涌的样子。

[12]纷容容:混乱的样子。无经:不知经纬。

[13]罔:同"惘"。芒芒:同"茫茫"。无纪:没有头绪。

[14]轧:倾轧,矛盾。这里指水势互相撞击。洋洋:水大的样子。

317

[15]委移:同"逶迤",流水曲折回旋的样子。

[16]漂:此指水面起伏。

[17]翼:两翼,指左右。遥遥:同"摇摇"。

[18]潏(yù)潏:水涌出貌。

[19]伴:依从,伴随。张弛:指潮水的涨落。信期:指潮汐有一定的时间。

[20]炎气:指热气。相仍:相因,即因果循环。

[21]烟:云。液:指雨露。

[22]施:用。黄棘:神话中的木名。枉:弯曲。策:鞭。

[23]放迹:故迹的意思。

[24]调度:仔细思量。

[25]刻著志:刻,刻意,有约束的意思。刻著志,约束自己的意志。一说,下决心的意思。无适:不想离去。一说,无所适从的意思,谓在去留生死之间下不了决心。

他梦想自己的魂魄登上峻峭的高山,坐上虹霓。他可以舒理长虹,抚摸青天。这个超越而神奇的世界到底不同凡响,在这里可以吸吮甘露,含漱浓霜,凭靠昆仑俯瞰,依附岷山眺望。云滚滚奔涌,江滔滔澎湃。好一个长江,"波声汹汹","纷容容之无经兮,罔芒芒之无纪"。浪涌推动,曲折奔腾。

"轧洋洋""漂翻翻""翼遥遥""泛潏潏",语势强劲,文气充盈;畅快淋漓固然有余,但缺乏诗人其他诗篇那种丰腴中的节制,倒多少有了一点汉赋的韵致。整个一长节辞章灿烂,却稍嫌突兀,归结得极其简略。

曰：吾怨往昔之所冀兮，悼来者之愁愁。[1]
浮江淮而入海兮，从子胥而自适。[2]
望大河之洲渚兮，[3]悲申徒之抗迹。[4]
骤谏君而不听兮，[5]重任石之何益？[6]
心絓结而不解兮，[7]思蹇产而不释。[8]

【注释】

[1]愁(tì)愁：忧惧的样子。愁，同"惕"。

[2]自适：顺从自己的心意。

[3]大河：指黄河。

[4]申徒：申徒狄，殷末贤臣，谏纣王不听，抱石自沉。抗迹：高尚的行为。抗，同"亢"。

[5]骤：屡次。

[6]任：抱。

[7]絓(guà)结：牵扯缠绕。

[8]蹇产：本指山形的突兀曲折，这里指感情的纠结。

尾声：从希望落空到哀悼的忧惧。想顺着长江淮河漂流到海；见了黄河又想起殷纣时期的忠臣申徒狄背石自沉的往事。

既然多次规劝君王不被采纳，投水寻死又有何益？

尾声的归结过于周到顺畅，让人想起是后人对于诗人命运的推测和归纳。因为诗人本身在愁苦的呼告和长诉中，不可能将未来关节——点到。如果作为他人的揣摩和描述,倒也得体。

比较《九章》中的其他篇章,《悲回风》显得思绪外露,情感飘忽,许多地方文辞胜意,缺乏内敛和节制,也没有其他篇章的张力。

读《招魂》

朕幼清以廉洁兮,[1]身服义而未沬。[2]
主此盛德兮,[3]牵于俗而芜秽。[4]
上无所考此盛德兮,[5]长离殃而愁苦。[6]

【注释】

[1]朕:我。

[2]服:实行。沬:休,止。一说,同"昧",暗淡,引申为含糊不清。

[3]主:持守。盛德:指上述清、廉、洁、义诸美德。

[4]芜秽:草荒。比喻自身受世俗牵累而有缺点。一说,芜当为"无"之误。芜秽,即"无秽",没有世俗的秽污。

[5]上:君王。考:考察。

[6]离:同"罹",遭遇。

一般认为这是诗人为楚怀王招魂。

在巫阳正式降临人间招魂之前,先要有一个总的交代,等于是全诗的序言。而在这序言的前一个部分,又是诗人的自述。这些自述等于是序言中的序言——寥寥数笔,总结一生。

从年幼开始自我肯定，一生清白廉洁，保持盛德，同时指出深受世俗牵累，心蒙污秽：这一切君主难以考察，所以才"长离殃而愁苦"。这些自述和表白等于交代简历和自我鉴定，并透露出所招之魂与自己的关系。这其中起码有如下几层意义：

一是招魂辞制作者诚信美好的品德，尤其是他的清廉纯洁，成为其道德依据、优势和资格。再就是他的不幸遭遇与那个被招者的直接关系——正因其"无所考"才造成了自己的流亡和愁苦，那么在这个时节亲撰招魂辞，必然更具感动之力，也隐隐表达了一种昏君与良臣的巨大差异，进一步巩固了诗人的道德优势，显示了对君主无比的忠心和爱戴。

帝告巫阳曰：[1]"有人在下，[2]我欲辅之。
魂魄离散，汝筮予之。"[3]
巫阳对曰："掌梦。[4]上帝其命难从。"
"若必筮予之，恐后之谢，[5]不能复用。"[6]

【注释】

[1]巫阳：神话中的巫神。

[2]有人：指屈原。

[3]筮：古时用蓍草占卜吉凶的方法。

[4]掌梦：掌管占梦的官。一说，梦指梦泽，代楚国；掌梦，是掌管楚国的人。这句疑有脱误。

[5]谢：衰败。这里指人的躯体腐烂。

[6]用：指躯体与魂魄的结合。

也许是这种隐情和恳切诚挚感动了上帝。上帝唤来招魂的使者巫阳，告诉保佑和辅助的愿望，让其招魂。而巫阳的回答至为巧妙：一是招魂并非自己职责范围，如果一定让我来做，那么必须告诉你这事已过时限，附着灵魂的身躯已经坏掉，灵魂归来恐怕已无用处。

这既表明了招魂之难，同时又表明楚怀王死去的消息传抵流放的诗人必定已有一段时日，超过了招魂术所规定的时限。

但尽管如此，一切仍要顽强地进行下去。

巫阳焉乃下招曰：[1]魂兮归来！
去君之恒干，[2]何为四方些？[3]
舍君之乐处，而离彼不祥些。[4]
魂兮归来！东方不可以托些。[5]
长人千仞，[6]惟魂是索些。
十日代出，[7]流金铄石些。[8]
彼皆习之，[9]魂往必释些。[10]
归来兮！不可以托些。

【注释】

[1]焉乃：于是。

[2]去：离。恒干：指躯体，魂魄常居于躯体。恒，常。

[3]些：句末语气助词，楚方言。

[4]离:同"罹",遭逢。

[5]托:寄居。

[6]长人:传说中的巨人。

[7]十日:神话传说东方的扶桑树上有十个太阳。代出:轮流而出。一说,代古本作"并";代出,指十日同出。

[8]流金:使金属熔化成流动的液体。铄石:使石头销熔。

[9]彼:指长人。习:习惯。

[10]释:熔化。

于是巫阳招魂开始。开篇即是一声凄长、深情而又不乏严厉的呼唤:"魂兮归来!"下面的整个招魂辞都是以巫阳的口气呼出。巫阳与被招者有着一种奇特的情感关系:既不是神与人,也不是神与君,更不是君与臣,而是神职人员与亡灵的关系。整个语气中透露着诱惑、恐吓,甚至是蒙骗;当然更多的还是劝慰和热爱,并且透着深深的怜悯和遗憾。虽然被招者贵为君王,但一朝魂魄失散,立刻像一个失家离土的孤儿,任性而迷惘。这就需要居高临下的诱导、劝阻,甚至是微微严厉的喝斥。

这种招魂术,平时用在一切被招者身上。但这里被招者是楚怀王,巫阳的口气和使用的形式,与被招对象的对应之间,就产生了复杂而有趣的意味。这实际上是招魂辞的制作者——诗人与那个君王的复杂情愫的一种体现。

巫阳指出灵魂离体,流散四方,抛弃安乐的居所,必不吉祥,于是马上有一声凄厉的召唤。为了让魂魄返回,必得从天上人间、东南西北六面合围困住灵魂,使它难得突围:唯一的一条路却大敞着，那就是它的安居之地，它的身躯所在之地。

以东南西北为序，那么首先要考虑东方对魂魄的吸引。

神秘的东方啊，那里最为可怕，有巨人身长千丈，专门品尝人的灵魂。那里不是日出之地吗？那里十个太阳轮番出生，晒得石头都要化掉。但那个专门品尝灵魂的巨人对这种炎热却习以为常。魂魄敢去吗？

魂兮归来！南方不可以止些。
雕题黑齿，[1]得人肉而祀，[2]以其骨为醢些。[3]
蝮蛇蓁蓁，[4]封狐千里些。[5]
雄虺九首，[6]往来倏忽，[7]吞人以益其心些。[8]
归来兮！不可久淫些。[9]

【注释】

[1]雕题：在额头上刺刻花纹。题，额。黑齿：染黑牙齿。这里指南方的土著。

[2]祀：祭祀。

[3]醢：本义为肉酱。这里指把骨头剁成粉。

[4]蝮蛇：灰褐色的毒蛇。蓁(zhēn)蓁：聚积的样子。

[5]封：大。千里：遍地都有。

[6]雄虺(huǐ)：传说中有九个头的毒蛇。

[7]倏忽：极快的样子。

[8]益：满足。

[9]淫:滞留。

再就是南方。南方是黑牙纹身的野人,他们祭祀的时候要使用人肉,连骨头都要剁成烂泥。其实这是一种食人土著,食人番。不仅如此,最毒的蝮蛇,可怕的大狐狸,九头毒蟒,飞来窜去,真是可怕到了极点。阴森恐怖的南方啊!

奇怪的是,招魂辞中尽管写到自然环境的恶劣,毒兽的凶狠,但首先摆在前面的可怕之物,无论东方和南方都是——人。东方有"巨人",而南方有"黑牙齿的野人"。可见在诗人眼里,在所有可怕的动物之中,人,败坏了的人类,其可怕总排在第一。

  魂兮归来! 西方之害,流沙千里些。[1]
  旋入雷渊,[2]靡散而不可止些。[3]
  幸而得脱,其外旷宇些。[4]
  赤蚁若象,[5]玄蜂若壶些。[6]
  五谷不生,丛菅是食些。[7]
  其土烂人,求水无所得些。
  彷徉无所倚,[8]广大无所极些。
  归来兮! 恐自遗贼些。[9]

【注释】

  [1]流沙:神话传说中西方是一片沙漠,沙不停地流动。

  [2]旋:回旋,这里是卷的意思。雷渊:神话中的深渊。

[3]麋(mí)：同"靡"，碎。

[4]旷宇：广阔的荒野。

[5]赤蚁若象：红色的蚂蚁大如象。

[6]玄：黑色。壶：通"瓠"，葫芦。

[7]菅(jiān)：茅草。

[8]彷徉：彷徨。

[9]自遗贼：给自己找来灾祸。遗，给予。贼，灾祸。

西方的恐怖还要超过东方和南方。那是一片荒漠，流沙把人埋进深渊，尸骨难寻。退一万步讲，即便挣扎出来，无边的荒漠也难逃一死。大象一般的红蚂蚁，黑色毒蜂有葫芦般大，除了茅草没有一颗粮食，没有一滴水，人一沾土就要腐烂。总之，那片险地、荒漠，广大无所极限。

在巫阳眼里，西方除了恶劣的地理环境，凶猛的野物，突出的一点就是无边的荒漠。这和当代的西部地理风貌是一致的。

魂兮归来！北方不可以止些。
增冰峨峨，[1]飞雪千里些。
归来兮！不可以久些。

【注释】

[1]增(céng)：同"层"。峨峨：高耸的样子。

剩下了北方。在巫阳看来那儿犹如今天的北极，由于过分寒冷而"不可以止些"，那里"增冰峨峨"——当年靠想象描绘了北方极地："增冰峨峨，飞雪千里。"何等准确！

正像对于西部的想象符合现代探险一样，对于北极想象的准确也同样使人感到不可思议。这种依据显然不是来自探险和地理考察，而只能来自人类奇妙的知性。在卫星照相术和现代地理考察远未发展起来的远古，曾有人大肆发挥自己的想象，绘出了"天下地域图表"，其中的准确度有时简直可以跟今天的图表产生某种吻合。

> 魂兮归来！君无上天些。[1]
> 虎豹九关，[2]啄害下人些。[3]
> 一夫九首，拔木九千些。[4]
> 豺狼从目，[5]往来侁侁些。[6]
> 悬人以嬉，[7]投之深渊些。
> 致命于帝，[8]然后得瞑些。[9]
> 归来！往恐危身些。

【注释】

[1]君：指魂。无：同"毋"，不要。

[2]九关：指九重天门。

[3]啄：咬。

[4]木：树。

[5]从目：从，通"纵"。从目，瞪大眼睛。

[6]侁(shēn)侁:众多的样子。

[7]悬:这里是倒挂的意思。

[8]致命:请命,报告。

[9]瞑:闭目。指死亡。

四方固封,灵魂逃匿也只有上天入地。巫阳接着陈述对于向上去路的封杀。

实际上,在诗人的其他篇章中,天上是至为美好的,有琼台、龙马、诸神、美女。而此刻那里却变得虎豹充斥,怪人挡道,有成群的豺狼。那里特别有一个九头怪人,它一天能拔掉九千棵大树,还乐于把人吊起来游戏,游戏之后再投入深潭。天上当然离上帝很近,可是这里的上帝好像并不管事。

魂兮归来! 君无下此幽都些。[1]
土伯九约,[2]其角觺觺些。[3]
敦脄血拇,[4]逐人駓駓些。[5]
参目虎首,[6]其身若牛些。
此皆甘人,[7]
归来! 恐自遗灾些。

【注释】

[1]幽都:地府。

[2]土伯:地府的君主。九约:九屈,指土伯的身体弯弯曲曲。一说,

指土伯肚下垂着九块肉,如牛乳一般。

[3]觺(yí)觺:形容角非常锐利的样子。

[4]敦:厚。脄(méi):指背上的肉。拇:此指爪子。

[5]駓(pī)駓:疾跑的样子。

[6]参:同"三"。

[7]甘人:把人作为甘美的食物。

既不能上天,又不能入地。地下城府的恐怖大概毋庸多言。谁不知道地狱?果然巫阳说地下的魔王身体弯曲,双角尖锐,两爪沾满鲜血。对于土伯的描述极尽想象,这通常是雕画于墓地棺木上的一种神兽,可是在地下它们竟长着虎头三目,身躯如牛,通常以人作食。

巫阳终于封杀了六个方向,而且一个比一个险恶可怕,灵魂自然无处逃匿。这些恐吓斩钉截铁,冷酷无情——只有这样,才能使后来的"怀柔"变得分外动人和有效。

魂兮归来! 入修门些。[1]

工祝招君,[2]背行先些。[3]

秦篝齐缕,[4]郑绵络些。[5]

招具该备,[6]永啸呼些。[7]

【注释】

[1]修门:楚郢都的城门之一。修,含有"美好"的意思。

［2］工祝：有本领的巫师。工，巧。祝，男巫。

［3］背行：倒退。先：领路。

［4］秦篝：秦国出产的竹笼。齐缕：产于齐国的线。据说古代招魂把被招者的衣物放在竹笼中，象征他的魂就在笼里。

［5］郑绵络：郑国出产的织物。

［6］该备：齐备。该，通"赅"，完，尽。

［7］永：长。

六路皆封，唯有一路大敞，那就是"修门"。引领者是本领高强的神巫。他引导时面对灵魂，倒退后行。在修门之内，一切都已备好，一切都为了迎接高贵的灵魂。

门内有秦国的熏笼，上面系着齐国丝绳，盖着郑国的笼衣。齐国东夷族是桑蚕纺织发源地，想必有最好的丝绳。这都是天下最好的物器。这时候声声呼唤高高响起："魂兮归来！"

到此为止，整个招魂的过程都一直在一种刻板的、程式化的格局中进行，有条不紊，而且题旨鲜明。整个诗句的着力点趋向一致，有一种简洁、单纯和率直之美。对应简单与刻板程式的，是关于四方上下狂放的想象和逼真的写照。在叙写具体的恐怖和对生命的拒绝方面，丝毫不留余地。这使人想到流放中诗人的一些极端感受。还有，当他在招魂程式中把这种感受传递给无情无义的君王时，如此泼辣、直接，也难免透出一丝快意。只有在这个时刻，他才一改往日的哀怨与悲戚，几乎在用另一种口吻宣告：世界对于任何人、任何一个散离的魂魄而言，都是同样冷酷和险恶。

魂魄流浪，诗人流浪；魂魄离开的是"美人"（楚怀王）的躯体，而诗人离开的却是楚国的国体。诗人放逐,灵魂即无所依附。

如此看来,这些十分表面化的天地四方的罗列与描述,就颇有了一种发泄和警策的力量,隐藏了另一些内容。

> 魂兮归来! 反故居些。
> 天地四方,多贼奸些。[1]
> 像设君室,[2]静闲安些。[3]
> 高堂邃宇,[4]槛层轩些。[5]
> 层台累榭,[6]临高山些。
> 网户朱缀,[7]刻方连些。[8]
> 冬有突厦,[9]夏室寒些。
> 川谷径复,[10]流潺湲些。[11]
> 光风转蕙,[12]氾崇兰些。[13]

【注释】

[1]贼奸:指凶恶害人的东西。

[2]像设:仿照一定的样式设置。一说,你的遗像张设在你的房间里。

[3]闲:宽舒。

[4]邃:深。

[5]槛:栏杆,此作动词用,用栏杆围着。轩:有长廊的厅堂。一说,作"走廊"解。

[6]榭:平台上的屋子。

[7]网户:指门上镂空的花格,像网眼一样。朱缀:用红色勾画连结的地方。

[8]方连:方格图案的门楣。

[9]突(yào)厦:幽深的内室,不受寒风侵袭。突,结构深邃。

[10]径复:这里是指园中的溪流往来环绕。

[11]潺湲:形容水流缓慢。

[12]转:摇晃,吹动的意思。

[13]氾(fàn):同"泛",摇动貌。崇:聚,指丛生。

　　进入修门之后,灵魂栖止的是生前的居所。这里何等宁静安乐。高房大屋,深深庭院,楼台亭榭;从雕花的红门到堂前的栏杆,依山临水,小溪纵横,微风阳光,蕙兰飘香。这一切对诗人而言,是再熟悉不过。他不过借巫阳的口叙述了一个帝王生前的享乐。

　　在这样美妙绝伦的环境中,别说托放一个灵魂,就是托放更多的灵魂,也会一起得到安逸。

　　整个招魂诗可分为上下两大部分:以前尽是惨烈和劫难,之后即是歌舞升平,芬芳阵阵。在色调和氛围上两个部分对比强烈,在陈述描绘的形式上却同样遵守了僵硬的程式。对应四个方向和天上地下的,是进入修门之后的一个个空间、一个个过程。

经堂入奥,[1]朱尘筵些。[2]

砥室翠翘,[3]挂曲琼些。[4]

翡翠珠被,[5]烂齐光些。[6]

蒻阿拂壁,[7]罗帱张些。[8]

纂组绮缟,[9]结琦璜些。[10]

室中之观，[11]多珍怪些。[12]

【注释】

[1]奥：屋的深处，此指内室。

[2]尘筵：用来做顶棚的竹席。尘，承尘，即天花板，顶棚。筵，竹席。

[3]砥室：指四壁磨得光亮平滑的房间。砥，磨平的石板。翠翘：这里指用翠鸟的尾羽做成的拂尘用具。

[4]曲琼：玉钩。

[5]翡翠：这里形容锦被的色彩鲜艳美丽。珠被：缀有明珠的锦被。

[6]齐光：指被面的颜色和珠光交相辉映。

[7]蒻（ruò）：蒻席。阿：曲隅。拂：薄。

[8]帱（chóu）：帐。

[9]纂组绮缟：各种颜色的丝带，赤色称纂，杂色称组，有花纹的称绮，素色称缟。

[10]琦：美玉。璜：半圆形的玉器。

[11]观：指室中所见之物。

[12]怪：奇异。

先是修门，后是厅堂；现在又走进内房，即所谓的"登堂入室"。这里不仅是华丽非常，光洁明亮，而且一切是如此地具体，簇簇如新。翠色羽毛掸子挂在玉钩上，锦被上的珍珠与饰物正一闪一闪放光。丝绸轻软，罗帐低垂，还有帐旁的美玉，五彩的织品。这些奇珍异宝既非同一般，又难以诉说。好像主人刚刚离去，一切都在等待主人的触摸和挨近。如此的物质奢华，让人难以割舍——你的归来就意味着再次的拥有；你的离去就意味着永远的失去。

这是物质的诱惑，是为了让灵魂睹物生情，让其追念和回想。

兰膏明烛，[1]华容备些。[2]
二八侍宿，[3]射递代些。[4]
九侯淑女，[5]多迅众些。[6]
盛鬋不同制，[7]实满宫些。
容态好比，[8]顺弥代些。[9]
弱颜固植，[10]謇其有意些。[11]
姱容修态，[12]絙洞房些。[13]
蛾眉曼睩，[14]目腾光些。[15]
靡颜腻理，[16]遗视矊些。[17]
离榭修幕，[18]侍君之闲些。

【注释】

[1]兰膏：加了香料的油膏。

[2]华容：美丽的容貌，指美女。

[3]二八：两列，一列为八人。

[4]射：含有厌倦的意思。一说，"射"古音近"夕"，作"夜"解。递代：轮流。

[5]九侯：列侯，指楚国的列侯。一说，泛指各国诸侯。淑：美善。

[6]多迅众：真是众多。迅，通"洵"，真正。一说，"多迅众"作"超群拔萃"解。迅，义同"超"。

[7]鬋(jiǎn)：鬓发。制：式样。

[8]好比：美好齐一，难分高下。比，齐同。

[9]顺：通"洵"，真正。弥代：绝代。

[10]弱：柔嫩的意思。固植：心志坚固。

[11]謇：正言貌。意：情意。

[12]姱、修：都是美好的意思。

[13]纮(gēng)：接连，贯通。洞房：指幽深的内室。洞，幽深。

[14]曼：柔美。睩(lù)：眼珠转动。

[15]腾：闪射。

[16]靡：细腻。腻：柔滑。理：肌理，指皮肤。

[17]瞵(mián)：含情脉脉。

[18]离榭：离宫的台榭。修幕：大帐篷，游猎时所设。

正像招魂辞的前半部分愈来愈恐怖一样，后半部分叙写人间的丰饶美好时，总把最诱惑、最迷人的内容放在后面。终于，美女们出现了。阵阵兰草的芳香中，十六位姑娘分为两班。她们要在这里侍候过夜，轮流当值。各国公主美艳绝伦，丫环宫女发型各异。她们充斥深宫后院，美好姿容一个赛过一个，脸色娇嫩，心志坚固。诗人在这里使用了最细腻的笔墨，从她们的面容到内心，从脸蛋到身材，那蛾眉，那轻柔一瞥；如脂似玉的肌肤，脉脉含情之瞟。没有人比诗人更懂得楚怀王，懂得究竟是什么才对他构成了巨大诱惑。这些美艳，除非帝王否则不会有别人来享用。所以就此来看，有人认为《招魂》一诗系宋玉为诗人招魂一说，也难成立。

"二八侍宿""九侯淑女"，这显然是针对帝王。因为失去的魂魄返回旧地,旧地必然有固定的陈设可以强化,但不可以有体制上的大肆更动。如果是招诗人之魂,那么他进入这样的厅堂居所,面对着蜂拥而入、充斥深宫后院的美色,只会恐惧,以至于仓皇出逃。

> 翡帷翠帐,[1]饰高堂些。
> 红壁沙版,[2]玄玉梁些。[3]
> 仰观刻桷,[4]画龙蛇些。
> 坐堂伏槛,临曲池些。
> 芙蓉始发,[5]杂芰荷些。[6]
> 紫茎屏风,[7]文缘波些。[8]
> 文异豹饰,[9]侍陂陁些。[10]
> 轩辌既低,[11]步骑罗些。[12]
> 兰薄户树,[13]琼木篱些。[14]
> 魂兮归来! 何远为些。

【注释】

[1]翡、翠:指如翡翠鸟的颜色一般红绿相间。

[2]沙:指朱砂,古代用作颜料,朱红色。

[3]玄玉梁:用黑漆漆成的屋梁,光泽如玉。

[4]桷(jué):方形的屋椽。

[5]芙蓉:荷花。

[6]芰荷:菱花的别名,楚方言。

[7]屏风:水葵。一名荇菜,白茎紫叶,这里的"紫茎"是泛说。

[8]文：同"纹"，此作动词用，起波纹的意思。缘：一本作"绿"。

[9]文异豹饰：用文彩奇异的豹皮作衣服的装饰。这是古代侍卫武士的特殊装束。

[10]陂陀（pō tuó）：长阶。

[11]轩：有篷的车。辌（liáng）：有窗户的卧车。低：通"抵"，到达。一说，通"邸"，舍，指车停下来。

[12]罗：排列。

[13]薄：草木丛。户：门前。树：种植。这句是说，门前种着兰丛。

[14]琼木：琼，玉。琼木，指名贵的树木。

这里再次谈到幕帐、厅堂、四壁和屋顶，谈到栏杆、池塘、荷花、兰草、玉树。稍稍地打乱了程式，而且有些内容上的重复。唯有一点新意，即是写到了穿着豹皮的、雄赳赳的卫士。他们一个个站在台阶两旁；提到了舒适的车辆、步骑、随从。从程式和逻辑上看，整段都可以前移，移到蜂拥而至的美艳之前。

室家遂宗，[1]食多方些。[2]
稻粢穱麦，[3]挐黄粱些。[4]
大苦咸酸，辛甘行些。[5]
肥牛之腱，[6]臑若芳些。[7]
和酸若苦，[8]陈吴羹些。[9]
胹鳖炮羔，[10]有柘浆些。[11]
鹄酸臇凫，[12]煎鸿鸧些。[13]

露鸡臛蠵,[14]厉而不爽些。[15]

粔籹蜜饵,[16]有帐餭些。[17]

瑶浆蜜勺,[18]实羽觞些。[19]

挫糟冻饮,[20]酎清凉些。[21]

华酌既陈,[22]有琼浆些。

归来反故室,敬而无妨些。

【注释】

[1]室家:家族。宗:聚。

[2]方:式样。

[3]粢(zī):小米。穱(zhuō):一种早熟的麦子。

[4]挐(rú):糅杂。黄粱:黄小米。

[5]行:用。

[6]腱:蹄筋。

[7]臑(ér):通"胹",肉煮烂。若:又。

[8]和:调味。若:与。

[9]陈:摆上。吴羹:吴国风味的肉汤。

[10]臑(ér)鳖:炖甲鱼。炮:一种烹调方法,用火烤。羔:小羊。

[11]柘(zhè):即甘蔗。

[12]鹄酸:酸鹄,加了醋烹制的天鹅肉。鹄,天鹅。䐹(juǎn):一种烹法,少汁,犹如现在的红烧。凫:野鸭。

[13]鸿:大雁。鸧(cāng):水鸟名,似雁。

[14]露鸡:多解释为"卤鸡"。疑"露"古通"卤"。一说,露鸡为"露栖之鸡"。臛(huò):肉羹。蠵(xī):大海龟。

[15]厉:浓烈。爽:败,指败坏胃口,楚方言。

[16]粔籹(jù nǔ):古代的一种糕点,用蜜和米面熬煎而成。饵:用米粉做的糕饼。

[17]帐馊(zhāng huáng):麦芽糖。

[18]瑶浆:像玉一样透明的美酒。

[19]实:斟满。羽觞:古代酒杯,形似鸟,故名。

[20]挫:除去。糟:酒滓。冻饮:冷饮,不加温。或说经过冰镇。

[21]酎(zhòu):醇酒。

[22]酌:酒斗,这里指酒宴。

在罗列了对于生命的诱惑、浓笔重彩的"色"之后,就是"食"。看看祭祀亡魂的供品吧,各种米麦,精细非常,苦咸酸辣,更有甘甜。炖得烂熟的肥牛之腱,还有调味羹汤,甲鱼、羔羊与甜浆,更有飞禽浓汤,这一切都"厉而不爽些"。此后又是各式甜点,蜜制糕饼。这里的"瑶浆蜜勺",即现在的"酒糖蜜"。这里的"酎清凉些",又可让人明白当时的冷饮。这颇符合现代宴席的规范——主菜之后的甜点和冷饮。这说明几千年来口味依旧。即便是最豪华的宴会,比起诗人的叙写也要显得简陋和寒酸。在关于整个宴会的最后一句是:"敬而无妨些。"——没什么妨害,且放松畅饮与大嚼。

人在享用美艳与美食的同时,还要提防顾忌,这就会大大抵消幸福感。而对人的提防,正是诗人一生的心病。所以他在这里几乎是不经意地提到了"无妨"二字。因为仅仅从诗意的递进上看,"无妨"是有些突兀的。

肴羞未通,[1]女乐罗些。[2]

陈钟按鼓,[3]造新歌些。[4]

《涉江》《采菱》,[5]发《扬荷》些。[6]

美人既醉,朱颜酡些。[7]

娭光眇视,[8]目曾波些。[9]

被文服纤,[10]丽而不奇些。[11]

长发曼鬋,[12]艳陆离些。[13]

二八齐容,[14]起郑舞些。

衽若交竿,[15]抚案下些。[16]

竽瑟狂会,[17]搷鸣鼓些。[18]

宫庭震惊,[19]发《激楚》些。[20]

吴歈蔡讴,[21]奏大吕些。[22]

【注释】

[1]肴羞:这里泛指酒席上的食品。肴,熟的肉食品。羞,美味的食品。

[2]女乐:表演歌舞的女子。

[3]陈钟:编钟,此指撞敲编钟。按:击打。

[4]造新歌:演唱新创作的歌。

[5]涉江、采菱:都是楚国歌曲名。

[6]扬荷:荷,当作"阿",即"阳阿",楚歌曲名。

[7]酡(tuó):因酒醉而脸红。

[8]娭(xī)光:娭,同"嬉",挑逗的目光。眇视:眯着眼看。

[9]曾:通"层"。波:指目光。

[10]被:通"披"。文:指有文绣的服装。纤:轻软的丝织衣服。

[11]奇:怪里怪气。

[12]曼:美丽润泽。

[13]陆离:光彩照人的样子。

[14]二八:八人一队,共两队。齐容:舞姿整齐。

[15]衽:衣襟。交竿:古代的一种舞法。舞人回转衣襟,相交如竿。

[16]抚案:舞蹈中的姿势,舞袖低抚,合着节奏。下:走下来。

[17]竽:古管乐器。瑟:古弦乐器。狂会:急管繁弦地合奏。

[18]搷(tián):击。

[19]震惊:这里指震动。

[20]激楚:楚国的一种乐曲,大概因情调激昂而得名。

[21]歈(yú)、讴:都是歌的意思。

[22]大吕:古代乐调名。

在色与食之后,开始描述人的色相与食相,以及二者派生的东西。盛筵正在进行,所谓的"肴羞未通"。古文有时像异国文字一样,诠释和翻译必会造成传递上的损失,所谓"美文不可译"。"肴羞"译为美味的食物,"通"译为"遍"——这似乎未错,但却很难传达原字所弥散出来的精神。

整个的《楚辞》,整个的屈原艺术,都有一种模糊美,即写意美。它的凝练以及不确定性,都在审美中得到了某种程度的强化。它们所传递的意象指向无限。而诠释和翻译却使之走向局限。逻辑的剖析和语意的指定,使我们失掉了真正的《楚辞》。

  酒足饭饱之余,女子乐队开始演奏。钟鼓齐鸣,既有旧歌名曲,又有新创歌舞。"扬荷"大概是楚国的合唱名曲,留在最后齐唱——这使人想起在某一种节令里、在某些集会结束时所必要唱起的一首歌。只有这样,仪式才有个收束。

  最有趣的是"美人既醉,朱颜酡些。娭光眇视,目曾波些"。——十六个字中尚有两个语气助词。活画通脱,难以尽言。醉酒、朱颜、酡——酡仅仅能解释为脸上泛红或酒醉之色吗?它还让人想起美女的失态之色,美女的憨傻与喜乐。在这种情状下,她们多了点儿野气、傻气和勇气。从艺女子,水性洋溢,是欢乐和吉庆不可或缺的角色,古今皆然。她们的服饰、舞姿,当然不可不细细道来;质料、款式、长发与鬓角,娇艳陆离,而且"二八齐容"。她们跳郑国舞,奏楚国歌,更有吴歌蔡曲,而且都使用大吕调来唱。真是异国风味,五光十色。

  这是食、性、色的荟萃,用音乐和女色来陶,用美酒来醉,笼统谓之"陶醉"。使流亡散失的魂魄陶醉,让其醉而忘归。

  士女杂坐,[1]乱而不分些。
  放陈组缨,[2]班其相纷些。[3]
  郑卫妖玩,[4]来杂陈些。[5]
  激楚之结,[6]独秀先些。[7]
  菎蔽象棋,[8]有六簙些。[9]
  分曹并进,[10]遒相迫些。[11]
  成枭而牟,[12]呼五白些。[13]

晋制犀比，[14]费白日些。

【注释】

[1]士：男子。

[2]放陈：放，散。放陈，解开，除去。组：绶带。缨：帽带，指冠帽。此句言除去冠带也。

[3]班：次序。纷：乱。

[4]妖玩：指美女。

[5]杂陈：参加在一起娱乐。

[6]结：借为"髻"，头髻。

[7]秀先：超群突出的意思。

[8]菎（kūn）蔽：菎，通"琨"，美玉。蔽，下棋用的筹码。菎蔽，即装饰着玉的赌博用的筹码。

[9]六簙（bó）：簙，同"博"，古代的一种棋戏。

[10]曹：伴侣，指棋伴。

[11]遒：紧，急。

[12]成枭而牟：当是"六簙"的一种弈法，今失传。"枭"与"牟"，是古代棋戏的术语。

[13]呼五白：投骰时的喝胜采，以助赌兴。"五白"当是最佳的胜采。

[14]晋制：晋国制造。犀比：说法不一，可能是用犀牛角制成的一种赌具。

仍然是食色之余的眼花缭乱，是略显紊乱的酒后场面。这种紊乱活脱脱凸现一场立体的欢乐，使欢乐本身有了厚度，也增加了广度。男女交错相坐,"乱而不分",可见他们在相依相傍。这时候衣带冠帽也随便乱放,没有了次序,没有了座位,似乎空前杂乱。这里没有了往日的尊严体统,也冲决了官场的礼节,所谓的欢乐之极、率性而为。看郑国、卫国来的美女何等妖冶——派头十足的欢乐宴饮,常常杂有一些异国女子,只有如此才显得意长味足。

不同的国度有不同的风习,所以玩乐的姿态才"杂陈"。作尾的楚歌就是刚才的一曲"荷"。唱完之后,开始下棋游戏。关于下棋博弈,有极为精彩简练的描写:"分曹并进,遒相迫些。成枭而牟,呼五白些。"——因棋局的精彩而大声呼唤,这种呼唤与刚才的曼舞笙歌又是多么不同。温软浮靡的酒筵上有些峻厉的声音,从而显出了丰富和繁杂,更加强了喜庆的高潮感。

    铿钟摇簴,[1]揳梓瑟些。[2]
    娱酒不废,[3]沉日夜些。[4]
    兰膏明烛,华镫错些。[5]
    结撰至思,[6]兰芳假些。[7]
    人有所极,[8]同心赋些。[9]
    酎饮尽欢,乐先故些。[10]
    魂兮归来!反故居些。

【注释】

  [1]铿:撞击。簴(jù):挂钟磬的立柱。

  [2]揳(xiē):弹奏。梓瑟:梓木做的瑟。

[3]不废:不止。

[4]沉:沉湎。

[5]镫:同"灯"。错:指灯上雕镂花纹。

[6]结撰:结构撰述。此指酒后作诗。至思:竭尽心思。至,极,尽。

[7]兰芳:指优美的词藻。

[8]极:极点,此指特长。

[9]赋:朗诵诗篇。

[10]先故:死去的先辈。

美食酒筵,歌舞升平,伴随着精神和艺术的最终升华:琴瑟奏起,诗人们"结撰至思",开始用心考虑诗文。这些诗句使用了那么多华丽词藻,欢乐达到顶点。共同朗诵新诗,一起唱和,伴着美酒痛饮。而且这种欢乐一刻也不曾停止,真正是通宵达旦。其情其状,已是登峰造极。这实在是魂魄的安乐之乡。

就在这样极为畅悦、喜庆气氛达到顶点的时刻,又伴随着凄厉而热情的呼叫:"魂兮归来!"

至此,那极为程式化的关于东西南北,以及天上地下六个方向对魂魄的紧紧相逼的描述,巫阳引导飘荡的魂魄走向故居的描述,对于堂室、美色与酒筵、音乐与服饰的描述,一场酣畅淋漓的铺陈业已完成。只有诗人才有这样的勇气,这种勇气既是个体的卓越才能,又是时代的审美特征。极力渲染而不显得浮泛,既遵守巫术乐曲的法度和体制,又有刺目的个性和强烈的质感。诗人随意挥洒,自然熨帖,从无干瘪。

《楚辞》作为先秦文学与精神的代表,处处涌现出这样的大度与生气。及至后来,汉赋失之华丽,唐诗稍嫌雕琢;至于南北两朝,已是靡靡之音。

乱曰:献岁发春兮,[1]汨吾南征。[2]
菉蘋齐叶兮,[3]白芷生。
路贯庐江兮,[4]左长薄。[5]
倚沼畦瀛兮,[6]遥望博。[7]

【注释】

[1]献:进。发春:春天开始了。

[2]汨(yù):迅疾。这里形容疾走。吾:屈原自称。南征:南行。

[3]菉蘋(lù pín):两种草本植物。

[4]贯:直通。庐江:地名。

[5]长薄:连绵不断的丛林。薄,草木丛生。一说,"长薄"是地名。

[6]倚:依,这里是沿着、循着的意思。沼:小池塘。畦:田圃间划分的长行。瀛:大泽,楚方言。

[7]博:指荒野广阔。

长长的尾声开始了,这是诗人所有作品中最长的尾声。它与招魂曲的序诗相对应,招魂辞的作者又一次走到前台,唱道:这是新的一年春天来临,我仍被流放,匆匆向南,绿草齐叶,白芷萌生,江两岸连绵丛林,片片沼泽,辽阔荒野,苍茫无垠。

比起刚刚消失的繁华和热烈,真正由"乐极"走向"生悲":诗人之悲。

魂魄已招，流浪的诗人却命运依旧。强烈的反差，强烈的对比——诗人对那个"美人"（君王）的心意已尽，再无遗憾，于是放心而凄然地重走自己的末路。

> 青骊结驷兮，[1]齐千乘。
> 悬火延起兮，[2]玄颜烝。[3]
> 步及骤处兮，[4]诱骋先。[5]
> 抑骛若通兮，[6]引车右还。
> 与王趋梦兮，[7]课后先。[8]
> 君王亲发兮，惮青兕。[9]

【注释】

[1]青：指青色的马。骊：黑马。驷：一辆车套四匹马。

[2]悬火：火把。延起：连延而起。古人打猎，烧林驱兽，火势蔓延。

[3]玄颜：指天色被火光映照得黑里透红的样子。一说，"颜"疑是"烟"的音误。烝(zhēng)：火光冲天。

[4]步：指徒步的从猎者。骤处：指车马奔驰到的地方。骤，马奔驰。

[5]诱：前导。这是指打猎中的向导，作名词用。

[6]抑：停止。骛：奔驰。若：顺。这句是说驰止自如，通而无阻。

[7]趋：奔赴。梦：古代湖名，跨长江南北，江北称云泽，江南称梦泽，合称云梦泽。

[8]课：考察、比较。

[9]惮(dàn)：借作"殚"，死。兕(sì)：古代传说的一种类似犀牛的凶猛野兽。

在这凄长的放逐之路上，招魂之后的个人独行中，诗人不禁想到了当年伴随君王出猎的情景。这或许是一场招魂引出的激烈回想：青马黑马驾车，千乘并发，火把点燃了树林，把个黑夜映得火光冲天。步行者，一马当先者，多而不乱的猎队，左弯右转的前进——这时候一切都跟随君王，唯恐落在后面。由君王亲自弯弓发箭，直到把大兽围剿一空。大张旗鼓的狩猎，生气勃勃的阵势，一闪而过。这都是往日的奇观。

朱明承夜兮，[1]时不可以淹。[2]
皋兰被径兮，[3]斯路渐。[4]
湛湛江水兮，上有枫。
目极千里兮，伤心悲。[5]
魂兮归来，哀江南！[6]

【注释】

[1]朱明：太阳的美称。承：续。

[2]淹：滞留。以上两句是日夜交替，时光不驻的意思。

[3]皋兰：长满兰草的河岸。皋，水边高地。被：覆盖。

[4]斯：这。渐：没，指被草遮盖。

[5]伤心悲：即触景伤情。

[6]江南：指楚国。

  白天即将过去，黑夜就要来临。这是诗人自己的黑夜。长长的招魂，壮烈的回忆，漫漫的行走。看眼前大河芳草，青草掩路，江水流淌，枫林一片。

  多么美的春色，可惜美不逢时，只让人黯然神伤。然而在这个时刻，诗人却又发出了那声凄厉而热切的呼喊："魂兮归来！"

  唯有这最后的呼唤是留给诗人自己的。

  流亡已让诗人丧魂失魄，他实在需要为自己招魂。

  "哀江南"，江南哀！江南之哀，诗人之哀，忠君者之哀，思美人者之哀，高冠长佩者之哀。

  诗人的哀痛，是永恒的哀痛。

一九九九年三月十一日

草稿于枫庐

一九九九年六月二十日

二稿于济南

一九九九年七月十二日

三稿于济南

整理附记

《〈楚辞〉笔记》于20世纪末问世,由讲述录音整理而成,是张炜先生对《离骚》《九歌》《天问》《九章》《招魂》等重要诗章的心悟。全书个性鲜明,新见迭出,曾被台湾学者龚鹏程先生誉为"截断众流、独标圣解,其气魄是可惊的"。二十年过去,先生竟又重新拾取《楚辞》,不知是意犹未尽,还是网络时代给予了他新的领会。

《〈楚辞〉笔记》就此分为上下两篇,上篇"楚辞笔记"实为最新讲述的内容,而下篇"楚辞选读"才是原著部分,二者交相辉映,意韵愈加丰赡。可以说这其中保存了二十年的积淀之功,岁月隐秘尽在其中。对照之前的单篇赏读文字,今天长长的一篇"总论",多出的是更深沉更遥远的倾听和思悟,它们不断击中心扉,每每给人战栗感。

1999年2月的一天,春寒料峭,出版社的朋友拿来六盘录音带,这就是《楚辞》的讲课录音。这成为我终生难忘的一次经历。随着录音机咻咻传动,里面传出了咳嗽和压低的喧声;接着极静,出现了一个低沉清晰、富有磁性的声音:仿佛有人对着旷野喃喃自语,又像星空静坐下的绵绵倾诉。讲述者切入《离骚》的方式令人猝不及防:"站在我们面前的是这样的一个男人:缀满鲜花,披挂香草,浑身饰物闪烁夺目,散发着兰花和川芎的逼人香气。他清晨采集木兰,傍晚采撷宿莽。他愿和自然界最有色彩、最美丽、最清新，并且不断吐放芬芳的生命紧紧相依，融为一体。"

在讲述中，受一种思绪的牵引，使听者随之穿越两千多年时光，来到芳草萋萋的汨罗两岸，迎着屈子那双澄明如水的眸子，走进一颗伟大而纯美的心灵。张炜先生还原复活了一个音容笑貌可感可触的屈子。洋洋洒洒几万言的讲述，没有重复，没有枝蔓，思路畅达，声情俱在。二十年过去了，那个初春的记忆竟然簇新如昨。

二十年后的今天，先生重讲《楚辞》。昔日的激情和飘逸，在辗转行进的年轮中变为沉郁顿挫与浑厚苍劲了。先生的出生地是胶东半岛，那里的方士神仙文化源远流长，与楚地神巫传统非常接近。雄阔神奇的想象，奔腾不羁的激情，孤洁纯真的气质，柔软敏感的内心，在这里可以说一俱同存。而今看来，张炜先生的《也说李白与杜甫》和《陶渊明的遗产》，还有此书，通过对四位伟大诗人的解读，已经完成了一场灵魂的共振。

如果把下篇"楚辞选读"比作轻灵圆润的短调，那么上篇"楚辞笔记"便如万斛泉涌。从"战国的激荡""诗与思的保育中心""独立于世的吟唱""在铁与绸之间"到"绿色繁华的簇拥""厌世无颜色""观南人之变态""超越怪力乱神"，处处洋溢着蓬勃跃动、繁茂丰腴的"诗与思"，折射出迷人的光辉。

《楚辞》被认为是中国浪漫主义文学的源头，而张炜先生的《〈楚辞〉笔记》，恰似一股活水涌流，溢满了传统典籍的甘洌和芬芳。

濂旭

2018年7月23日

后记

离第一次讲述《楚辞》，不知不觉已经过去了二十年。当年的沉浸和激越如在眼前。这是怎样的二十年，世事巨变，感慨万千。在现代，人的心情更易于走近屈原还是相反？无法回答。只是觉得楚地深山遥遥在望，那里的声音正穿越空前密集的电磁网络飞驰而至。我似乎离那片山水和那些生命更近了，听得更仔细看得更清晰，竟然又有许多话要说。

这些话很快变成了自语。记得二十年前曾有人说：你的讲述更像一场自语。

当年的现场有过多少热烈的讨论，那可远不止于一场自说自话。但我明白，自语也可以送达远处，送到他者耳畔，并且是个人的心声。在这样的物质主义时代，吐露心声彼此需要更多的信任。

二十年前的那场讲述由濂旭先生整理和订正，而今还是。我感谢这有恒，这帮助，这辛劳。

最后要说的还是那句话：希望交流，期待指正。

2018年9月15日